SIMPLEMENTE BLAINE

ROBBIE COUCH

Traducción de Miguel Trujillo Fernández

Primera edición: febrero de 2024

Dirección editorial: Berta Márquez
Coordinación editorial: Xohana Bastida
Dirección de arte: Lara Peces
Diseño: Eduardo Nacarino

Ilustración de cubierta: Melania Badosa

Título original: *Blaine for the Win*
Traducción del inglés: Miguel Trujillo Fernández

Edición publicada por acuerdo con BookEnds Literary
a través de International Editors & Yáñez Co' S.L.

Impresores, 2
Parque Empresarial Prado del Espino
28660 Boadilla del Monte (Madrid)

ISBN: 978-84-1962-136-8
Depósito legal: M-465-2024
Impreso en la UE / *Printed in EU*

Para la gente que no es seria.

CAPÍTULO 1

Es oficialmente imposible que pueda existir un viernes más perfecto que este.

Ya han comenzado las vacaciones de primavera. El mural que tengo delante se está convirtiendo en una de mis creaciones favoritas de todos los tiempos. Y, dentro de solo unas horas, estaré disfrutando de la cita más mágica de mi vida. ¿Puede haber un día mejor?

En mis dieciséis años de existencia he aprendido que los días como hoy son una anomalía. Este se quedará para siempre en mi memoria, estoy seguro. La única forma de explicar un día como este es que el universo me esté sirviendo una bandeja repleta del buen karma que acumulé en una vida anterior.

Estoy dando las gracias a dicho universo representándolo en la fachada de la Papelería de Susan, y tengo que decir que me está quedando de maravilla. Todavía voy por la mitad del mural, más o menos, pero la verdad es que el resultado es mucho mejor de lo que esperaba. Un Saturno rosa chicle con anillos de un azul turquesa, flotando en un espacio de color cobalto: el chute de energía perfecto para un barrio tan soso como el que alberga la Papelería de Susan.

La señora Ritewood (la dueña de la tienda) me ha dado control creativo total para alegrar su fachada entre beis y grisácea, que lleva décadas pidiendo a gritos «un buen lavado de cara» (sus palabras, no las mías, aunque estoy totalmente de acuerdo). Lo más probable es que las ordenanzas municipales dicten que hay que demoler la fachada para reconstruirla desde cero, pero, dadas las limitaciones de presupuesto, la mejor alternativa es contratar a un estudiante de instituto con una gran imaginación y una selección de pinturas todavía más grande.

–¡Blaine! –exclama la señora Ritewood, y casi se me cae la brocha del susto.

Miro de reojo cómo sale de su tienda a saltitos y se detiene en mitad de la acera para contemplar mis progresos. Después de unos buenos cinco segundos de contemplación, suspira:

–Está quedando de maravilla.

Aliviado, retrocedo unos pasos y trato de verlo a través de sus ojos.

–¿Usted cree?

La alegre dueña de la tienda, de apenas un metro cincuenta de altura, se sitúa junto a mí con los ojos muy abiertos y los brazos cruzados.

–Los colores son espectaculares, Blaine.

–¿Sí?

Asiente con entusiasmo, sin que se despeine ni un pelo de su melenita cobriza y cubierta de laca.

–Esos anillos son hipnóticos.

–Es mi parte favorita, sí.

–Y... Un momento. ¿Se supone que Saturno...? –se inclina hacia delante para mirar al planeta humanizado, con sus ojos de color esmeralda, su nariz chata y sus hoyuelos extragrandes–. ¿Se supone que Saturno soy... yo?

Gira la cabeza para esperar mi respuesta.

Me muerdo el labio inferior, nervioso ahora que ha salido a la luz la gran revelación.

–Sí.

–¡Ah! –La señora Ritewood se ilumina y levanta los brazos–. ¡Me encanta!

Hace ademán de abrazarme, y...

–¡Espere! –Doy un salto hacia atrás y le muestro las palmas de mis manos, que están cubiertas de manchas de pintura acrílica de color azul cobalto–. ¡No quiero estropearle la ropa!

–Ah, es cierto –dice mientras contempla mi andrajosa camiseta blanca llena de manchas–. Bien visto.

Vuelve a dirigir su atención hacia el mural, con una sonrisa y un suspiro.

Los momentos como este (ver la emoción en los ojos de mi clienta, su boca abierta, la pausa significativa en la que comprende todas las posibilidades que un lavado de cara como este puede proporcionar a la Papelería de Susan) son una de las principales razones por las que pinto murales para pequeños negocios de la ciudad. Aunque también cuenta la satisfacción estética de mejorar mi castigado barrio del noroeste de Chicago, por supuesto, y el hecho de que perderme en mis coloridos mundos ficticios es una especie de terapia para mí. Pero presenciar cómo el dueño de un negocio contempla su nueva fachada en tiempo real... No sé si existirá una sensación más satisfactoria que esa.

La señora Ritewood me mira, con las mejillas sonrojadas por la emoción.

–¿Se ha can...?

En ese instante, un tren del metro elevado pasa retumbando por las vías que hay sobre nosotros, haciendo temblar mis latas de pintura y ahogando nuestra conversación con un estruendo ensordecedor. La señora Ritewood termina su frase, pero no oigo ni una palabra.

—Lo siento —digo con una sonrisa—. Va a tener que repetírmelo.

—He dicho —contesta, subiendo la voz— que si se ha cancelado tu cena de aniversario.

—Pues... No —respondo con lentitud, confuso—. ¿Por qué lo dice?

Le echa un vistazo a su móvil.

—Porque ya son las seis, Blaine, y pensaba que...

Ahogo un grito.

—¿Cómo?

—Sí, cariño. —Vuelve a mirar su móvil—. Son las seis y nueve minutos, para ser exactos.

—¡Me voy!

Comienzo a cerrar los botes de pintura y a meter mis cosas en el carrito de metal que llevo arrastrando por Chicago desde que hice mi primer mural.

La cena más importante de mi vida es esta noche, y ya voy mal de tiempo.

—¿Te ayudo a recoger? —me pregunta, mirando a nuestro alrededor con nerviosismo.

Me planteo pedirle que recoja la lona protectora, pero entonces me recuerdo a mí mismo que la señora Ritewood tiene más de sesenta años, lumbago, un persistente síndrome del túnel carpiano y la agilidad de una tortuga de tierra.

—¡No se preocupe!

—¿Estás seguro?

—Pues claro.

Termino de recoger a toda prisa, encajo todo en el carrito, agarro el asa y echo a correr por la acera en dirección a casa.

–¡Estoy avanzando a buen ritmo! –grito por encima del hombro–. ¡En una o dos semanas lo termino!

–¡Estupendo, Blaine! –dice la señora Ritewood detrás de mí, observando mi carrito con preocupación–. ¡Pero ten cuidado con esa cosa, que tienes que llegar de una pieza a tu cena!

Voy trotando lo más rápido que me permite mi carrito destartalado sin que sus ruedas salgan despedidas. Normalmente me gusta volver a casa por las acogedoras callejuelas secundarias, bordeadas de casas de piedra amarillenta. En ellas, la sombra de los árboles amortigua el sol de la tarde, y es más probable ver perros paseados por sus humanos. Pero hoy no tengo tiempo para entablar amistad con mascotas desconocidas –voy corriendo contrarreloj–, así que giro a la derecha hacia la congestionada Avenida Milwaukee y acelero el paso, retando a mi viejo carrito a rebelarse.

Hoy no puedo llegar tarde. Hoy tengo la cita más importante de todas las citas.

Esta cena bien podría ser uno de los momentos más importantes de mi tiempo en el instituto; después de todo, es el primer aniversario de...

–¡Aaah!

Oigo el terror en la voz de mi víctima antes de verle la cara.

Alguien ha debido de aparecer por la esquina medio segundo después de que yo pasara zumbando. En efecto: mi sospecha se confirma otro medio segundo más tarde, cuando noto que algo golpea el lateral de mi carrito.

Me doy la vuelta justo a tiempo de ver varias latas de pintura volcándose. A su lado, una figura más o menos de mi tamaño cae de bruces dejando escapar una planta. La maceta se estrella contra la acera y se rompe en un millón de pedazos. La tierra fresca y oscura y los trozos de cerámica se desperdigan por todas partes.

–¡Ay, no! –grito, y me agacho para ayudar a la víctima a levantarse. Para mi horror, me doy cuenta de que la conozco–. Eh... ¿Danny?

Danny Nguyen ignora la mano que le tiendo.

–Uf –resopla, mientras se levanta solo y echa un vistazo alrededor para comprobar si alguien más ha presenciado la colisión–. Igual deberías echarle un poco el freno a ese trasto, Blaine.

–Tienes razón –respondo, y vuelvo a colocar las latas de pintura. Por suerte, ninguna de las tapas se ha salido con el golpe. He evitado una crisis acrílica.

Él resopla y me mira con los ojos entrecerrados, cruzando los brazos sobre su chaleco de color añil. Le dirijo una sonrisa culpable, sin saber muy bien cómo dirigir esta conversación tan incómoda hacia un lugar mejor.

Danny pertenece a la categoría de personas que hacen que un desastre como este sea lo más vergonzoso que puede ser. No es amigo mío (si lo fuera, nos reiríamos de lo que ha pasado y quedaríamos en vernos pronto), ni tampoco uno de los tres millones de desconocidos de esta ciudad que se marcharían por su camino mientras yo me voy por el mío, los dos deseosos de dejar atrás este marrón. Para nada. Danny está justo en el medio: es un compañero del penúltimo curso del instituto Wicker West, y me conoce lo suficiente para que me entren ganas de morirme del corte.

–Mierda –dice al darse cuenta de lo que le ha pasado a esa especie de cactus que llevaba (y que no creo que se pueda recuperar de esta tragedia)–. ¡Mi aloe vera!

—¿Tu aloqué?

—Mi planta de aloe vera —contesta, y se agacha para evaluar los daños—. Acababa de comprarla.

—¿Cuándo?

—Hace cinco minutos.

Trago saliva.

—Ah. Mierda. Bueno, Danny, lo sien...

—Lo sientes —dice con un suspiro irritado—. Sí, seguro que sí.

—¡Lo digo en serio! Lo siento mucho.

La maceta se ha desintegrado, de modo que Danny recoge la planta y la guarda entre las palmas de las manos como si estuviera acunando a un pollito recién nacido. Luego me mira con rostro inexpresivo, esperando a que yo diga o haga algo que convierta este momento tan chirriante como una uña arañando la pizarra en algo menos terrible.

Compruebo mi teléfono y hago una mueca. Ya son las seis y veinte. Voy a llegar tarde. Muy muy tarde.

—¡Tengo que irme! —digo. Agarro el asa de mi carrito y echo a correr.

—¿En serio? —grita detrás de mí—. ¿Y ya está?

—Te compraré una planta de aloha nueva, ¡te lo prometo!

—¡Aloe vera!

—¿Qué?

—Da igual.

Pues nada: tendré que añadir «Comprar una planta de alo-que-sea para Danny Nguyen» a mi lista de tareas pendientes, justo después de «Terminar el mural de la señora Ritewood». Otra alternativa es evitar a Danny como a la peste hasta el día de la graduación, que será dentro de un año y unos cuantos meses (cosa que en un instituto tan grande como Wicker West tampoco sería tan complicado).

Por fin llego a mi hogar, una aburrida casa adosada de ladrillo no muy diferente a los bloques anodinos que bordean la Papelería de Susan. Tal vez debería hacer mi próximo mural en nuestro bloque... Un Júpiter magenta en un sistema solar de color turquesa, rodeado de estrellas doradas. Suelto el asa de mi carrito frente a los escalones de piedra, subo corriendo y entro por la puerta principal.

Casi me choco con mi tía Starr, que está de pie en el salón. Lleva su bata de borreguito de color lavanda, y parece tan preocupada como yo. Abro la boca para explicarle que he perdido la noción del tiempo y que después he estrellado el carrito contra un compañero del instituto, pero...

–Da igual –me ataja, levantando un dedo–. Tenemos quince minutos para hacerte brillar. Vamos.

CAPÍTULO 2

Con los pies doloridos por la carrera, subo las escaleras tan rápido como puedo. Me quito la camiseta y las zapatillas mientras atravieso el pasillo a toda velocidad, y ya estoy medio desnudo antes de llegar al cuarto de baño.

–¡Te he colgado la camisa ahí dentro! –grita mi tía desde el recibidor.

–¡Y yo he dejado ahí el resto de la ropa! –añade desde mi habitación Trish, mi mejor amiga, mientras paso corriendo junto a la puerta sin asomarme adentro.

–¡Gracias! –les respondo a las dos.

Cierro la puerta del baño, me quito el resto de la ropa y me meto en la ducha.

Lo primero es lo primero: eliminar de mi piel los colores del universo psicodélico de la señora Ritewood. No puedo presentarme a la cena como si fuera una paleta de pintura andante; hoy todo tiene que ser perfecto, así que me enjabono y comienzo a frotarme con la pastilla de jabón áspero que me regaló mi tía por mi cumpleaños. Cuando consigo dejar de ser un marciano de color arcoíris para convertirme en un terrícola de color melocotón, salgo de la ducha y empiezo a secarme.

Alguien llama a la puerta.

—¿Estás listo?

Es Trish.

—¡Casi! —exclamo, frotándome los antebrazos con crema hidratante—. Dame dos minutos.

—Date prisa. Vas muy justo.

Me esparzo la loción más deprisa.

—Ya lo sé, ya lo sé.

Suspiro y miro mi ropa, colgada de la parte de atrás de la puerta del baño. Al igual que el mural de la señora Ritewood en su aburridísimo vecindario, es probable que este look no armonice muy bien con la zona pija de Chicago a la que voy a ir esta noche. Pero, al igual que pasa con el mural de la señora Ritewood, la gracia está en no tratar de encajar.

Me pongo la camisa a cuadros blancos y amarillos y me enfundo los pantalones oscuros de pana. Después me coloco los tirantes y, tras unos cuantos intentos fallidos muy frustrantes, por fin consigo ponerme bien la pajarita. Me extiendo un poco de fijador por el pelo de color arena y me lo peino con cuidado tal como me gusta (al estilo Don Draper). Luego, me aplico un toque sutil de rímel para resaltar mis ojos y rocío el aire con mi colonia favorita (sándalo con un toque de vainilla) para pasar por debajo de las gotitas que caen.

—Allá vamos —murmuro para mí mismo.

Giro el pomo de la puerta y cruzo el pasillo hacia mi habitación. Cierro los ojos mientras me acerco a la puerta abierta, consciente de que Trish y tía Starr están esperando dentro para ver mi modelazo.

—¿Y bien? —pregunto, temiendo que el conjunto les horrorice ahora que lo llevo puesto.

Abro un ojo.

Trish, medio enterrada en la montaña de cojines que hay sobre mi cama, levanta la cabeza. Su cara redonda y enmarcada por rizos negros y elásticos se derrite cuando me ve.

—Es perfecto.

—¿Me lo juras? —Mis labios se curvan en una sonrisa—. ¿Te gusta?

—En serio, Blaine. Es el look ideal. Y el rímel te da un toque perfecto.

Espero que tenga razón.

Porque esta no es una cita más. Es la cita más importante de todas las citas: mi primer aniversario con Joey Oliver. Ya han pasado trescientos sesenta y cinco días desde que empezamos a salir y todavía sigo pellizcándome.

Le echo un vistazo a mi tía, que está sentada en la silla de mi escritorio, y espero la aprobación final.

—¿A ti qué te parece?

Sus ojos recorren mi conjunto de arriba abajo, examinando cada centímetro mientras se ajusta el cinturón de la bata y se aparta un mechón rubio de la cara. Hace una pausa dramática antes de llevarse un dónut de chocolate glaseado a los labios, sopesando su respuesta. Los tres sabemos que la opinión de Trish tiene mucho peso en mis decisiones de moda, pero lo que diga mi tía Starr va a misa.

—Blaine —susurra al fin, rompiendo la tensión—. Estás impresionante.

Corro hacia el espejo de mi habitación, donde puedo verme bien (no como en el cuarto de baño, que está lleno de vapor). Me miro y suelto un gritito antes de girar sobre mis talones para volver a mirarlas. No es por ser creído, pero tienen razón: estoy genial.

—Pues bueno. —Suelto un suspiro—. Todo listo.

Esta tarde va a ser una maravilla. El chico de mis sueños va a recogerme de un momento a otro, con el traje gris marengo que se pone para ir elegante (le queda de maravilla). Vamos a celebrar nuestro gran día en el centro de Chicago, en el atardecer primaveral más glorioso de la historia (otra maravilla). Cenaremos en el restaurante Grey Kettle, en el piso setenta y ocho del rascacielos Windy City, con vistas al reluciente lago Michigan (maravilla total). La gente como yo, de familias normales y corrientes, no hace estas cosas maravillosas. Pero hoy es la excepción.

–No tienen código de vestimenta, ¿verdad? –pregunta mi tía, y se mete el último trozo de dónut en la boca–. Estás hecho un pincel, pero esos sitios tan pretenciosos pueden ser poco razonables.

Me echo otro vistazo.

Puede que no sea el atuendo más convencional para un restaurante con estrellas Michelín, pero las corbatas discretas y los tonos grises convencionales a morir nunca han sido lo mío. Y, en cualquier caso, Joey sabe cuál es mi estilo... ¿De verdad me llevaría a un lugar donde yo no pudiera ser yo?

No sé si el conjunto está a la altura de los estándares del Grey Kettle, pero supera los míos. Espero que sea suficiente.

La tía Starr me debe de notar nervioso, porque me hace un gesto.

–Olvida lo que he dicho. Serían unos idiotas si no te dejaran entrar tal como vas.

No sé muy bien cómo un chaval normalito del penúltimo curso, como yo, ha acabado con Joey Oliver, el chico de moda del último curso del instituto Wicker West. Pero cuando nos conocimos el año pasado en la pista de baile de la fiesta de invierno, supongo que todo encajó.

Nuestra primera cita fue en Pequod's Pizza (me reí hasta que me dolió la cara, y casi me ahogué varias veces con una porción de mi pizza de pepperoni al estilo Chicago). La segunda cita consistió en beber cerveza de jengibre en el parque que hay cerca de mi casa (nuestro primer beso fue junto a la rosaleda). Una semana después, lo hicimos oficial mientras bebíamos chocolate caliente y veíamos *The Umbrella Academy*.

Desde entonces, todo ha sido un cuento de hadas.

Vale: un cuento de hadas absurdo, lo admito.

Porque, en teoría, Joey y yo no deberíamos estar juntos. Él saca sobresalientes en todo, y yo tengo suerte si llego al notable. Él lleva camisas formales y zapatos relucientes, y yo soy más de chaquetas vaqueras negras y zapatillas de color rosa. Su familia vive en un ático con vistas al centro, y la mía vive en una casa adosada de color grisáceo con vistas a una boca de incendios. Él tiene un plan de veinte años para llegar a ser presidente, y yo me paso los veranos pintando murales en sitios como la Papelería de Susan para ganar algo de dinero.

No tenemos nada que ver... Pero, de alguna manera, lo nuestro funciona.

–Aún no me lo creo: en menos de dos días, estarás volando en primera clase hacia el cabo San Lucas –chilla Trish, rodando sobre el colchón para aterrizar grácilmente de pie junto a mí–. Tienes que sacar fotos de esas rocas grandes de la costa... ¿Cómo se llamaban?

–¿El Fin de la Tierra?

–¡Sí! Imagina las puestas de sol que veréis allí. –Trish, que llega a mi altura con sus zapatillas de plataforma verde menta, me sujeta de los hombros con una sonrisa–. Vas a ir a Cabo, Blaine. ¡A Cabo! Con la familia Oliver.

—Lo sé.

—Es una alucinación.

—¡Lo sé!

—Una semana entera con su familia.

—Bueno, cinco días, pero sí...

—Un momento. —Mi tía se desliza por la habitación con sus pantuflas de conejitos y se sienta en la esquina de mi cama. En su mano hay otro dónut que ha salido de la nada (este, de vainilla con virutas de colores)—. ¿Cómo? ¿Cinco días con la familia Oliver en Cabo? Por favor, explicádmelo.

—¿No te lo ha contado? —Trish se gira hacia ella—. Esta noche, Joey va a pedirle que vaya con él al viaje que hace su familia todos los años durante las vacaciones de primavera.

La tía Starr me mira fijamente, con la boca muy abierta.

—¿Perdona?

Noto que se me encienden las mejillas.

—Sí... Bueno, ¡a lo mejor! Creo que me lo va a pedir esta noche. Lleva días soltando indirectas.

—Muchas indirectas —matiza Trish mientras hace poses frente a mi espejo.

—¿Tus padres saben algo de esto? —pregunta mi tía—. Y las vacaciones de primavera..., ¿no son casi ya?

—¿Saber qué? —pregunta mi madre, apareciendo en el umbral con una sonrisa. Su uniforme azul claro está lleno de manchas: acaba de salir de su turno en la UCI del hospital.

—Al parecer, tu hijo se va a ir a México con la familia Oliver —explica la tía Starr antes de que pueda hacerlo yo, abriendo mucho los ojos—. Y durante una semana entera, nada menos.

—Cinco días —la corrijo, mirándome al espejo para ajustarme bien la pajarita. Trish, a mi lado, se prueba los cinturones y sombreros descartados que he dejado en el suelo—. Por favor, mamá, no te rayes. No es nada oficial; Joey no me lo ha pedido todavía.

–Pero lo va a hacer esta noche –susurra mi tía.

Mi madre se toma un momento para procesar esta información fundamental que yo no tenía intención de compartir todavía con ella, y menos en presencia de Trish y de mi tía.

Inmóvil, observo su reflejo. Se queda pensativa, y noto que vacila.

–Bueno –dice al fin–. Suponiendo que sus padres corran con los gastos, sería todo un detalle por parte de Joey. –Se interrumpe un par de segundos–. Pero hoy es viernes, ¿no? Las vacaciones de primavera acaban de empezar. ¿Cuándo vais a marcharos?

–¡Así que aquí es donde habíais montado la fiesta! –exclama mi padre asomándose junto a ella, con una lata de Coca-Cola en una mano y un panini en la otra. Al igual que el uniforme de mi madre, su camiseta (manchada de mugre de una obra) refleja que ha tenido una jornada muy larga–. Siento haberme perdido la cena.

–Yo también acabo de llegar –responde mi madre con un suspiro.

Los dos se miran e intercambian una sonrisa cansada: ha sido una semana intensa para los dos.

Por lo general, odio que mi habitación se convierta de repente el escenario de un encuentro familiar como este. Pero hoy no puedo quejarme: por un lado, es mi gran día, y, por otro, es todo un privilegio tener a mi madre y a mi padre en casa al mismo tiempo.

–Este panini está de muerte –comenta mi padre, y se zampa la mitad de un mordisco. ¿Lo has preparado tú, Starr?

Mi tía le guiña un ojo.

–Chef Starr a su servicio. Blaine, tú tienes otro en el frigorífico para más tarde, aunque dudo que tengas ganas de jamón y queso después del banquete que te vas a dar esta noche.

–¿Cómo que un banquete? –pregunta mi padre, y suelta un eructo mientras se limpia migas del bigote.

Trish deja escapar una risita. Mi madre le lanza una mirada cómplice a mi padre, dándole la oportunidad de recordar por qué esta noche es tan importante antes de formar con la boca la palabra «aniversario».

–¡Ah! –exclama él, sonriente–. Es cierto, hoy es el gran día. Si te has vestido así es porque Joey te va a llevar a un sitio bueno. ¿Patas de cangrejo en Clark's?

Mi tía suelta un aullido de risa y levanta la punta de la nariz, cambiando el tono para imitar a una ricachona de película antigua.

–¿Patas de cangrejo en Clark's? –se burla con una sonrisa–. ¿Quién te crees que es tu hijo, Kevin? ¿Un palurdo? –Cruza las piernas y la bata se le abre, revelando el mismo pijama verde lima que se ha puesto durante toda la semana–. Que sepas que van a ir al Grey Kettle.

Mi madre ahoga un grito, y mi tía asiente con la cabeza.

–Blaine... –Mi padre me mira como si no pudiera creérselo–. ¿El Grey Kettle? ¿Es verdad lo que dice tu tía?

–Jamás le mentiría a mi cuñado –replica ella, juguetona, y le quita una viruta colorida al dónut para metérsela en la boca.

Miro a Trish: apenas puede contener la risa.

–Es verdad –respondo, y me giro hacia mis padres con las mejillas cada vez más rojas–. Me ha invitado al Grey Kettle, sí.

Los dos me miran pasmados.

Porque, en Chicago, conseguir una mesa para dos un viernes por la noche en el Grey Kettle equivale a cenar en la residencia privada de los Obama. A menos que seas de una familia importante, esas cosas no te pasan. Sin embargo, tengo que recordarme todo el rato que lo de hoy no es tan extraordinario, al menos para Joey. Los Oliver son una familia importante.

¿Significa esto que ahora yo formo parte de una familia importante?

–Madre mía. El Grey Kettle... ¿Estás seguro de que quiere pedirte que vayas con él a México, y no que te cases con él? –Mi madre se echa a reír y se interrumpe de pronto–. Espera... No va a pedirte matrimonio, ¿verdad, Blaine?

En ese momento, alguien llama al timbre y mi tía ahoga un grito. Mi corazón comienza a latir. Con fuerza.

Fudge –mi chuchejo adoptado– irrumpe en la habitación para protegernos con la ferocidad de un oso pardo.

–No pasa nada, compi, no pasa nada –me río, y lo tranquilizo con una palmadita en la cabeza y unas caricias en la tripa–. Solo es Joey.

Echo un último vistazo a mis manos para asegurarme de que he acabado con la última mota de pintura, me arreglo un mechón de pelo rebelde frente al espejo y suelto un suspiro de emoción.

–¿Cómo te sientes? –me pregunta mi madre, sonriente.

–Bien.

–¿Las llaves, la cartera, el móvil? –me pregunta Trish, sonriendo de oreja a oreja bajo mi gorro de pescador rojo (conociéndola, seguro que se lo lleva puesto).

Me toco los bolsillos antes de devolverle la sonrisa, y ella me da un gran abrazo.

–Respira hondo, ¿vale? Y pásatelo bien –me dice.

–Sí, pásatelo bien –repite mi tía mientras me acaricia la nuca. De pronto, se da cuenta de que me está estropeando el look a lo

Don Draper y se detiene–. Tú céntrate en disfrutar, muñeco. Tienes dieciséis años, no es como si fueras a casarte..., para alivio de tu madre. Pásatelo muy bien.

–Pero tampoco te lo pases demasiado bien –enfatiza mi padre–. Tienes que estar en casa a las once.

–Sí, papá.

Mi madre me da un beso en la mejilla mientras paso entre ellos para salir de la habitación.

–Te quiero, hijo.

¿Por qué el inicio de esta noche me parece tan especial? Sí: ir a Cabo será maravilloso, y celebrar nuestro primer aniversario es algo importante de por sí (sobre todo, cuando vamos a hacerlo en un lugar como el Grey Kettle). Pero, aun así, las mariposas de mi estómago están extrañamente inquietas. Deben de saber algo que yo no sé.

Abro la puerta de entrada y lo veo, resplandeciente a la luz del porche.

El chico de mis sueños.

Los labios de Joey se estiran en una pequeña sonrisa. El traje gris marengo le encaja a la perfección, como si un diseñador de moda lo hubiera trazado directamente sobre su silueta musculosa. Sus ojos, que centellean como ascuas, recorren mi conjunto antes de devolverme la mirada. Su pelo denso y ondulado está esculpido de una forma tan perfecta que bien podría ser un príncipe de verdad, ahí, sobre el felpudo de mi casa (que, ahora que me doy cuenta, está cubierto de pelo de Fudge).

–Hola, Blaine –me saluda.

Y eso es todo lo que necesito para derretirme.

CAPÍTULO 3

Avanzamos por la autopista en el BMW negro de Joey. Contemplo el cielo, una mezcla perfecta de rosas y púrpuras salpicada de nubecillas blancas. Parece como si la galaxia que estoy creando en la fachada de la Papelería de Susan hubiera salido de la pared para extenderse sobre nuestras cabezas.

No me apetece subir la ventanilla (me encanta el olor que flota al principio de la primavera en el Medio Oeste de los Estados Unidos). Pero quiero oír bien a Joey en el caso improbable de que saque el tema de Cabo durante el trayecto, y, dado que vamos a ciento treinta por hora, no creo que el aire me permitiese estar a la altura de esa conversación. De modo que subo el cristal casi del todo. Joe esboza una sonrisita, como si estuviera tramando algo, antes de encender el aire acondicionado. Suspiro para mí mismo, disfrutando del momento. Qué maravillla...

Mis ojos recorren la silueta de los rascacielos que se acercan, con sus fachadas de cristal reflejando luz naranja sobre la mandíbula esculpida de Joey. Me gustaría ser una esponja para absorber todos los rayos de luz y reproducir esta escena en algún mural futuro. Pintar la silueta del centro de la ciudad en la fachada de una tienda de barrio es un topicazo, lo sé, pero a los comerciantes de toda la vida les encanta.

–¿Estás contento de que hayan empezado las vacaciones? –me pregunta Joey, apartando la vista de la carretera para lanzarme un vistazo.

Mi mano encuentra su muslo.

–Pues claro. ¿Y tú?

–Ni te lo imaginas.

Por un momento pienso que va a hablarme de Cabo, pero el silencio se alarga un poco más de la cuenta. De modo que sigo hablando.

–Sé que estás muy ocupado con todo eso del consejo estudiantil –digo–. Pero ya casi has terminado el instituto... Intenta disfrutar de lo que te queda.

Da un respingo. Vaya: mi intento de relajarle ha tenido el efecto contrario.

–Ashtyn no deja de agobiarme con la planificación del baile de fin de curso –replica–. La nota de matemáticas podría fastidiarme la media, y la campaña para elegir a los representantes de cada curso en el consejo estudiantil del año que viene empezará a tope en cuanto volvamos a clase. Tengo mucho entre manos.

–Estás a punto de graduarte; no pasa nada si echas un poco el freno.

Le dirijo una sonrisa, pero él no se da cuenta.

–No. Cuando eres un Oliver, no puedes echar el freno.

Aparto la mirada, reprimiendo las ganas de poner los ojos en blanco.

–No te ofendas, pero el instituto sobrevivirá sin ti –le recuerdo–. Lo único que digo es que podrías disfrutar de este último par de meses, mientras aún estás aquí. –El coche pasa a toda velocidad por un puente granate, vibrando sobre sus travesaños de metal, y veo cómo el río Chicago se abre paso entre el cemento de abajo–. Y después, estarás aquí mismo...

–¿Aquí... mismo?

–Sí, aquí mismo –repito. Lo miro, pero, una vez más, no parece darse cuenta–. En plan... Vamos, que vas a ir a la Northwestern University y Evanston está como a media hora de aquí.

Espero a que responda, pero se queda callado.

–Quiero decir que estaremos a media hora de distancia –insisto.

Veo cómo su nuez se mueve en la garganta. Creo que quiere decir algo más, pero lo único que murmura es:

–Cierto.

Vaya. Esto ha sido... raro.

A lo mejor es solo el estrés por lo de las elecciones al consejo estudiantil. O a lo mejor es que le pone nervioso proponerme lo de México.

Después de todo, esta también es una noche importante para él. Joey solo había salido con otro chico antes de mí, un chaval llamado Aaron al que conoció en unas jornadas de liderazgo. Al parecer, salieron durante seis semanas caóticas y todo acabó en desastre. Yo seré el primer chico al que lleve a su viaje familiar anual. A lo mejor las mariposas están aleteando dentro de su estómago con la misma intensidad con la que revolotean dentro del mío desde que casi me cargué a Danny (y a su planta de aloha) con mi carrito.

Tres minutos y un giro equivocado más tarde, nos detenemos frente a la entrada principal del Windy City, un edificio negro y afilado como una aguja gigantesca que se hincara en la capa de ozono. Es el rascacielos más nuevo de Chicago y solo el tercero más alto, pero cuando estoy aquí abajo, sumergido en su gigantesca sombra, siento que tiene como un millón de pisos de altura. Aunque estoy flipando, me esfuerzo por aparentar tranquilidad, porque todas las personas que hay a mi alrededor están más que acostumbradas a que todo sea así de maravilloso. Mis tirantes y mi camisa de cuadros ya bastan para hacerme destacar; no quiero que, además, se note que soy un chaval de barrio que viene al centro tres veces al año como máximo, aunque eso es exactamente lo que soy.

Joey le lanza las llaves al aparcacoches (cosa que, sí, resulta tan molona como uno se imaginaría) y los dos atravesamos una puerta giratoria para entrar en el vestíbulo. Dentro, todo es de cristal (y quiero decir todo). Cruzamos la sala y le decimos a un empleado de chaleco rojo (¿El botones? ¿El conserje? ¿El tío del ascensor? No tengo ni idea de qué trabajo tendrá en este sitio tan maravilloso) que vamos al Grey Kettle.

Él reconoce a Joey.

–¿Cómo va todo, señor Oliver? –le pregunta mientras aprieta el botón del piso setenta y ocho.

–Todo bien, gracias –responde Joey.

–Disfruten, caballeros.

Sonrío para darle las gracias y casi hago una reverencia. Penoso, lo sé, pero es que mi cuerpo reacciona por su cuenta cuando me siento incómodo. Sí, estoy como un pulpo en un garaje.

–¿Cómo decías que nos han conseguido la reserva tus padres? –le pregunto, mientras el ascensor transparente sube a tal velocidad que se me taponan los oídos. Miro hacia abajo y veo cómo el tipo de abajo se convierte en un puntito rojo sobre las relucientes baldosas blancas, hasta que desaparece engullido por la negrura de los pisos superiores–. Mis padres han flipado cuando les he dicho que íbamos a cenar aquí.

Él arruga el ceño, pensativo.

–El dueño era cliente de mi madre, creo. ¿O tal vez un amigo de la infancia de mi padre? No me acuerdo.

Asiento con la cabeza.

–Vale.

Aquí pasa algo raro.

Joey no parece descontento. Tal vez solo está... ¿distante? Como si su cuerpo estuviera aquí, pero su mente siguiera en el instituto un miércoles por la tarde, agobiada por la preparación de las elecciones al consejo estudiantil y el estrés de ser un estudiante a punto de graduarse.

Decido ser directo y señalarlo.

–Oye. –Le doy un golpecito en el hombro con el mío–. ¿Estás bien?

El ascensor llega al piso setenta y ocho y las puertas se abren.

–Sí –contesta, forzando una sonrisa–. ¿Por qué lo dices?

Le agarro la mano mientras entramos.

–Nada, por si acaso.

El Grey Kettle es tal y como me lo imaginaba. (Bueno, la verdad es que lo he buscado en Google prácticamente todos los días desde que Joey me propuso venir aquí, así que tampoco es como si mi mente trabajara desde cero). Pero, aun así, es todavía más impresionante en directo.

Lo primero en lo que me fijo son las vistas. Las paredes son grandes ventanales, con el lago Michigan extendiéndose al este y una jungla de cemento bañada en los colores del sol poniente en los otros tres lados. En algún lugar hay músicos que tocan un piano y un violín, convirtiendo el bullicio del restaurante en un arrullo tranquilizador. La iluminación es suave. Todas las mesas tienen una vela parpadeante en el centro, y todos los comensales van vestidos como si esa noche supusiera algo importante para ellos.

La encargada echa un vistazo a mi camisa y enarca las cejas como si fuera a hacer un comentario. Mi cuerpo entero se tensa: tal vez mi tía tuviera razón al preocuparse. Pero la mujer se detiene cuando se da cuenta de quién me acompaña.

–Ah, señor Oliver. Me alegra volver a verle.

–Hola, Wendy.

–Les deseo un feliz aniversario.

–Gracias.

–Por aquí, por favor.

Wendy nos lleva a nuestra mesa, que se encuentra en el rincón más alejado. Puede que no sea objetivo, pero creo que tenemos las mejores vistas de la casa. Al mirar hacia abajo, cosa que hace que el estómago me dé un vuelco, veo el lugar donde el lago se encuentra con el río. Mientras recorro la ciudad con la mirada de norte a sur, me siento como si estuviera en la mañana de Navidad: edificios nuevos, colores nuevos, arte nuevo... Nos encontramos a tanta altura que podríamos estar flotando sobre una nube, pero lo bastante bajo como para apreciar los detalles. Aunque llevo en esta ciudad toda mi vida, jamás la había visto de este modo.

–Hala –murmuro, y saco el móvil para hacer una foto. Miro a Joey–. Es de locos, ¿eh?

Sus ojos, clavados en la selección de bebidas, no se apartan del menú.

–Sí –dice, ignorando las vistas–. Una locura.

Vale. No es la primera vez que veo al Joey Ansioso (por lo general, aparece antes de tener que hablar delante de todo el insti, o la noche previa a un examen), pero esta actitud va más allá. Preferiría que me dijera ya lo de Cabo y acabara con el tema para poder disfrutar de la noche, en lugar de aguantar a la maraña de nervios que tengo sentada frente a mí.

Un camarero se acerca para preguntarnos qué queremos beber. Yo pido agua, y Joey, un Sprite.

Después nos quedamos en silencio.

–Bueno... –comienzo, sintiendo que estoy rascando el fondo del barril de los temas de conversación.

Decido abordar el drama del consejo estudiantil; tal vez necesite desahogarse sobre el tema antes de poder disfrutar.

–¿Cómo va lo de las elecciones? –le pregunto.

Suelta un suspiro de exasperación, y me arrepiento de inmediato de mi estrategia.

–Es ridículo que nos obliguen a los veteranos a organizar las elecciones del comité ejecutivo del curso anterior, ¿sabes? –dice, cada vez más irritado–. Para cuando los representantes entren en funciones, el curso que viene, yo ni siquiera estaré en Wicker West. ¿Por qué tengo que encargarme de eso? El señor Wells no hace más que escaquearse.

–¿El señor Wells? ¿El profe de Mates?

–Sí, pero... –Me mira como yo tuviera que saber de lo que está hablando–. También es el asesor del consejo estudiantil, ¿recuerdas?

De todas las responsabilidades que supone ser novio de Joey, estar al día del consejo estudiantil es la que menos me interesa. Siempre se me olvida quién es quién y qué es qué. Pero es que, en cuanto Joey empieza a hablar de discursos y presupuestos para el baile de fin de curso, no puedo evitar desconectar... La mayoría de las veces, mi mente se aleja flotando hacia el mural en el que me encuentre trabajando en ese momento. Y aquí arriba, con estas vistas espectaculares alimentando el lado derecho de mi cerebro, tengo la sensación de que va a ser todavía más fácil distraerme.

–De todos modos, Zach Chesterton va a ganar por goleada –continúa Joey.

Aparto mi mente de los anillos de Saturno en la fachada de la Papelería de Susan.

–¿Ganar el qué?

–La presidencia de tu curso. –El camarero deja nuestras bebidas sobre la mesa y Joey da un sorbo a la suya–. Para el caso, podríamos no hacer elecciones siquiera. A ver: hay algunos compañeros vuestros que también se quieren presentar, pero Zach tiene la experiencia, el nombre reconocible, el aspecto...

–¿El aspecto?

–Sí: tiene pinta de presidente de curso. Sabes a qué me refiero, ¿no?

Una vez más, contengo las ganas de poner los ojos en blanco.

–Sé que es triste –añade, probablemente notando mi fastidio–, pero hay que ser realista: en estas cosas, el aspecto físico es importante. Lo sé mejor que nadie... Si la gente no te ve como presidente, es muy difícil que puedas llegar a serlo. –Alza la cabeza y se endereza la corbata, antes de alinear bien el tenedor y el cuchillo–. Y eso, eh... –tartamudea, y da otro sorbo al Sprite–. Y eso me lleva un poco al próximo tema.

Por cómo se mueven sus labios, me doy cuenta de que lo siguiente que va a decir será algo serio.

Me da un vuelco el estómago.

–Blaine.

Extiende el brazo y me toma la mano. Tiene las palmas un poco sudadas, pero no me importa.

El corazón se me ha subido a la garganta.

Un momento: ¿va a lanzarse con lo de Cabo? No tengo muy claro qué tienen que ver estas vacaciones con que Zach Chesterton vaya a convertirse en el presidente de nuestro curso, pero le sigo la corriente.

Me enderezo y trago saliva. Puede que estemos a cientos de metros sobre Illinois, pero en mi mente aparecen destellos de escenas al nivel del mar en México, con arena blanca y palmeras que se mecen. Suelto aire más fuerte de lo que pretendía y casi apago la vela de la mesa.

–Blaine... –Joey baja la mirada al mantel, como si quisiera buscar las palabras apropiadas.

«Dímelo ya», pienso, incapaz de dejar de sonreír. «Sabes que diré que sí. Dímelo ya».

–Blaine, creo... –Vuelve a levantar la mirada, y sus ojos encuentran los míos–. Creo que deberíamos romper.

Suelto un resoplido, un tanto aliviado porque haya decidido rebajar la tensión.

–Muy buena.

Pero ya no está sonriendo. De hecho, no dice nada.

Solo me mira, y cada segundo que pasa es más largo que el anterior.

–Espera –digo, y ahora mi estómago da un vuelco mucho más fuerte. De hecho, atraviesa mi silla y el suelo y cae hasta llegar al vestíbulo. Ahora mismo está tirado tranquilamente junto al tío del chaleco rojo que manejaba el ascensor.

Joey se humedece los labios antes de morderse el inferior.

–Creo que es lo mejor. –Aparto la mano de golpe, y él añade–: Lo siento.

–Pero...

–Lo sé.

—Yo...

—No te enfades.

—¡Pensaba que ibas a decirme que fuera contigo a Cabo!

Su cara se frunce en una mueca de confusión.

—¿A Cabo? Blaine, el vuelo de mi familia sale el domingo.

—¿Y qué?

Sonríe. Se atreve a sonreír en este momento.

—Si hubiera pensado llevarte a Cabo, te lo habría dicho hace meses.

La cabeza me da vueltas. Estoy empezando a hiperventilar.

—Madre mía. No puedo creer que me hayas traído aquí, al Grey Kettle, el día de nuestro aniversario, nada menos..., para dejarme.

—Cielo, no te pongas nervioso.

—Cielo, no te atrevas a llamarme «cielo» en este preciso instante.

—Es solo que... —Baja el tono, consciente de que los ojos de todos los comensales están clavados en nosotros—. Ya sabes que tengo muchas cosas en la cabeza, y mis padres tampoco me lo están poniendo nada fácil.

—Vale. ¿Y...?

Se inclina sobre la mesa y continúa casi en susurros.

—Estoy hablando de mi familia, ¿recuerdas? De mi madre, la dueña de una empresa constructora que va a grabar un piloto para la cadena Home & Garden. De mi padre, el abogado con más prestigio de todo el Medio Oeste. ¡Sus expectativas sobre mí están más altas que este rascacielos!

Me doy cuenta de que tengo la boca abierta. Quiero cerrarla, pero no puedo.

—Mi hermano ha estudiado neurocirugía y se ha graduado el primero de su clase en la Universidad de Columbia —continúa, cada vez más acelerado–. Mi hermana ha montado una ONG que acaba de firmar un acuerdo con la Fundación Gates, Blaine. ¡Con Bill Gates! Y, aun así, mis padres están decepcionados con ellos.

–Como decía: ¿y...? –replico, notando que las lágrimas se acumulan en mis ojos–. ¿Qué tienen tus hermanos que ver con nosotros? ¿Qué tiene nada de eso que ver con nosotros?

–Para mis padres, soy el único hijo que aún puede triunfar a lo grande –afirma, y se vuelve para saludar con un cabeceo a los comensales que nos siguen mirando.

No me puedo creer lo que estoy oyendo.

–¿La neurocirugía y ser coleguita de Bill Gates no cuentan como triunfos?

Suspira con frustración, como si estuviera explicándole algo sencillo a un niño de cinco años especialmente espeso.

–Tú no lo entiendes. No comprendes lo alto que tengo el listón. Si quiero ser algún día el primer presidente abiertamente gay... –Esta vez, no puedo evitarlo: pongo los ojos en blanco de verdad–. ¿Lo ves? –salta, dolido–. ¡Piensas que mis sueños son un chiste!

–¡No es verdad!

–¡Acabas de poner los ojos en blanco! –se indigna, con voz unas cien octavas más aguda que antes.

–No ha sido con mala intención. Pero tienes unas expectativas imposiblemente altas, Joey.

Veo un par de gotas de sudor que le resbalan por la frente. Sus mejillas están cada vez más rojas.

–Si quiero sacarme la carrera de derecho en la Northwestern University, obtener un máster en la Costa Este y después conseguir un escaño en el Congreso que me sirva para llegar a la Casa Blanca, está claro que mis expectativas tienen que ser imposiblemente altas, Blaine. Así es como funciona el mundo.

Cierro los ojos y apoyo la cabeza en las manos.

¿De verdad está pasando esto?

–Vale, pero... –Trago saliva otra vez, deseando haberme quedado en la tienda de la señora Ritewood en lugar de salir corriendo para que mi novio me deje tirado a setenta y ocho plantas de altura–. Todavía estoy tratando de entender cómo el hecho de que hipotéticamente puedas ganar la presidencia dentro de un par de décadas tiene nada que ver conmigo... Con nosotros.

Él niega con la cabeza.

–¿No lo entiendes?

–¿Qué se supone que tengo que entender?

–Blaine, venga ya. –Mira a nuestro alrededor otra vez, y luego se inclina hacia mí todavía más–. Si voy a hacer grandes cosas, si mi vida va a ser del dominio público, tengo que empezar a salir..., ya sabes..., con chicos serios.

¿Cómo?

–¿Estás de coña? –pregunto indignado, y él me lanza una mirada que confirma a las claras que no está de coña–. Entonces, ¿vas a romper conmigo porque soy... poco serio?

Él sopesa la afirmación.

–Yo no lo expresaría de ese modo, pero...

–No me puedo creer que estés haciendo esto –murmuro, casi para mí–. No me cabe en la cabeza que vayas a dejar que los tiranos de tus padres decidan sobre tu vida amorosa.

–No pongas palabras en mi boca.

–¿Y no es eso lo que está pasando? –replico–. Tus padres son los titiriteros que controlan tu vida, Joey... Unos titiriteros que, al parecer, me odian a muerte.

–No es eso –responde él–. Les caes bien. No te lo tomes como algo personal.

¿Que no me lo tome como algo personal? Me dan ganas de ponerme a gritar.

–¿Tenías que hacerlo esta noche? –le espeto.

–Yo...

–¿Aquí, en el restaurante más romántico de Chicago?

–Pues...

–Y pensar que yo...

–¡Mira la camisa que llevas, Blaine! –explota.

A alguien de una mesa cercana se le cae el tenedor, y el restaurante se queda en silencio.

–¿Por qué te has plantado esa camisa y esos tirantes cutres para venir a un sitio como este? ¡No estamos en Halloween, Blaine! ¡Y mírate las manos! Sé que has estado trabajando en un mural después de clase, ¡pero es que ni siquiera has sido capaz de quitarte toda la pintura para nuestro aniversario!

Bajo la mirada a mis palmas y veo unas pocas motas del universo azul cobalto de la señora Ritewood, que de algún modo se me pasaron en la ducha.

–Por cosas como esas es por lo que tengo que hacerlo... Por lo que tenemos que terminar –continúa–. Necesito a alguien que sea mi mano derecha, no a un chaval artístico que pinta cosas en edificios por menos del salario mínimo y lo llama «trabajo».

Habría preferido que me diera un puñetazo en el estómago. Me habría sentado mejor que esto. Es evidente que se ha pasado el último año guardándose cosas, y ahora todo ha salido de su boca como un chorro de gasolina sobre una hoguera.

Mi mundo se ha convertido en una pesadilla espesa a cámara lenta. Todos los comensales que nos rodean tienen la mirada clavada en nosotros..., en mí. Puede que esta noche me pareciera una maravilla, pero está claro que, para ellos, yo no soy lo bastante maravilloso. Ni tampoco para Joey Oliver.

–Vale –digo en voz baja, y me pongo en pie–. Me voy a ir ya.

–Espera –me pide él con expresión culpable, al fin consciente de toda la atención que hemos generado–. No pretendía decirte que... Quiero que sigamos siendo amigos, Blaine. Me he expresado mal. Me gusta tu camisa, y en realidad no me importa que tengas pintura en las manos. ¿Blaine?

Aunque apenas siento las piernas, de algún modo me conducen hasta el ascensor. Las puertas de cristal se cierran ante mí, mientras la encargada me mira con cara de que soy lo más lamentable que ha visto en su vida. Desciendo hasta el vestíbulo, incapaz de comprender del todo lo que acaba de ocurrir.

–¿Señor? –me pregunta el tipo del ascensor con expresión perpleja, mientras paso junto a él para ir a la salida.

No debo de estar disimulando muy bien. Necesito salir de aquí cuanto antes.

Pero no tengo forma de volver a casa.

Un taxi hasta mi barrio me costaría fácilmente un día de trabajo en un mural, así que eso queda descartado. Podría llamar a Trish, pero tenía planes con Camilla, su chica; espero de verdad que su cita esté yendo mejor que la mía. No quiero estropearles la noche.

Saco el móvil y me apresuro a buscar a tía Starr entre mis contactos.

–¿Blaine? –me pregunta sorprendida.

–Hola.

–Ay, no –dice. Debo de sonar terriblemente mal–. ¿Qué ha pasado?

–Me... Eh.... –Se me rompe la voz. Mi boca ni siquiera es capaz de encontrar las palabras apropiadas–. No estoy muy bien.

–¿Estás en el Grey Kettle?

–Sí.

–No te muevas –me ordena–. Enseguida llego.

Corto la llamada.

La gente maravillosa que pasa por el vestíbulo me mira fijamente: hombres mayores envueltos en densas nubes de colonia y mujeres con chaquetones caros, que me observan como si yo fuera un marciano de color arcoíris que se ha estrellado en su mundo de normalidad. ¿Es que nunca han visto a un chaval de dieciséis años con pintura en las manos y cara de hecho polvo?

–¿Señor?

Doy un respingo, sobresaltado. Es el tipo del ascensor.

–¿Sí?

Baja la voz mientras me tiende un pañuelo.

–Para los ojos...

Madre mía. ¡El rímel!

Activo la cámara del móvil para verme. Estoy hecho un desastre total y absoluto. Cojo el pañuelo y me limpio los cercos negros que hay alrededor de mis ojos.

–Gracias.

–De nada, señor.

Se queda ahí un momento más, como si quisiera preguntarme qué tal estoy.

–Estoy bien –le aseguro. Tanto él como yo sabemos que es mentira, pero basta para que me deje tranquilo.

Miro los ascensores de cristal que suben y bajan por la pared más alejada del vestíbulo. Supongo que Joey estará bajando en uno de ellos, aunque solo sea para asegurarse de que llego bien a casa. Desde luego, Joey Oliver no es la clase de imbécil que disfrutaría él solo de nuestra cena de aniversario en el Grey Kettle, después de haber cortado conmigo. ¿Verdad?

¡¿Verdad?!

Transcurre un minuto.

Transcurren cinco.

Dejo de contar.

Un chirrido de neumáticos rompe el ruido blanco del vestíbulo, anunciando la llegada de mi tía. Lanzo una última mirada al ascensor para asegurarme de que Joey no está dentro (no, no está) antes de salir por la puerta giratoria.

El aparcacoches mira con cara de vergüenza ajena el Volvo oxidado del año 2003 de mi tía Starr. Vale: es un cacharro ruidoso, el humo que suelta por el tupo de escape apesta y, desde luego, no pega ni con cola con el rascacielos Windy City, pero nunca había estado más contento de verlo. Puede que no sea el BMW de Joey, pero que le den al BMW de Joey.

La ventana del copiloto se abre y aparece la cara babosa de Fudge.

Mi tía estira el cuello tras el volante para verme la cara.

–Sube, anda. Nos largamos ahora mismo.

CAPÍTULO 4

Menos mal que existen los perros. Más concretamente, los perros adoptados. O, más bien, los chuchos adoptados marroncitos y peludos. Que se llaman Fudge, para más señas.

Está acurrucado contra mi pecho en la cama, dormido como un tronco, con la tripa hinchándose y deshinchándose al ritmo de la respiración. Cada pocos minutos se le escapa un ladrido amortiguado, mientras persigue a una ardilla o un gato en sueños (aunque, en la vida real, se lleva genial con la mayoría de los felinos). A lo mejor está persiguiendo a Joey de mi parte.

Ya ha pasado una semana desde el Peor Día de la Historia, y todavía no he salido de mi habitación. Bueno, salvo para ir a comer y al baño y para sacar la basura en pijama (una obligación impuesta por mi padre). En lugar de estar tirado en la arena de una playa tropical junto a Joey, he estado tirado en una cama deshecha junto a Fudge. Ya han pasado siete días y todavía no puedo creer lo que ha ocurrido.

Ni que haya ocurrido de esa forma.

¿Qué clase de monstruo lleva a su novio a uno de los restaurantes más pijos de la ciudad el día de su aniversario, solo para darle la patada? Esa noche se repite una y otra vez en mi mente, como una película de terror puesta en bucle. Las miradas de reojo de los demás comensales; cómo Joey dio un sorbo a su Sprite antes de soltarme la noticia que me fastidiaría el resto del curso; la expresión de sus ojos mientras explicaba que tenía que empezar a salir con Chicos Serios.

Chicos Serios.

Y lo peor de todo es que no lo he superado. Ni siquiera un poco. Todavía estoy triste y locamente enamorado.

Y quiero recuperar a Joey.

Cojo el móvil una vez más (ya llevo unas trescientos cuarenta y siete a lo largo del día, y tengo que introducir la contraseña porque el teléfono no identifica mi cara hinchada por la llorera y medio oculta por los cojines) y abro el correo electrónico. Lo cual es un gravísimo error.

Porque lo que leo me aterra.

La señora Ritewood me ha mandado un correo para preguntar cuándo voy a terminarle el universo. Una parte de mí (la más sincera) quiere responderle con un simple «nunca», pero los remordimientos por abandonar un proyecto a medias me atormentarían para siempre. Por no hablar de que la señora Ritewood es una auténtica reina de la papelería de barrio, y tratarla mal me garantizaría una vida entera de mal karma.

Lo cierto es que no me he sentido tan agotado creativamente hablando desde hace mucho tiempo.

Es que ni siquiera sé si me apetece volver a pintar.

Por difícil que fuera oírlo, Joey dijo algo cierto en el Grey Kettle: los Chicos Serios no van por la ciudad creando escenas fantásticas en fachadas de ladrillo. Y, desde luego, jamás lo harían por una tarifa inferior al precio de mercado, como seguro que diría la exitosa señora Oliver.

A lo mejor me tomo una temporada de descanso.

Aunque tengo la norma de no dar largas jamás a un cliente, ignoro el correo de la señora Ritewood y decido que ya me encargaré de ello más tarde.

Mi dedo toca el icono de Instagram.

Y ahí está él. Es lo primerísimo que veo al entrar en la aplicación.

Joey, sin camiseta y algo bronceado, de pie junto a una palmera. Sostiene una bebida con una rodaja de piña que asoma por la parte superior. Es el último testimonio fotográfico de las mágicas vacaciones sin mí de la familia Oliver. Subido hace siete minutos.

Leo debajo: «La peor decisión que tomo siempre en vacaciones es volver a casa! #EsBroma #AmoChicago», junto a unos cuantos emojis de soles y corazones de color naranja.

Reprimo la necesidad de vomitar a chorro sobre Fudge y mis sábanas.

–Madre. Mía –dice una voz a mi derecha, y doy un respingo.

Es Trish. Está en el umbral de mi habitación junto a Camilla, mirándome con cara de horror. Bueno, vale: he de admitir que su reacción está justificada.

Hay ropa sucia por todas partes. Y también platos sucios. Mi lista de reproducción «Melancolía» suena bajito, con *Folklore* de Taylor Swift confirmando que sigo sin salir del agujero.

–Blaine –dice Camilla con un suspiro–. Tío.

–Esta habitación huele a establo –añade Trish, y camina hacia mi lado de la cama seguida por Camilla–. Tenemos que sacarte de aquí.

–Mis padres y mi tía ya lo han intentado varios cientos de veces esta semana –replico–. Si no han podido motivarme con promesas de helados de Jeni's o esa peli nueva de Pixar, ¿qué posibilidades creéis que tenéis vosotras?

Trish y Camilla intercambian una mirada significativa.

Verlas con ropa de verdad me hace darme cuenta de lo mal que voy yo, con mi pantalón de chándal mugriento y mi sudadera manchada. La chaqueta de cuero falso de Trish combina con sus pendientes de color amarillo piña, mientras que su sombra de ojos dorada, reluciente sobre su piel marrón, es como el contraste perfecto para mi estética de vertedero. Camilla lleva una gorra de béisbol color esmeralda que resalta el verde de sus ojos, un collar con un tiranosaurio rex plateado (está obsesionada con los dinosaurios) y una camiseta de tirantes finos.

Las dos llevan bebidas grandes con pajitas de un rosa intenso. Es obvio que vienen de nuestro café habitual, el Biggest Bean. Trish me tiende un vaso.

–Es tu favorito: café moca.

–No –murmuro.

Pero Trish me lo pone en la mano de todos modos, así que doy un sorbo. No lo admito en voz alta, pero su cremosidad helada es justo lo que necesitaba.

–Blaine, esto es inaceptable –me espeta Camilla, y me clava un dedo en la nalga para molestarme–. Ya ha pasado una semana. Has perdido todas las vacaciones de primavera.

–¿Y qué? –pregunto.

–¿Cómo que «y qué»? ¿Qué pasa, tienes pensado morirte aquí dentro?

–Sí.

Trish apaga a Taylor Swift con un suspiro antes de sentarse junto a mí y rascarle la cabeza a Fudge.

–A ver: ¿recuerdas cuando Camilla me dejó el año pasado y caí en una espiral depresiva?

Camilla gira la cabeza, y su larga coleta castaña cae frente al hombro.

–¿Por qué tienes que sacar el tema?

–Tengo una buena razón, te lo aseguro –responde Trish, y se vuelve de nuevo hacia mí–. Bueno: evidentemente, acabamos por reconciliarnos, pero tú me diste un consejo estupendo. ¿Recuerdas cuál fue?

Me estrujo el cerebro.

–¿Que podías encontrar a alguien mejor que Camilla? –Ella abre mucho los ojos, y yo esbozo una sonrisa desvaída–. Es broma.

Las dos sonríen, aliviadas de comprobar que no he perdido del todo el sentido del humor.

–¿Y bien? –dice Trish cuando ve que no respondo–. ¿Lo recuerdas?

Entrecierro los ojos, pensativo, pero mi mente es incapaz de recuperar ni un solo recuerdo coherente anterior al Peor Día de la Historia (que, trágicamente, puedo recordar con todo lujo de detalles, hasta la última burbuja del Sprite de Joey).

–Nunca le permitas a nadie manejar tu autoestima –dice Trish cuando ya está lo bastante claro que mi mente no funciona–. Y ahora, te repito a ti el mismo consejo: no permitas que Joey maneje tu autoestima.

Suelto un suspiro.

Ha sido un buen intento, pero no cuela.

–Blaine, venga ya. –Trish me tira del brazo para sacarme de la cama, pero yo me resisto. Con fuerza. Se rinde después de un minuto–. ¡Ya habrá más chicos!

—Muchos más chicos —añade Camilla.

—Decenas y decenas de chicos.

Hago un mohín, cosa que sé que fastidia muchísimo a Trish.

—Pero yo no quiero a otros chicos. Yo quiero a Joey.

Se quedan en silencio y dejan sus bebidas en las superficies más cercanas. Trish mira a Camilla y ella le devuelve la mirada. Entonces, sus ojos encuentran los míos, y me doy cuenta de que están tramando algo.

—Esperad... —Se está desarrollando una conspiración delante de mis narices—. ¿Qué vais a hacer?

—Blaine —dice Trish mientras me quita el café helado de la mano y lo deja sobre la mesita de noche—. Lo sentimos.

Antes de que pueda defenderme, Camilla me agarra de los hombros, me gira para tumbarme boca abajo y salta sobre mi espalda. Es fuerte de narices.

—¿Qué co...?

Rápidamente, Trish me rodea la cabeza con una venda y la ata fuerte. Muy fuerte. No veo nada.

—Tenemos una sorpresa para ti.

—¿Implica llevarme al bosque para asesinarme? —jadeo, esforzándome por respirar—. ¡Porque eso es lo que parece que estéis haciendo!

—No. Solo implica que te pongas unas chanclas.

—Eso es —añade Camilla, aplastándome con todo su peso contra el colchón—. No tienes que llevar nada más.

—¿Al menos puedo darme una ducha primero? —pregunto con la boca contra las sábanas.

—No. Aprovecharías para salir a escondidas del baño y escaparte.

Me conocen demasiado bien.

Camilla mueve mis brazos hacia atrás y siento un roce metálico que hace «clic» alrededor de mis muñecas.

–Espera, ¿eso son esposas?

–Sí.

–Estáis de coña, ¿verdad?

–La sorpresa valdrá la pena, te lo prometo –dice Trish, pero no me lo trago ni por un segundo.

Camilla se levanta (por fin puedo respirar de nuevo) y me lleva hasta donde he dejado mis chanclas. Me las pongo porque no tiene sentido librar una batalla que sé que voy a dar perder. Luego, me agarran cada una de un brazo y echan a andar hacia el piso de abajo.

–¿Qué estáis tramando vosotros tres? –pregunta mi tía mientras cruzamos el recibidor. Debe de estar el sofá, porque oigo cómo come palomitas mientras suena *Los Bridgerton* de fondo.

–¡Me están secuestrando! Por favor, tía Starr, ¡ayúdame! –le suplico.

Hay una breve pausa.

–Me alegro de que alguien sea capaz de sacarte de casa por fin –replica, y sube el volumen de la tele–. Traedlo de vuelta para la hora de cenar, señoritas.

Supongo que debe de hacer un buen día en el noroeste de Chicago, porque los pájaros pían y siento la caricia del sol en la frente. Pero Trish me ha apretado tan fuerte la venda que bien podríamos estar caminando por las vías del metro.

–Por cierto: cuando volvamos a tu habitación, tienes que echar esta ropa a lavar –me ordena Trish.

–Y llevar todos los platos a la cocina –añade Camilla.

–Mi habitación no está tan mal –replico.

–Sí –sentencian al unísono–. Lo está.

Caminamos durante unos minutos más. A juzgar por la duración del trayecto y el olor a delicias horneadas que flota en el aire, creo que sé adónde me llevan.

–¿El Biggest Bean? –pregunto cuando nos detenemos.

Camilla me quita las esposas.

Trish me desata la venda.

Mis ojos tardan unos segundos en adaptarse al sol, pero los entrecierro y confirmo mis sospechas. Sí, estamos junto al Biggest Bean, aunque nos hemos detenido en el lateral del edificio, en la parcela vacía y llena de hierba que hay al lado. Mi madre me dijo una vez que antes había allí una lavandería, pero se quemó cuando yo era pequeño. Ahora no es más que un solar feo y rectangular, bordeado por negocios más afortunados.

–Eh... –Miro alternativamente de la una a la otra–. ¿Qué tiene esto de sorpresa? ¿No acabáis de venir aquí para comprar los cafés?

–La sorpresa es eso –dice Camilla, señalando la pared lateral del Biggest Bean–. Bao te ha contratado para pintarla.

Ah. Hala.

–¿En serio?

–Sí –responde Trish, con la purpurina de su sombra de ojos todavía más reluciente a la luz del sol–. Y, además, puedes pintar lo que quieras. Bao se fía de ti.

–Bueno, igual es mejor que hagas algo para todos los públicos –puntualiza Camilla en voz baja–. Pero sí: básicamente, puedes hacer lo que te dé la gana. Bao parece muy cómodo con la idea.

–Es más, hasta parece emocionado –añade Trish.

–Yo voto por una escena del jurásico –sugiere Camilla, dándome un codazo.

Trish pone los ojos en blanco.

–Dinosaurios, cómo no...

–¿Tal vez unos cuantos braquiosaurios comiendo junto a un lago? –sugiere Camilla en plan friki–. No sé, algo relajante.

–Cariño, ¿qué pinta una manada de braquiosaurios en la fachada lateral de un café? –replica Trish.

–Bueno, en la Papelería de Susan estoy haciendo un Saturno psicodélico –le explico yo–, y no es que el sistema solar tenga una relación directa con el papel... Así que no me parece que el mural tenga por qué ir de lo mismo que el establecimiento.

–¿Ves? –repone Camilla con una sonrisa satisfecha–. Está decidido: braquiosaurios.

Las dos se enzarzan en una discusión sobre el café y los dinosaurios y, por fin, me dejan solo con mis pensamientos. Empiezo a dar vueltas a todas las posibilidades del gigantesco lienzo que me devuelve la mirada.

No hay duda de que a Bao, el sonriente dueño de la tienda, le gustan nuestras visitas casi diarias (ahora que lo pienso, quizá tenga que ver con toda la pasta que nos dejamos ahí). Pero, a diferencia de la Papelería de Susan, su café con pastelería vietnamita-americana se encuentra en la esquina de una calle muy frecuentada, en un edificio comercial que atrae un montón de miradas. Seguro que muchos artistas profesionales de Chicago estarían dispuestos a aceptar este encargo.

Y Bao quiere que lo haga... ¿yo?

Examino la pared envejecida. Para ser alguien que está en búsqueda constante de superficies que decorar, casi me da vergüenza no haberme fijado antes en el Biggest Bean. El edificio es antiguo, eso está claro, y sus ladrillos descascarillados van desde el rojo hasta el naranja quemado y el carbón. Todavía quedan algunos restos de murales pasados y casi borrados, pero, en general, el edificio está en buena forma.

Pero es una pared grande. Muy grande. La mayoría de mis murales son tirando a pequeños; si me liara con este, tardaría todo el verano en terminarlo.

–Eh...

–No te preocupes –dice Trish leyéndome la mente–. No espera que lo pintes entero. Solo la parte de abajo, a la altura de los peatones.

–También puedes hacerlo más grande, si quieres –añade Camilla–. Pero ha dicho que algo en plan dos metros y medio por dos metros y medio le serviría. Lo suficiente para darle un toque interesante a la pared.

Pienso un momento más.

Tiene que haber alguna pega.

–Pero seguro que no se ha ofrecido a pagarme, ¿verdad? –pregunto con una sonrisa.

He aprendido que los dueños de algunos negocios de zonas concurridas tienen la impresión de que, para un artista, la promoción es lo mismo que el dinero.

–Mil –suelta Camilla con rotundidad.

La miro fijamente.

–Mil... ¿qué?

–Dólares –especifica Trish–. La oferta es suya, no nuestra.

–Estáis de coña.

–Nop.

–O sea... –Jamás me habían pagado mil dólares por un trabajo–. ¿Estáis seguras?

Ellas se ríen.

–Sí.

Gané cuatrocientos dólares por recrear el letrero de Hollywood en la entrada de Películas Filmore el verano pasado, y quinientos por una imagen de *RuPaul's Drag Race* en Pelucas Betty, en el barrio de Uptown. ¿Pero mil dólares?

Mi decisión de esta mañana se derrumba sobre mí.

–Esperad. No puedo.

Ellas me miran asombradas.

–¿Por qué no? –dice Trish.

–Voy a dejar de pintar durante una temporada.

–¿Y eso? –replica.

Camilla está boquiabierta.

–No nos habías dicho nada.

–Lo sé, lo siento. –Comienzo a pasearme junto al borde del edificio en dirección a la acera–. Es que lo he decidido hoy.

–¿Tiene algo que ver con Joey? –pregunta Trish.

–¡No! O sea, sí. Bueno, más o menos. –No sé muy bien cómo expresarlo–. Me he puesto a pensar en lo que estoy haciendo con mi vida...

–Blaine.

–... y, aunque me encanta pintar, apenas gano dinero con ello, y...

–Blaine.

–... da mucho más trabajo del que podéis pensar, la verdad, con eso de buscar la pintura y los demás materiales, y todas las horas de trabajo...

–Blai...

–¡Parad, por favor! ¿Vale? ¡Solo estoy intentando decidir qué hago con mi vida! –exploto, y me desplomo sobre la hierba junto a la acera.

Trish y Camilla se quedan en silencio un momento antes de sentarse en el suelo junto a mí.

—Lo siento —susurro un poco avergonzado—. No pretendía estallar así.

—No pasa nada —me asegura Trish—. Lo entendemos.

—Gracias por proponérselo a Bao —les digo, mirándolas de hito en hito—. Pero quiero darme un descanso, dejar de pintar. Aunque no sea hasta final de curso, al menos sí por un tiempo. ¿Vale?

Las dos se acercan a mí para darme un abrazo en grupo.

—Pues claro —susurra Camilla.

—Te quiero —dice Trish.

El abrazo es especialmente largo. Y, después de una semana de casi cero interacción humana (y casi demasiada interacción con Fudge), es justo lo que necesito. Nos quedamos en la hierba un rato más, viendo pasar los tobillos de los peatones. Trish y Camilla me ponen al día de todo lo que me he perdido durante las vacaciones porque estaba demasiado deprimido para salir de casa. La mayoría de lo que han hecho no ha sido para tanto, salvo esa visita a un autocine para ver *Frankenstein*. Ojalá hubiera ido con ellas...

Mi mente comienza a divagar, distraída por la brisa, los árboles que se mecen y el barullo a nuestro alrededor. Ejecutivos saliendo a toda prisa del Biggest Bean con un café en la mano; skaters disfrutando de los últimos días de las vacaciones de primavera, que hacen trucos en un bordillo cercano...

Ojalá estuviera con Joey.

Ni siquiera tendría que estar pensando en eso, lo sé; rompió conmigo de la forma más monstruosa posible (hablando de *Frankenstein*). Pero el corazón quiere a quien quiere, y el mío todavía quiere a Joey.

Lo del viernes pasado fue una excepción: en realidad, no creo que él sea así. Lleva tiempo estresado por lo del consejo estudiantil, la planificación del baile de fin de curso y la universidad. Y tampoco es que mintiera sobre las presiones de su familia; es verdad que los hijos de los Oliver cargan con demasiadas expectativas paternas.

Quiero volver con él.

La campanilla de la puerta del Biggest Bean tintinea mientras sale un grupo de universitarios con camisetas de la Universidad DePaul.

–... no me puedo creer que haya vencido a Tucker Randolph –oigo que dice uno de ellos, y le da un sorbito a su café–. Jeff va a llegar lejos, tío.

–Hoy es el vicepresidente del consejo estudiantil de DePaul –interviene otro–, y mañana será el alcalde de Chicago. Al tiempo...

–Es la hostia.

–¿A que sí?

Se han alejado demasiado para seguir oyéndolos, pero me he quedado con lo del tal Jeff.

Jeff Loquesea. Vicepresidente del consejo estudiantil de DePaul. El que va a llegar muy lejos.

El futuro alcalde de Chicago; y si no, al tiempo.

Jeff, que, al parecer, es la hostia.

Es que me parece que puedo verlo, con sus pantalones de pinzas, su sonrisa reluciente y su costumbre de llegar un cuarto de hora antes a las citas. Jeff el vicepresidente es exactamente la clase de compañero que Joey querría tener a su lado en el futuro, cuando haga campaña. Joder, es que seguro que es la clase de Chico Serio que Joey querría encontrarse al volver a casa en el futuro...

Ahogo un grito.

Trish y Camilla también lo hacen.

–¡No me des esos sustos! –grita Trish, y me da un golpe en el hombro–. ¿Qué pasa?

Me pongo en pie y comienzo a pasear por la acera, con el cerebro funcionando a toda máquina.

Si la clave para estar con un Joey es convertirme en un Jeff, ¿quién dice que no puedo convertirme en un Jeff?

–Blaine, ¿estás bien? –me pregunta Camilla con aspecto preocupado.

–Nos estás asustando –añade Trish.

Me detengo y les sonrío de oreja a oreja.

–Ya sé lo que tengo que hacer.

–¿Vas a pintar la pared de Bao? –pregunta Camilla, emocionada.

–No –respondo, y sus labios se curvan hacia abajo–. Sé lo que tengo que hacer para recuperar a Joey.

Levanto la cabeza y respiro hondo.

–Trish, Camilla... Voy a presentarme como candidato a presidente de nuestro curso en el consejo estudiantil.

CAPÍTULO 5

–Madre mía. –Trish se saca la piruleta morada de entre los labios y me examina de arriba abajo. Es una reacción muy diferente a la que le provocó mi modelo para ir al Grey Kettle, pero eso ya me lo esperaba–. Sí que ibas en serio con lo de presentarte a las elecciones, ¿eh?

Me encojo de hombros con timidez y miro a mi alrededor para comprobar si alguien me mira. Es el primer día de clase tras las vacaciones de primavera, y en el pasillo reina un jaleo infernal: todo el mundo está saludando a sus amigos y contándoles lo que ha hecho estos días. Sospecho que muchos de mis compañeros se habrán enterado ya de la ruptura, aunque nadie me ha preguntado nada todavía. Por dejar las cosas claras, a muy poca gente le importa que alguien me deje. ¿Pero que Joey Oliver vuelva a estar soltero? Eso sí que es noticia en el instituto Wicker West.

–No te gusta nada, ¿verdad? –le pregunto a Trish con una mueca.

Cierra con un chasquido la puerta anaranjada de su taquilla y se gira para mirarme de frente.

–Es, eh... Es diferente.

–O sea, que lo odias.

–No. Es que se me hace raro verte con traje, nada más. Y es... ¿No es un poco...?

–¿Grande?

Tuerce la boca.

–Sí.

–Mierda.

–¡Pero no pasa nada! –Trata de recular, cambiando los libros de texto de una cadera a otra y dándole otro lametón a la piruleta–. Te está un poco holgado. Pero te queda bien.

«Un poco holgado» es una forma muy suave de decirlo. ¿A quién pretendo engañar? Dentro de este traje de chaqueta podría caber otro Blaine, y lo más probable es que tuviéramos espacio para un tercero.

La camisa blanca que llevo metida en los anchos pantalones casi me llega a las rodillas, y los zapatos negros de vestir le sentarían bien a un artista de circo. Soy como la versión funeraria de Ronald McDonald, más o menos. Pero esto es lo que hay cuando tu única forma de encontrar ropa formal es saquear el armario de tu padre... Si esta es la estética de Chico Serio que quiere Joey, se la voy a dar. Punto.

–Vale –asiento mientras me enderezo la corbata, que es más o menos del ancho de mi cuello–. Estoy listo.

–¿Seguro que quieres hacer esto?

–Sí.

–Porque creo que presentarte a presidente de tu curso es algo gordo, y más en el último año.

–Lo sé.

–En plan, que es una responsabilidad –añade–. Una muy grande.

–Lo entiendo.

–La cosa es que... A ver. –Me ajusta un poco la corbata, con cuidado de no rozarla con la piruleta que sostiene entre los dedos–. ¿Recuerdas cuando Camilla me dejó el año pasado y estuve como cuarenta y ocho horas empeñada en pasarme todo el verano en Seúl, por alguna razón?

Levanto la mirada, pensativo.

–Sí –respondo con lentitud–. ¿Qué tiene que ver eso con nada?

–Los seres humanos tendemos a hacer cosas impulsivas cuando estamos de bajón –me explica, sacudiéndome unas pelusas de los hombros–. Y ahora mismo, tú estás de bajón. Igual que yo después de mi ruptura.

–¿Estás insinuando que la decisión de presentarme al consejo estudiantil podría ser un impulso irracional nacido del hecho de que Joey me ha dejado, y que es posible que acabe por lamentarlo durante toda mi vida?

Ella abre la boca ligeramente y sacude la cabeza.

–Bueno, yo no he dicho eso.

–Trish. –Le agarro las manos–. Confía en mí. ¿Joey tiene algo que ver con todo esto? Pues claro –admito, sabiendo que en realidad me quedo cortísimo–. Pero quiero presentarme. ¿Vale?

Ella me dirige una mirada tan penetrante que estoy seguro de que distingue la pared que hay detrás de mi cabeza.

–Bueno, está bien –dice mientras me da un codazo, que es su forma de chocarme los cinco.

Los dos echamos a andar hacia la mesa de información sobre las elecciones al consejo estudiantil, donde Joey está de guardia. No, no lo he visto desde el Peor Día de la Historia. Y no, no puedo estar del todo seguro de cómo voy a reaccionar cuando vuelva a hablar con él. ¿Sentiré la necesidad de darle un bofetón? ¿De besarle? ¿De las dos cosas, una detrás de otra? Estamos a punto de averiguarlo.

Un grupo de alumnos de primero se aparta de la mesa, y entonces lo veo.

Sigue siendo el chico de mis sueños.

El moreno rojizo que tenía en Cabo (demasiado sol) se ha desvanecido para dar paso a un resplandor dorado. Su chaleco granate combina a la perfección con las gafas marrones que se pone siempre los lunes (y que me encantan), cuando está demasiado cansado para ponerse las lentillas, pero quiere ir arreglado de todos modos. Incluso a un par de metros de distancia, capto el aroma de su colonia y siento nostalgia por lo que éramos hace tan solo dos semanas.

Se queda boquiabierto al verme la cara.

–¿Blaine?

Intento caminar como si estuviera feliz de la vida, pero mis zapatos de payaso están a punto de hacerme caer sobre la mesa informativa.

–Hola, Joey.

Él saluda con la cabeza a Trish, que está detrás de mí.

–Hola, Trish.

–Joey –responde ella con tono gélido.

–Llevas una chaqueta interesante –comenta él, tratando de interpretar mi atuendo–. ¿Por qué...? –Su voz se apaga. Se me queda mirando con la boca entreabierta.

Le doy un segundo para terminar.

–¿Por qué... qué? –digo al fin.

–¿Por qué te la has puesto?

Respiro hondo. Trish me da un empujoncito desde atrás para animarme; supongo que se da cuenta de lo nervioso que estoy.

–Joey –digo, y suelto aire–. He decidido presentarme como candidato a presidente de mi curso.

Él me mira fijamente.

–Perdona... ¿Qué?

–Voy a presentarme a las elecciones al consejo estudiantil.

Continúa mirándome sin decir nada.

Trish da un paso adelante y se sitúa a mi lado.

–¿Qué es lo que te parece tan difícil de entender? Blaine quiere informarse para presentarse a las elecciones. –Hace un gesto para abarcar la mesa, que está cubierta de formularios de inscripción y cuencos de caramelos para atraer a la gente–. ¿No es eso lo que estáis haciendo aquí?

Joey, todavía boquiabierto, dirige la mirada de ella hacia mí.

–¿Tú quieres ser presidente?

Sonrío.

–¿Tan difícil es? –repongo.

La conversación se queda estancada. Nos miramos fijamente. Me encantaría que fuera porque nuestra chispa sigue ahí, como cuando me miró en el porche de mi casa hace dos viernes, pero más bien me da la impresión de que no es capaz de procesar mis palabras. Es como si estuviera hablándole en élfico a un hobbit.

–Hola, Blaine. –El señor Wells aparece junto a Joey. Se rasca la barba canosa y levanta la barbilla para mirarme por la parte inferior de sus gafas bifocales–. ¿Cómo han ido las vacaciones?

–De maravilla –le miento.

–¿En serio? ¿De maravilla? –Ashtyn Nevercrop, la mejor amiga de Joey, aparece al otro lado de él–. Esa no es la respuesta que esperaba. ¿Y no acabo de oír que quieres presentarte como candidato a presidente de tu curso?

Ashtyn es lo peor.

Joey y ella se conocen de toda la vida, en plan «nuestros padres eran amiguísimos en el colegio» y esas cosas. Es rencorosa y cínica, y protege a sus amigos con ferocidad. Si se mosquea contigo, te dará la puñalada; y no con una navaja pequeñita, sino con uno de esos cuchillos enormes que utilizan los asesinos en las películas. Ashtyn solo ha tolerado mi existencia mientras Joey y yo estábamos juntos, y ahora sin duda formo parte de su lista de enemigos.

–Hola, Ashtyn –la saludo con una sonrisa, negándome a seguirle el juego–. Has oído bien: quiero informarme sobre lo que hay que hacer para entrar en las elecciones al consejo estudiantil.

Ella se pasa la melena rubia por detrás del hombro.

–Te das cuenta de que el plazo de inscripción está a punto de finalizar, ¿verdad?

–¿Y...? –interviene Trish sin perder un segundo.

Los ojos azul hielo de Ashtyn le lanzan una mirada amenazante.

–Además, ya hay como un millón de candidatos más.

–Bueno, tampoco exageremos, Ashtyn –interviene el señor Wells en un intento de bajar la temperatura–. Muchas personas han expresado interés, pero hasta el momento solo seis han conseguido cumplir el requisito de las firmas.

–¿Qué requisito? –pregunto, alternando la mirada entre los tres.

Joey encuentra la voz al fin y se coloca bien las gafas.

–Tendrás que conseguir que cincuenta de tus compañeros de curso firmen para apoyar tu candidatura –dice.

–¿Qué significa exactamente eso de apoyar su candidatura? –pregunta Trish.

—Bueno, no implica que se comprometan a votarle —responde el señor Wells, y me entrega una hoja con huecos para cincuenta nombres—. Solo quiere decir que están abiertos a planteárselo. ¿Ves?

Señala las palabras impresas en la parte superior de la página:

> Yo, ______________________, solicito que el consejo estudiantil del instituto Wicker West considere la candidatura de ______________________ para optar a la presidencia de su curso el año que viene.

—Por favor, no inventéis ni falsifiquéis nombres, porque los comprobamos todos para asegurarnos de que son válidos —continúa el señor Wells, que claramente ya ha tenido que explicar esto cien veces—. Como ha señalado Ashtyn, tienes el tiempo un poco justo, Blaine. Necesitamos tus cincuenta firmas para el miércoles.

Abro mucho los ojos.

—¿El miércoles, en plan dentro de dos días?

Ashtyn sonríe al sentir mi pánico.

—Exacto.

Me inclino hacia Trish.

—¿Conocemos a cincuenta personas? —le susurro.

—Pues claro —responde ella, consciente de que Joey y Ashtyn nos están oyendo.

—Vale —digo, girándome de nuevo hacia la mesa—. Entonces, si consigo las cincuenta firmas, ¿estoy dentro de las elecciones?

—No —responde Ashtyn, tajante.

—Si me hubieras escuchado cuando te hablaba del consejo estudiantil, no te haría falta preguntar —señala Joey con una risita pasivo-agresiva.

Los dos sabemos que esto no tiene nada de gracioso.

–Lo siento –respondo, y trato de aliviar la tensión con una sonrisa–. Vale: ¿qué pasa después de conseguir las cincuenta firmas?

–Si consigues cincuenta firmas válidas, después tendrás que ofrecer un discurso de tres minutos a los miembros actuales del consejo estudiantil –dice el señor Wells.

–No me jo... –consigo detenerme–. Jorobes. Lo siento. Es que no sabía que había que dar un discurso. ¿Delante de todo el consejo?

–Bueno, es una forma de asegurarnos de que no se presenta... cualquiera, ¿comprendes? –replica Ashtyn.

–En el discurso tendrías que explicar por qué te presentas y qué es lo que puedes aportar al consejo –explica el señor Wells.

–Eso es: qué clase de presidente serías, cuál va a ser el lema de tu campaña, qué experiencia podrías aportar... –enumera Joey, sabiendo muy bien que no he dedicado ni un solo pensamiento a ninguna de esas cosas.

–Vale –respondo, estrujándome el cerebro–. Y después de eso, sí que estaría entre los candidatos, ¿no?

–Después de eso –dice Ashtyn, disimulando a duras penas el gusto que le produce verme así de agobiado–, el consejo vota. Para convertirte en candidato, deberás reunir al menos un cincuenta por cien de apoyos.

–Este año, el consejo estudiantil consta de noventa y cuatro miembros –añade el señor Wells–, lo que significa que tendrás que convencer como mínimo a cuarenta y siete de ellos de que mereces presentarte a la elección.

–Ya. Parece un poco difícil, ¿no? –pregunto, y el señor Wells asiente con la cabeza.

–Si consigues las cincuenta firmas y llegas hasta ese punto, te recomiendo encarecidamente que pienses bien tu discurso y tu programa, Blaine. Además, cuanto más trabajes tu discurso, más preparado estarás para el debate.

–Un momento... ¿Qué?

¿Un debate? ¿En plan ponerme bajo los focos y discutir con otras personas durante un buen rato?

Joey suelta un suspiro.

–Venga ya, Blaine: eso ya lo sabías. Los candidatos a presidente de cada curso debaten delante de todo el instituto. ¿No recuerdas cuando lo hice yo el curso pasado?

Sí, lo recuerdo, pero me había olvidado hasta este preciso instante.

–Sí, sí, por supuesto.

–Blaine –dice Joey, bajando la voz–, ¿por qué estás haciendo esto? ¿Es por lo nuestro?

–No, Joey –le respondo también en un susurro, tratando de aparentar una seguridad que estoy a años luz de sentir–. Es porque quiero ser presidente de mi curso.

El señor Wells me ofrece un folleto.

–Aquí están todos los detalles sobre el funcionamiento de las elecciones: las fechas que debes tener en cuenta, los requisitos..., esa clase de cosas.

–Es especialmente útil para los novatos que han decidido presentarse con cero experiencia –añade Ashtyn con mordacidad–. Yo lo tendría muy en cuenta.

–Genial, gracias por vuestra ayuda –digo mientras cojo el dosier. Les dirijo a todos una última sonrisa y comienzo a alejarme, no sin antes tropezar otra vez con mis zapatos de payaso.

Cuando estamos lo bastante lejos para que no nos oigan, Trish se inclina hacia mí.

—¿Te das cuenta de lo que acabas de hacer?

Cincuenta firmas para el miércoles.

Un discurso delante del consejo estudiantil.

Un debate frente al instituto entero.

—Pues no, la verdad —respondo. Estoy a punto de echarme a llorar o a reír, no tengo claro cuál de las dos cosas—. Pero si quiero conseguirlo, tengo que ponerme en serio.

CAPÍTULO 6

Decir que voy a estar fuera de mi zona de confort durante el próximo mes no es del todo exacto. Es más bien como si me hubieran empujado (o catapultado, para ser preciso) a una distopía unipersonal, y no puedo culpar de ello a nadie salvo a mí mismo. ¿Pedir firmas a mis compañeros de curso? ¿Pronunciar un discurso delante del consejo estudiantil? ¿Debatir con unos cuantos cerebritos subido a un escenario? Yo soy el rarito que siempre lleva cascos, el friki que pinta murales por su cuenta, no un proyecto de político dispuesto a estrechar manos a diestro y siniestro.

Por eso tengo que ponerme las pilas. Empezando desde ya.

Y lo digo literalmente: más me vale empezar ahora mismo. No tengo ni una hora que perder.

Comienzo con el obstáculo más inmediato: las cincuenta firmas.

A la hora de la comida, aparto una mesa en la cafetería y coloco el cartel que he hecho en la clase de arte de primera hora. «¡VOTA A BLAINE COMO PRESIDENTE DE CUARTO CURSO!», pone en grandes letras azules. Mis compañeros lo verán, se acercarán a charlar y firmarán en la hoja.

—¿Qué es esto? —pregunta Carly Eggman, que se acerca paseándose mientras bebe una Coca light.

—¡Hola, Carly! Gracias por preguntar. He decidido presentarme a las elecciones del consejo estudiantil para ser presidente de cuarto curso, y... Ah, vale, hasta luego. —Carly se está alejando junto a Caleb Kresky, que la ha distraído con una hamburguesa con patatas—. ¡Luego hablamos!

Coloco el cartel en el mejor ángulo para que la gente lo vea y pongo a su lado el bolígrafo y la hoja de papel que me ha dado el señor Wells. Me subo las mangas de la chaqueta extragrande de mi padre, me esfuerzo por sonreír y miro a mi alrededor con inquietud, esperando que al menos algunos de mis compañeros reconozcan mi existencia.

Espero. Y espero. Y espero un poco más.

Ya han transcurrido cinco insoportables minutos cuando Matt Hattle se detiene frente a mi mesa, se mete un pretzel en la boca y se queda mirando el cartel con cara de no entender nada.

—Hola, Matt —digo al ver que permanece en silencio—. Me voy a presentar a las elecciones del consejo estudiantil para ser presidente de cuarto curso.

—Ya lo veo. ¿Pero tú no estás en tercero, como yo?

—Sí. Estas elecciones son para elegir el consejo del curso que viene, y...

—Por cierto, me he enterado de que Joey te ha dejado. Lo siento. Tiene que ser duro.

Siento que se me encienden las mejillas, pero me río para aliviar la tensión.

—Gracias, pero tampoco es para tanto...

—También he oído que lo hizo el día de vuestro aniversario. ¿Es verdad o solo es un rumor?

Me aclaro la garganta.

–No es un rumor.

Él se inclina hacia mí y baja la voz.

–Tío, vaya mierda.

–No pasa nada, tranqui. ¡Estoy genial! Me voy a presentar a las elecciones del consejo, y necesito firmas para...

–Luego me lo cuentas, que me tengo que marchar. Pero tú dale ahí, chaval.

Y se marcha.

Pues nada, ya van cero de dos.

Por supuesto, no esperaba que fuera fácil convencer a la gente. Supongo que a la mayoría de mis compañeros, el eslogan «¡VOTA A BLAINE COMO PRESIDENTE DE CUARTO CURSO!» les parecerá tan interesante como «¡VOTA A TU TORTUGA FAVORITA EN LA CARRERA DE 50 METROS LISOS!». Pero, a este ritmo, estaré en la universidad antes de encontrar a cincuenta personas que me apoyen.

Ashtyn es horrible, pero tal vez tuviera razón al burlarse de mi intento de suceder a Joey. Después de todo, ella forma parte del consejo estudiantil desde que empezó el instituto, y podríamos decir que comprende la política del instituto Wicker West mejor que nadie, Joey incluido. Supongo que la única razón por la que no se presenta es que ya es secretaria de la National Honor Society, presidenta del Club de Francés y capitana del equipo de sóftbol escolar (aunque, si fuera capaz de clonarse para presidir todos los grupos extracurriculares de Wicker West, seguro que su mayor prioridad sería convertirse en la sucesora de Joey).

Puede que Ashtyn sea muchas cosas, pero tonta no es. Y si piensa que mi presencia en estas elecciones es un chiste, tal vez debería plantearme renunciar, ahora que estoy a tiempo.

Espera, no. Para el carro, Blaine.

Necesito cortar esta dinámica derrotista, así que meto la mano en mi mochila y saco el dosier que me ha dado el señor Wells con información sobre las elecciones. Lo primero que pone son las fechas que debo tener en cuenta, especialmente la del discurso frente al consejo actual y la del debate, que se celebrará la víspera de la elección. En la tercera página están los requisitos que hay que cumplir para presentarse. «Los/as aspirantes deben tener una nota media de aprobado, como mínimo». Hecho. « Los/as aspirantes no deben emplear palabras malsonantes en los elementos de su campaña, lo que incluye sus discursos, debates y carteles». Bueno, qué se le va a hacer. «Los/as aspirantes deben nombrar un/a jefe/a de campaña antes de presentar la hoja de firmas».

Ah, es verdad. Necesito uno de esos. El año pasado Joey escogió a su amigo Ralph, un friki de la organización de lo más obsesivo. Estoy seguro de que habría elegido a Ashtyn, pero ella estaba en segundo, al igual que yo, y los jefes de campaña deben estar en el mismo curso que el candidato.

Paso varias páginas hasta encontrar los deberes específicos de esa persona. Según la hoja, un jefe de campaña convencional tiene que ayudar al candidato a «crear un mensaje de campaña y un programa para su etapa en la presidencia», así como asumir una serie de tareas logísticas el día de las elecciones.

Trish aparece al lado de mi mesa, junto a Camilla.

–Ya sé que antes me dijiste que querías hacer esto solo, pero... –Hace una pausa, tratando de interpretar mi expresión–. ¿Cómo te va?

Empujo hacia ellas el papel que en teoría tendría que contener las firmas.

–No muy bien –respondo, y ellas bajan la mirada para ver mis cero firmas–. Solo se han parado a hablar dos personas.

–¿Quiénes eran? –me pregunta Trish.

–Matt Hattle y Carly Eggman.

Camilla quita importancia al asunto con un gesto.

–De todos modos, ¿querrías que Matt Hattle y Carly Eggman fueran tus primeras firmas?

–Pues a ver... –Pienso durante un segundo–. ¿Sí?

–Nosotras seremos las primeras –afirma Trish, y coge el bolígrafo para firmar en la primera línea.

Camilla añade su nombre antes de cortar la mitad de su palito de queso para dármela. Me la como de un bocado.

–Por cierto –digo, mirando a Trish–, ¿qué te parecería ser mi jefa de campaña?

Le entrego el dosier, que está abierto por la página donde aparecen las responsabilidades que tendría. Ella lo coge y se pone a leerlo.

–«El/la jefe/a de campaña debe ayudar al candidato/a a crear un mensaje de campaña y un programa para su etapa en la presidencia... «El/la jefe/a de campaña podrá ocupar el puesto del candidato/a en caso de que este/a renuncie»... –Suelta el dosier y me lanza una mirada extraña–. ¿Qué pasa? ¿Es que el señor Wells piensa que te van a asesinar?

Pongo los ojos en blanco y vuelvo a coger el documento.

–Entonces, ¿eso es un no por tu parte?

–Parece mucha responsabilidad –dice Trish, girándose hacia Camilla–. Creo que tú encajarías mejor que yo.

–No, no, no –replica ella mientras da un paso atrás–. No te ofendas, Blaine, pero esto –hace un gesto hacia el cartel y la mesa– no es lo mío.

Suelto un suspiro.

–A ver, ni lo mío. Lo estoy aprendiendo a lo bestia.

–Además, tengo un montón de horas de prácticas en el museo Field durante el resto del semestre –añade Camilla, y se mete el resto del queso en la boca.

Dirijo la mirada hacia Trish y dejo que la desesperación haga caer las comisuras de mis labios.

–Porfiii –le pido con suavidad.

Ella lo medita durante un momento, con la mirada perdida en las profundidades de su café. Camilla le da un codazo en el brazo, animándola a aceptar.

–Bueno, vale –se rinde Trish–. Pero solo si sabes por qué te estoy diciendo que sí.

Intento leer su expresión, desconcertado.

–¿Por qué me estás diciendo que sí?

–Porque eres mi mejor amigo, porque te quiero y porque voy a apoyarte hasta el día en que me muera. Si hago esto, voy a ir a por todas y voy a darlo todo.

–Oooh –respondo, sintiendo un cosquilleo–. Qué bonito, Tri...

–Peeeero... –Levanta un dedo en un gesto admonitorio; debería haberlo visto venir–. No te estoy diciendo que sí porque apoye tus razones para presentarte. No creo que debas presentarte a las elecciones para recuperar a tu exnovio, y me parece importante que lo entiendas. ¿De acuerdo?

Camilla se gira hacia mí para calibrar mi respuesta.

Me lo pienso un momento. En realidad, no tengo otra opción.

–Bueno..., vale. Trato hecho.

Trish asiente con la cabeza.

–Trato hecho –repite.

Camilla suelta aire, aliviada, y Trish cruza los brazos mientras examina mi cartel de «¡VOTA A BLAINE COMO PRESIDENTE DE CUARTO CURSO!».

—Y ahora... Como jefa de campaña, ¿puedo hacer mi primera sugerencia oficial?

—Oh, no. —Me pongo en pie y rodeo la mesa dando saltitos con mis zapatos de payaso para echarle otro vistazo al cartel—. ¿He hecho alguna falta de ortografía? —pregunto aterrado.

—No, no es nada de eso. Pero pienso que deberías hacer... otra cosa.

—¿Qué quieres decir?

—«Vota a Blaine como presidente de cuarto curso». Está bien, supongo. ¿Pero crees que motiva a la gente para pararse a hablar contigo, para apoyarte?

Reflexiono unos segundos.

—No lo sé... Joey puso caramelos en la mesa de información. ¿Crees que unos M&M servirían?

—Sí —dice Camilla con rapidez antes de dar un trago a su leche de almendras—. Las chuches venden.

Trish la fulmina con la mirada.

—No es eso. A ver, Blaine, hermoso. —Se pone seria de repente—. ¿Puedo hablarte con sinceridad?

Asiento con la cabeza y me vuelvo a sentar.

—Esta es la clase de carteles de campaña que hace que la mayoría de la gente pase de las elecciones al consejo estudiantil —me explica—. Este lema se centra solo en ti. Es narcisista total.

—Estoy de acuerdo —asiente Camilla.

No se me había ocurrido planteármelo de esa forma, pero es cierto. Cada vez que hay elecciones, los pasillos se llenan de carteles como este; yo me he limitado a hacer lo que pensaba que tenía que hacer.

–Bueno, pues entonces vamos a pensar algo mejor –dice Camilla, y entrecierra los ojos–. Vota a Blaine porque... ¿pedirá que vuelva a haber helado de postre los viernes?

Cojo el bolígrafo y comienzo a garabatear de forma inconsciente en la esquina de mi hoja de firmas.

–Vota a Blaine Bowers –digo–, el chico que... ¿Que pintará su camino hacia la victoria? No, eso es penoso, no me hagáis caso.

Sin que me lo haya propuesto, la tinta de mi bolígrafo recrea el Saturno de la señora Ritewood, sombrea los anillos y hace unos puntos a modo de estrellas en el fondo. Está claro que mi cerebro vuelve por defecto a los murales cada vez que le doy espacio para deambular. Y, a pesar de mis intentos de poner la pintura en un segundo plano, mi trabajo inacabado en la Papelería de Susan sigue burbujeando en mi mente, a una ensoñación de distancia.

Céntrate, Blaine. Tienes que montar una campaña presidencial.

–¿Qué os parece...? –interviene Trish–. ¿Cómo veis algo del tipo «Vamos a hablar»?

Los tres lo sopesamos y, al cabo de un momento, Trish continúa:

–Acabas de empezar, y tu campaña necesita un impulso. Tal vez la mejor forma de hacerlo sea hablar con la gente. Hacerte una idea de lo que tienen en la cabeza, de la clase de problemas que les gustaría que solucionara el presidente de su curso... –Se encoge de hombros–. Aunque la verdadera razón por la que te presentas sea que quieres recuperar a Joey, no deberías dejar que los demás se den cuenta.

–«Vamos a hablar» –murmura Camilla–. No lo veo mal.

Yo tampoco.

–«Vamos a hablar». Simple. Al grano. Me gusta –sentencio.

Trish tiene razón: si tengo que conseguir cincuenta firmas –y hacer un discurso de campaña que consiga atraer a mis compañeros, no lo olvidemos–, lo mejor que puedo hacer es centrar mi campaña en ellos.

Cojo la mochila, saco el rotulador azul que he utilizado antes y agarro el cartel. Le doy la vuelta y comienzo desde cero por el lado en blanco. Esta vez, las palabras son de tamaño extragrande: «VAMOS A HABLAR».

–¿Estás seguro de que no quieres que nos quedemos por aquí? –me pregunta Trish mientras termino la última letra–. No nos importa.

–Te puedo traer más palitos de queso –añade Camilla.

–Tranquis –digo, y utilizo el mismo celo para volver a pegar el cartel en la parte delantera de la mesa–. Creo que me vendrá bien hacer esto por mi cuenta. Pero gracias.

Ellas asienten y se marchan hacia nuestra mesa habitual. Acabo de sentarme otra vez cuando alguien se acerca a mí.

–«Vamos a hablar» –lee Bobby Wilson–. ¿Hablar de qué?

Eso me pilla un poco desprevenido. ¿De qué quiero hablar con los demás estudiantes?

–De lo que tú quieras, supongo. Voy a presentarme como candidato a presidente de nuestro curso, y quiero saber qué cuestiones son importantes para los demás alum...

–El aliento apestoso a café del señor Anderson –suelta Bobby con demasiada rapidez, como si llevara años guardándoselo. Se aparta el flequillo rubio de los ojos–. Tiene un aliento horrible, ¡horrible! Me siento en primera fila, justo enfrente de su escritorio, y la peste me fastidia la mañana todos los días.

Me quedo callado, sin tener muy claro si está de broma. Pero su silencio y la seriedad con la que me mira a los ojos me confirman que lo dice de verdad.

–Bueno... –Hago una pausa para tragar saliva y busco el tono adecuado para sonar comprensivo–. Como presidente del curso, no estoy seguro de poder influir en los hábitos higiénicos del señor Anderson..., aunque no pretendo minimizar el perjuicio que te causan.

–Es brutal.

–¿Hay algún otro asunto que te preocupe, y en el que pueda intervenir el consejo estudiantil?

Él cruza los brazos, pensativo.

–Nadie me lo había preguntado nunca. –Aprieta los labios, pensativo–. ¿Los exámenes, a lo mejor?

–Los exámenes –repito–. ¿Qué pasa con ellos?

–Son horribles –afirma–. Este instituto les da demasiada importancia. El nivel de estrés es insoportable. Durante la semana de exámenes, la ansiedad casi no me deja dormir. Y cuando no duermo, eso afecta a todo lo demás: mis ganas de comer, mi estado de ánimo, mi concentración en los entrenamientos... ¡Al final, los exámenes acaban saliéndome peor justo por eso!

–Uf, sí. O sea, te entiendo. A mí los exámenes se me dan fatal, en general. La semana de exámenes lo empeora todo.

–¿A que sí? –Bobby coge el bolígrafo y comienza a firmar a la derecha del dibujo de Saturno, debajo del nombre de Camilla.

–Ah, firmar significa que apoyas mi...

–Lo sé –responde con una sonrisa, y comienza a alejarse–. Si puedes prohibir los exámenes, ¡tendrás mi voto, Bowers!

Vaya. La primera persona que me apoya en la campaña sin ser amigo mío.

A lo mejor Trish tenía razón al pensar que por aquí van los tiros...

No pasan ni diez segundos cuando Maggie Dorris se acerca con sus amigas Tracy Sheets y Elle Palms.

–Hola, Blaine –me saluda–. ¿De qué va todo esto?

–Voy a presentarme a presidente de nuestro curso y quiero saber qué es lo que pensáis –respondo.

Maggie y sus amigas se me quedan mirando. Creo que están un poco sorprendidas.

–¿Quieres saber qué pensamos? –dice con una sonrisita–. ¿Para qué?

Me echo a reír.

–Me gustaría averiguar qué problemas preocupan a la gente, qué cambios les gustaría ver... Esa clase de cosas.

Se miran entre ellas.

–A ver, últimamente todo el mundo es horrible por internet, pero eso no es nuevo –dice Tracy.

–Aunque yo creo que la cosa está cada vez peor –añade Maggie.

–¿A qué te refieres? –le pregunto.

Elle Palms se inclina hacia mí.

–Ya sabes –susurra–: los comentarios con mala idea, las indirectas, las capturas filtradas de conversaciones y fotos...

–Eso es –confirma Tracy–. Este curso hay como muchos grupitos exclusivos.

Y entonces, las tres me miran como si yo tuviera que darles una solución.

Ah, un momento. Es verdad: si te presentas a presidente de tu curso es porque quieres aportar soluciones.

–Hum... –digo. Me fuerzo a tragar saliva, preguntándome si Blaine Bowers, candidato al consejo estudiantil, tiene una postura oficial sobre los malos rollos en las redes sociales–. ¿Y cómo os hace sentir todo eso?

Uf. Menuda estupidez de pregunta, Blaine. Te acabas de lucir, tío.

Pero no parece que ellas tres se lo tomen de esa forma.

–Ahora mismo, me da hasta miedo abrir Instagram –admite Maggie, y mira a Tracy y Elle–. En plan que ya no es divertido por todos los comentarios chungos, pero también tienes la presión de estar siempre conectada y subir cosas, ¿no?

–Y si no subes nada, es como si no existieras o no le importaras a nadie –añade Elle con una risita–. Parece una exageración, pero...

–No, no. Lo entiendo –le aseguro, recordando cómo me sentí durante las vacaciones al ver a Joey retozando en la playa, mientras yo daba vueltas en mi cama mugrienta–. A veces, Instagram puede dejarte hecho polvo.

Maggie coge el bolígrafo y escribe su nombre. Elle y Tracy la imitan.

–Se agradece que nos preguntes –dice Elle con una sonrisa, y se acerca a mí para susurrar–: Y que le den a Joey. De todos modos, te mereces algo mejor, Blaine.

Y se marchan.

Joder. ¡El cartel está funcionando!

Un ratito más tarde, Joshua Golden me confía que piensa que las novatadas del equipo de béisbol se están saliendo de madre, pero que le da vergüenza contárselo a los profesores o a sus padres. Rachel Rugg afirma que los comentarios gordofóbicos campan a sus anchas por todo el instituto, pero que nadie habla del tema. Jesse Rodríguez dice que, aunque

Wicker West es un instituto grande y diverso, ser hijo de padres inmigrantes le estresa de formas que sus amigos blancos no comprenden. En un momento dado, se forma delante de la mesa una fila de estudiantes que quieren hablar conmigo.

Una fila, literal.

Cuando ya solo faltan unos minutos para que empiece la siguiente clase, tengo veintisiete firmas. ¡Veintisiete! Tal vez conseguir cincuenta para el miércoles sea algo factible.

Aprovechando un momento de calma, abro la aplicación de notas del teléfono y comienzo a escribir las cosas que me han contado, no vaya a ser que me entren por un oído y me salgan por el otro.

–Hola –digo al sentir una presencia cerca de mí, y levanto la mirada hacia mi nuevo visitante–. Ah...

Es Danny.

–«Vamos a hablar» –lee en voz alta, y levanta los ojos para mirarme a la cara–. ¿Qué tal si hablamos de la planta de aloe vera que me debes?

Es como si me hubiera vaciado un cubo de incomodidad helada sobre la cabeza. Me ruborizo y mi mente comienza a funcionar a toda máquina, tratando de elaborar algún plan sobre la marcha. Había olvidado por completo esa cosa con pinta de cactus que me cargué en el Peor Día de la Historia.

–Danny, te prometo que te compraré una cuanto antes. Es que he estado liado...

Él me mira con media sonrisa, y no sé si está de broma o si va en serio. Danny es guapo y esbelto, con labios gruesos, ojos amables y el pelo negro cortado en un degradado perfecto. Lleva una camiseta de rayas grises que se arruga bajo las correas de su abultada mochila.

–Me lo creeré cuando lo vea –replica–. Entonces..., ¿te vas a presentar a las elecciones para ser presidente de nuestro curso?

–Pues sí.

–¿Por qué?

–Bueno... –Señalo el cartel–. Precisamente por eso quiero hablar con los demás alumnos: para averiguar cómo ser un buen presidente para ellos.

Él levanta las cejas y su boca se frunce. Sus dedos recorren las firmas de mi papel, y asiente ligeramente con la cabeza mientras murmura los nombres de mis posibles partidarios.

–¿Por qué me da la impresión de que me estás juzgando? –le pregunto.

–Porque lo estoy haciendo –responde–. ¿No van de eso las elecciones? Se supone que tenemos que evaluar a los candidatos y elegir al que pensemos que lo hará mejor.

Sopeso su argumentación.

–Pues tienes razón. –Empujo la hoja unos centímetros en su dirección–. Necesito unas cuantas firmas más para entrar en las elecciones de forma oficial. ¿Qué puedo hacer para conseguir tu apoyo?

Él se humedece los labios y se ajusta las correas de la mochila.

–Nunca has estado en el consejo estudiantil, ¿verdad? –me pregunta.

Hago una pausa.

–No, pero...

–¿Y quieres pasar de novato a presidente del último curso, así –chasquea los dedos–, sin más?

–A ver, yo...

–Cómprame una planta de aloe vera, y después ya hablaremos sobre la posibilidad de firmar en tu hoja. –Empuja el papel hacia mí–. Hasta luego.

Y, sin más, gira sobre sus talones y desaparece entre los cuerpos en movimiento y las bandejas de comida.

Vale, pues parece que un cartel ingenioso no sirve para compensar el asesinato de una planta. Pero, si consigo cuarenta y nueve firmas para el martes por la noche, tengo claro que voy a presentarme en la puerta de Danny con un bosque entero para conseguir su apoyo.

Saco el teléfono para buscar en Google «tiendas de plantas cerca de mí» cuando siento otra presencia que se acerca a la parte delantera de la mesa.

–Hola, Blaine.

Es Zach Chesterton, presidente de tercero y, según Joey, el favorito para ocupar la presidencia de cuarto curso el año que viene.

La boca se me seca.

Se avecina una escena interesante.

–Bonita chaqueta –dice con dulzura, pero hay cierta acidez tras sus palabras.

Zach está vestido como probablemente debería estarlo yo, con una americana de color salmón claro que encaja a la perfección sobre su jersey blanco de cuello alto. Un reloj de plata rodea su muñeca, y sus rizos castaños enmarcan su cara estrecha. Por mucho que odie admitirlo, Joey no estaba del todo equivocado: Zach se mueve y se comporta con la seguridad en sí mismo de un líder nato.

–«Vamos a hablar» –dice, echándole un vistazo a mi cartel–. Qué simpático. ¿De qué te gustaría hablar?

Me aclaro la garganta y le sonrío.

–De lo que tú quieras, Zach.

–Vale –responde con una sonrisa–. ¿Qué te ha hecho presentarte a las elecciones al consejo estudiantil? Parece un poco... –Hace una pausa–. Absurdo.

–Es una pregunta excelente. Nunca he estado involucrado en el consejo, pero siempre he sentido curiosidad –respondo, aunque no sea verdad–. ¿Por qué no empezar a lo grande en mi último año, como presidente de cuarto curso?

Él se ríe, divertido.

–Bueno, pues espero que tengas pensado empezar a lo grande de verdad. –Apoya las palmas en la mesa y se inclina hacia mí–. Sabes que tengo noventa y siete firmas que apoyan mi candidatura, ¿verdad?

–Pues no, no lo sabía. ¿Por qué, si solo necesitamos cincuenta?

Él ignora mi pregunta.

–Y quizá te hayas enterado –prosigue– de que gran parte de los alumnos más influyentes de nuestro curso se han comprometido verbalmente a apoyarme, incluidos varios miembros del equipo de fútbol y gran parte del escuadrón de animadoras.

–No recibí la notificación, lo siento.

Él se inclina todavía más.

–¿Sabías que he sido presidente de curso desde que entré en el instituto?

–Eso sí que lo sabía.

–¿Y que desde entonces he conseguido que nuestro curso obtenga todos los años el primer puesto en la competición de carrozas?

–La del año pasado inspirada en los Picapiedra fue una pasada. Buen trabajo.

–Lo que quiero decir –ahora está tan cerca que puedo oler su chicle de fresa– es que, si estas elecciones son para ti alguna clase de juego relacionado con Joey, más te vale retirarte ya. –Zach coge el bolígrafo y firma–. Porque yo siempre me presento para ganar.

Y, sin más, se va. Es mi vigésimo octavo firmante.

No esperaba que Zach me diera la bienvenida a las elecciones, pero, aun así, ha sido una de las escenas más extrañas de mi vida.

Miro cómo se detiene junto a las puertas de la cafetería y comienzo a recoger mis cosas, un poco descolocado por lo que acabo de vivir. ¿En serio me ve como una amenaza tan seria como para atacarme así? Aun cuando consiga todo lo que ha dicho el señor Wells y me convierta en uno de los siete candidatos, ¿por qué se va a cebar Zach con un pringado como yo?

Cuando estoy a punto de quitar el cartel, Joey aparece en la entrada de la cafetería. Me quedo quieto, preguntándome si se acercará a saludarme. Aunque esta mañana no pareció que le hiciera mucha gracia mi decisión de presentarme a las elecciones, a lo mejor se ha hecho ya a la idea.

Pero no parece fijarse en mí ni en mi cartel. Sin embargo, sí que se fija en Zach.

Los dos se sonríen, se acercan... y se besan.

En plan sus bocas se tocan.

En plan creo que sus lenguas también lo hacen.

En plan... ¿Qué cojones está pasando aquí?

La cabeza me da vueltas. Me desplomo sobre mi silla, dando gracias para mis adentros por no haber aterrizado en el suelo. Pestañeo para tratar de despejarme justo a tiempo para ver cómo los dos se alejan de allí agarrados de la mano.

CAPÍTULO 7

Zach y tú??? En serio??

Ni siquiera me lo pienso dos veces. Le doy al botón de enviar.

han pasado 10 DÍAS, Joey. has encontrado otro novio en 10 DÍAS???

Envío eso también.

Es que piensas que la peli CÓMO PERDER A UN CHICO EN 10 DÍAS se escribió para ti??

No sé si el último mensaje tiene mucho sentido, pero se lo envío a Joey antes de poder contenerme. Estoy escribiendo con furia un cuarto mensaje cuando Trish regresa a nuestro sofá preferido del Biggest Bean, con mi café moca en una mano y su café con leche en la otra.

–Blaine –dice con tono amenazador–. ¿Le estás escribiendo?

–No.

–¡Blaine!

–A lo mejor.

Deja las bebidas sobre la mesa y me arrebata el móvil a toda velocidad.

—¡Tienes que controlarte!

¿Cómo ha podido hacerme esto Joey? ¿Cómo ha podido ser tan cruel?

Me tiró a la basura en el Grey Kettle como si yo fuera un cacho de pan mohoso, se fue corriendo a Cabo San Lucas para presumir de torso en Instagram, y después volvió a casa con un bronceado y otro novio... ¿en poco más de una semana? He tenido peleas con Fudge que han durado más de una semana. Y, cómo no, Joey tenía que acabar con Zach, el más serio de todos los Chicos Serios de Wicker West.

Un momento.

—¿Crees que me estaba engañando con él? —suelto de sopetón, mucho más alto de la cuenta.

—No lo sé —dice Trish, que parece exhausta de aguantarme. Me tiende el café moca antes de quitarse su chubasquero rojo—. Pero, aunque te engañara con él... En este momento lo que tienes que hacer es tranquilizarte, porque estás asustando a los demás clientes.

Miro a mi alrededor y veo un buen puñado de espectadores curiosos. Mi humor irritable no encaja con las vibras que hay dentro del Biggest Bean: un café cálido y acogedor, envuelto en el relajante aroma del café recién hecho y las delicias dulces que reposan en el mostrador de la parte delantera. Trish y yo hemos ocupado nuestro rincón favorito del fondo, lejos del ajetreo, y nos hemos apropiado de un sofá mullido y unos pufs gigantescos. A nuestra espalda está la pared en la que Bao, el dueño, ha instalado una estantería abarrotada de libros. Alicia Keys canturrea por los altavoces que hay sobre nosotros, y las gotas de lluvia salpican la ventana más cercana. Normalmente, esto me haría feliz. Pero hoy no.

–Siento llegar tarde –dice Camilla mientras deja el abrigo y la mochila a un lado y ocupa un puf al lado de Trish.

Lleva su uniforme de trabajadora en prácticas (un polo blanco y unos pantalones de color azul marino), y tiene su aspecto habitual después de un largo día en el museo Field de Historia Natural: cansada pero contenta.

–¿Qué me he perdido? –pregunta.

Trish está mirando mi móvil, con sus ojos almendrados casi saliéndose de las cuencas. Claramente, está horrorizada por lo que he escrito.

–No mucho: solo que Blaine le ha mandado a Joey unos cuantos mensajes desquiciados de los que se arrepentirá dentro de media hora.

–Ajá. –Camilla estira el cuello para leerlos también con las cejas fruncidas–. Madre mía –masculla.

–Si prometo no mandarle ningún mensaje más, ¿me devolvéis el móvil? –pregunto.

–No –responden al unísono.

–Es un gilipollas integral, Blaine –añade Camilla–. No se merece tu tiempo, tu energía ni tus mensajes furiosos. Que le den a Joey Oliver, «el Chico de Oro».

Tiene razón: Joey Oliver, «el Chico de Oro», se merece que le den.

Aun así, estoy destrozado. Total, completa y absolutamente destrozado.

De algún modo, hoy me siento aún peor que la noche del Grey Kettle, porque he caído aún más hondo en la Sima de las Rupturas y no tengo ni una mísera cuerda con la que salir de aquí. He puesto toda mi vida en la cuerda floja por este tío. Si he dejado de pintar murales y he dejado colgada a la señora Ritewood ha sido por Joey. Si me voy a presentar a las elecciones es por Joey. Si llevo unos zapatos de payaso y una corbata que le sentaría bien a un elefante es por Joey.

Y él tiene a Zach Chesterton metiéndole la lengua hasta la garganta.

–No voy a presentarme a las elecciones –decido en voz alta–. No puedo con eso ahora mismo.

–¡Ni de coña! –exclama Camilla, incrédula–. No puedes retirarte por su culpa.

–¿Por qué no? –pregunto, y doy un sorbo de mi café moca–. Si decidí presentarme fue por él.

–Has conseguido casi treinta firmas solo en la hora de la comida, Blaine –señala Trish–. Puedes conseguir cincuenta para el miércoles sin problemas. Lo que has hecho hoy le ha calado hondo a la gente. ¿Por qué vas a rendirte ahora?

–Espera. –Pestañeo con lentitud, asombrado–. ¿No me habías dicho que no debía presentarme como candidato solo para recuperar a mi exnovio?

–Sí. –Trish me devuelve el pestañeo con la misma lentitud–. ¿Y qué?

Sonrío, perplejo. No pillo su lógica.

–Entonces, si crees que quería presentarme a las elecciones por una razón equivocada, ¿no deberías estar contenta de que me retire?

Ella medita mientras contempla a unos peatones que corren para escapar de la lluvia.

–Supongo que tampoco quiero que te retires por la razón equivocada. –Da un sorbo y se vuelve para mirarme a los ojos–. Los compañeros con los que hablaste este mediodía estaban entusiasmados, Blaine.

–Eso es verdad –recalca Camilla.

—Vale, vale. —Pongo los ojos en blanco—. Pero si estaban entusiasmados era por tu cartel de «Vamos a hablar». Casi todo el mérito de mis firmas de hoy es tuyo.

Trish ladea la cabeza, pensativa.

—En cualquier caso, parece que a nuestros compañeros les gusta que un candidato a presidente del curso les pregunte lo que piensan, ¿no crees? —Se encoge de hombros—. No sé, a lo mejor tendrías que escucharlos... y mantener tu candidatura, ahora por una buena razón.

El suave murmullo del Biggest Bean llena el silencio de nuestro rincón.

Puede que no le falte razón, pero este día me ha agotado mental y emocionalmente. Y cuanto más hablamos de las elecciones al consejo estudiantil, más me imagino a Joey y Zach intercambiando saliva.

—Dejad que me lo piense —respondo, y me acomodo mejor en mi asiento—. Vamos a hablar de algo que no sean las elecciones. Cualquier cosa. ¿Cómo han ido las prácticas?

Camilla suspira.

—Bien, con mucho lío. Están rediseñando las exposiciones de dinosaurios para incluir cosas más interactivas, y me han pedido que les ayude con eso.

—Eso es genial, cielo, ¡bien por ti! —dice Trish, frotándole la espalda.

—Mola bastante —asiente Camilla con una sonrisa—. Soy la más joven del programa de prácticas; los de los demás institutos están en el último curso y van a graduarse ya.

—Qué grande eres —comento.

—Sí, bueno. Pero también significa que estoy muy agobiada todo el rato. El síndrome del impostor es muy real.

—Camilla —le digo, y le doy una patada en el zapato por debajo de la mesa—. Eres un cerebrito, una de las personas más inteligentes que hay en Wicker West. Si alguien se merece esas prácticas, esa eres tú.

—El detector de mentiras no detecta ninguna falsedad —se ríe Trish, y le da un beso a su novia en la mejilla.

—Ay, gracias, chicos. —El rostro de Camilla se ilumina—. ¡Ah, casi se me olvida! —Se mete la mano en el bolsillo y saca una tarjeta—. Estos son los datos de contacto de mi jefe. Hay un puesto vacante en nuestro departamento, y creo que sería perfecto para tu tía Starr.

—¡No digas! —exclamo mientras cojo la tarjeta que me ofrece. Sobre el nombre de su jefe, Camilla ha escrito: «¡Curro ideal para tu tía!».

Mi tía Starr se mudó a nuestra casa el pasado día de Acción de Gracias porque, después de que la despidieran de su trabajo, dejó de poder pagar el alquiler de su piso en Logan Square. Ahora se pasa los días limpiando mientras escucha algún podcast, cocinando con un audiolibro a todo trapo o viendo todas las series de todas las plataformas de streaming una y otra vez, por lo general con un vino frío en una mano y algo de comer en la otra. No estoy muy seguro de que esté disfrutando de su «temporada de cambios», como ella la llama de forma optimista, pero yo, desde luego, estoy adorando cada segundo. Mis padres trabajan mucho, así que antes me pasaba casi todas las tardes solo con Fudge. Eso cambió cuando la tía Starr entró en escena.

Si consigue un nuevo trabajo, tendré que volver a cenar sobras recalentadas yo solito.

—¿De qué es el trabajo? —le pregunto a Camilla.

—Tu tía se dedicaba a la planificación de eventos, ¿verdad?

–Sí, creo que sí.

–Es un puesto de director de eventos para programas infantiles –me explica Camilla–. Tendría que organizar todas las actividades del museo para niños y niñas de hasta doce años. Chulo, ¿no? Le he contado a mi jefe lo genial que es tu tía Starr, y él me ha pedido que le mande un correo electrónico para organizar una entrevista. Suena perfecto, ¿verdad?

Por desgracia, así es: parece el trabajo ideal para mi tía. Una parte de mí quiere hacer pedazos la tarjeta y no hablarle jamás de este trabajo, solo para asegurarme de tenerla unos cuantos meses más en casa. Pero eso sería una putada. Se lo contaré, claro (pero después desearé en secreto que el jefe de Camilla se eche atrás).

Nos terminamos nuestras bebidas y damos la tarde por terminada. Decido quedarme un momento para agradecerle a Bao su propuesta de pintar la fachada lateral del café; aunque no voy a aceptar el encargo, siento que debo darle las gracias. No veo a nadie en el mostrador, así que aprieto el timbre que hay junto a la caja registradora y suena un tintineo estruendoso.

Alguien se levanta de un salto al otro lado del mostrador, sobresaltado.

–¡Ah!

–¡Oh! –exclamo yo, dando también un respingo.

¿Qué leches? ¡Es Danny!

Danny Nguyen. Joder.

–¿Estás de coña? –le suelto.

Él se lleva una mano al pecho y espira despacio, mientras suelta una caja de servilletas que estaba cogiendo de debajo del mostrador.

–Te encanta pegarme sustos, ¿eh, Blaine?

Miro a mi alrededor en busca de una cámara oculta.

–¿Es que estás... en todas partes? ¿A todas horas?

Él arruga la frente.

–Si con «en todas partes» te refieres a mi lugar de trabajo, la respuesta es sí –responde–. Aunque lo de «a todas horas» es un poco exagerado: normalmente, solo trabajo unas veinte horas a la semana.

Mi cerebro todavía está tratando de procesar el hecho de que Danny se encuentre detrás del mostrador de mi café habitual como si fuera el dueño, envuelto en un delantal manchado de harina.

–Entonces, debes de haber empezado a trabajar aquí hace nada –trato de adivinar.

Su frente se arruga todavía más. Está disfrutando de verme hecho un lío, lo veo muy bien.

–Pues... no. Trabajo en el Biggest Bean desde que mi padre lo abrió.

Me quedo boquiabierto.

–¿Tú eres el hijo de Bao?

Me dirige una sonrisa torcida mientras se pone unos guantes de goma.

–Por mucho que me duela decírtelo, no te estás volviendo loco –dice, mientras coloca un plato de bolitas de masa frita en la parte delantera del mostrador para que los clientes puedan verlas bien–. Hasta hace unos días trabajaba en la cocina, así que no es raro que no me hayas visto por aquí –añade, colocando cada bolita de modo que el lado más dorado quede hacia fuera.

–¿Qué es eso? –le pregunto, señalando el mostrador con la cabeza–. Tienen una pinta increíble.

–Bánh tiêu –responde Danny–. Dónuts vietnamitas.

Observo cómo coloca a su lado una bandeja de tarta de zanahoria. Se mueve detrás del mostrador con tanta facilidad como si llevara décadas haciéndolo.

–¿Está por aquí Bao... digo, tu padre?

–Está haciendo recados –dice Danny, concentrado ahora en una hilera de brownies de chocolate blanco que huelen de maravilla–. Volverá dentro de una hora o así. ¿Quieres que te avise para que puedas aparecer de repente y darle un susto?

Lo miro, incapaz de responder.

–O, casi mejor, puedes atropellarlo con tu carrito cuando menos se lo espere –remacha.

–Ja, ja.

–Si tienes suerte, a lo mejor lleva una bandeja de galletas y se le cae entera –añade Danny echando más leña al fuego–. Blaine ataca de nuevo.

–Vale, ya me queda claro. Solo quería darle las gracias. Me propuso que hiciera un mural en la fachada lateral, y...

–Aaaah –Danny se endereza y asiente como si acabara de caer en la cuenta de algo–. Así que tú eres ese tío.

–Eh... –Frunzo los labios y entrecierro los ojos, no muy seguro de quién es «ese tío»–. Pues puede que sí.

–Tiene sentido. –Se aleja de los brownies y comienza a colocar varios vasos helados con ingredientes coloridos y algo gelatinoso en su interior–. *Chè ba màu* –señala al darse cuenta de mi curiosidad–. Judías dulces, soja verde, gelatina y leche de coco: una pasada.

Si abro la boca, creo que se me va a caer la baba.

–Mi padre me dijo que uno de nuestros clientes habituales quería pintar un mural en el lateral del edificio –continúa–. Tenía que haberme dado cuenta de que hablaba del chaval de los murales.

¿El chaval de los murales?

–¿En serio me llaman así en el instituto? –le pregunto mientras limpia el mostrador–. ¿El chaval de los murales?

–Los demás no sé, pero yo siempre te he llamado así en mi cabeza, sí –dice con despreocupación, recogiendo un montoncito de migas–. Aunque, en realidad... –Hace otra pausa para pensar–. Ahora eres «el chaval que todavía me debe un aloe vera».

Pongo los ojos en blanco.

–Por millonésima vez, te voy a comprar la planta esa. De hecho, voy a comprarte un campo entero de esas cosas para que dejes de sacar el tema a cada oportunidad que se te presenta.

Él tira las migas a la basura.

–Entonces, ¿cuándo vas a empezar con el mural? –me pregunta.

–Bueno, esa es la cosa –respondo, un poco avergonzado por estar rechazando la oferta–. ¿Puedes decirle a Bao, eh... a tu padre... que al final no voy a poder hacerlo?

–¿Y eso?

–Tengo demasiadas cosas encima.

–¿Las elecciones? –Se inclina hacia delante para apoyarse sobre el mostrador.

Se trata de una respuesta mucho más fácil que la verdad, así que le sigo la corriente.

–Eso es. Resulta que hacer campaña cuesta mucho más trabajo de lo que te puedes imaginar...

–Ah, lo sé perfectamente –repone–. Por eso nunca me he presentado a ningún puesto ejecutivo en el consejo estudiantil, aunque hace tiempo que soy miembro.

–¿Estás en el consejo estudiantil?

–Sí.

Danny cambia de rumbo para colocar en una estantería varios tarros de cristal llenos de ingredientes de repostería.

–Bueno, no te entretengo más –le digo, y empiezo a alejarme del mostrador–. Pero, por favor, dile a tu padre que agradezco mucho su oferta.

–Por cierto, me gustó tu cartel –dice él, levantando la mirada de un recipiente de azúcar moreno.

No sé si se trata de un comentario sincero o de la preparación para darme otro corte.

Lo miro fijamente y él me devuelve la mirada.

–Pues... ¿gracias? –respondo al fin.

–Antes, cuando no te firmé la hoja, fue solo para tomarte el pelo –dice en voz más baja, como si le avergonzara hacerme un cumplido sincero–. Pero mañana lo haré. «Vamos a hablar»... Es una forma chula de lanzar una campaña.

–¿Tú crees?

–Sí. Es refrescante ver que alguien se presenta a las elecciones con un enfoque así. Más mirar alrededor y menos ego, ¿no?

¿Un candidato «refrescante»? Eso suena bien. Una burbuja de orgullo comienza a crecer en mi pecho. Abro la boca para darle las gracias, pero...

–A ver, no me malinterpretes –me interrumpe Danny con una sonrisita–. Está muy claro lo que quieres hacer, Blaine.

Hago una pausa.

–¿Eh?

Vuelve a dirigir la mirada hacia el azúcar moreno, pero la sonrisita sigue en su rostro.

–Te has presentado porque Joey Oliver ha roto contigo.

La burbuja de orgullo explota en una cascada de vergüenza.

–¿Qué? –Me río como si la idea fuera ridícula–. ¿Qué te hace pensar eso?

—Es más que evidente, tío —me asegura, metiendo el azúcar a cucharadas en un recipiente distinto—. Si no, ¿por qué ibas a presentarte de repente para suceder en el puesto a Joey, solo unos días después de que cortara contigo? Hasta ahora, jamás te has acercado a menos de un kilómetro de ninguna reunión del consejo estudiantil.

Me ha dejado mudo. Me siento desnudo, y también un poco muerto de vergüenza.

¿De verdad es tan evidente?

Por supuesto que Trish y Camilla saben que esa es la razón principal por la que me presento. ¿Pero estoy siendo un ingenuo al pensar que son las únicas? ¿Es que el instituto entero sabe de qué voy?

—Oye, Blaine —dice Danny con un suspiro; supongo que se ha dado cuenta de que se ha pasado conmigo y se siente mal—. Como te he dicho, estaré encantado de firmar para apoyar tu candidatura. El hecho de que te presentes para vengarte de Joey Oliver no significa que no puedas hacer una buena campaña —añade con una sonrisa torcida.

—No me presento para vengarme de Joey —le aclaro—. Me presento para recuperarlo, y...

Me detengo, pero ya es demasiado tarde.

Danny abre los ojos con regocijo.

—¡Lo sabía! —exclama.

Niego con la cabeza y suelto una risita avergonzada, notando que el calor me vuelve a subir a la cara.

—Bueno, sí, pues vale. Quiero recuperar a Joey. ¿Te sientes mejor?

Danny sopesa mi pregunta antes de asentir con la cabeza.

—La verdad es que sí.

—Como bien has dicho —enfatizo—, que eso sea lo que me haya motivado para presentarme a las elecciones no significa que no pueda hacer una campaña que valga la pena.

—Estoy de acuerdo.

De pronto, el teléfono de la tienda comienza a sonar. Danny levanta el índice para poner la conversación en pausa y contesta:

—Café Biggest Bean. Dígame.

No quiero quedarme plantado mientras él enumera todos los productos sin gluten de la pastelería, así que me despido en silencio con un gesto de la cabeza. Cuando salgo a la calle, me pongo los auriculares con una levísima sonrisa.

Tanto Trish como Danny me han dejado claro que soy un buen candidato, uno que puede llegar a la gente. Debería haber sumado dos y dos antes.

La mejor forma que tengo de recuperar a Joey es realizar una campaña inspiradora. Una campaña que pueda emocionar por igual a veteranos del consejo estudiantil, como Danny, y a alumnos pasotas al estilo Trish. Una campaña dirigida por un Chico Serio.

Una campaña que pueda vencer a Zach Chesterton.

CAPÍTULO 8

Dejo en la encimera mi mochila y mi abrigo chorreantes. A mi tía solo le hace falta echarme un vistazo para darse cuenta de que mi primer lunes después de las vacaciones ha sido tan caótico como mi pelo empapado.

–Vaya, vaya –comenta desde la isla de la cocina. Deja su Kindle y se quita las gafas de lectura–. ¿Qué ha pasado?

–Pueees... –Suspiro hondo–. ¿Estás preparada para oírlo?

–Nací preparada.

–Joey tiene un novio nuevo.

–¡Venga ya!

–Como lo oyes.

–¿Quién?

–Zach Chesterton.

Hace una pausa para pensar.

–Vale: no sé quién es ese, pero da igual. Ven. –Se levanta del taburete y me hace gestos para que me siente en su sitio–. Voy a preparar un cenayuno.

–¿En serio?

–En serio.

Hasta hace no mucho, los famosos cenayunos de la tía Starr (esto es, cenas compuestas de platos propios del desayuno) eran algo exclusivo del día de Navidad. Pero últimamente mi tía tiene más manga ancha, sobre todo desde que se mudó con nosotros. Ahora cenayunamos al menos una vez al mes, siempre como forma de celebrar algo digno de recordar o, como hoy, para quitarnos el mal sabor de boca con platos llenos de sabrosura y mantequilla. La noche que mi madre salvó ella sola a un adolescente que tenía literalmente una posibilidad de sobrevivir entre un millón, cenayunamos tortitas con pepitas de chocolate. La tarde en que tuvieron que darle cinco puntos a mi padre después de estamparse con la bici en la carretera 606 (al parecer, trató de ir sin manos), tocó pan frito relleno de Nutella.

–Bocadillos de beicon y huevo –anuncia mi tía, abriendo la despensa para sacar una hogaza de masa madre–. ¿Cómo lo ves?

–Perfecto. ¿También vas a hacer para mis padres?

Me mira con una sonrisa de pena.

–Los dos trabajan hasta tarde esta noche. Estamos tú y yo solos.

Saco el móvil y reflexiono mientras leo los mensajes que le envié a Joey hace un rato. No, no ha contestado. Y sí, ahora me parecen todavía más patéticos, como predijo Trish en el Biggest Bean. Joder, ojalá me hubiera quitado el móvil un minuto antes.

–Bueno, ¿qué tiene ese tal Zach Chesterton que tú no tengas? –La coleta torcida de mi tía se deshace un poco más mientras ella abre la puerta del frigorífico–. Además del apellido más pretencioso de Chicago, claro.

–Una nota media significativamente más alta y una cuenta de ahorros abierta por sus padres para pagarle la universidad, supongo. –Apoyo la cabeza en la encimera–. Es el presidente actual de nuestro curso y, por lo que dice la gente, el claro ganador de la presidencia para el curso que viene. Además, Zach es un Chico Serio.

–¿Un Chico Serio?

–Ya sabes, la clase de chico con la que dice Joey que tiene que empezar a salir si va a ser presidente algún día.

–¿Presidente? ¿De los Estados Unidos?

Mi tía pone los ojos en blanco con tanto ímpetu que, por un momento, me da miedo que se le queden así para siempre. En momentos como este, me doy cuenta de que de verdad somos familia.

Coloca una hilera de beicon extragrueso en una sartén, y un delicioso olor a carne retostada inunda la cocina en cuestión de segundos.

–¿Cómo sabes que Joey y... míster Chesterton –dice, pronunciando el apellido de Zach con un acento británico terrible– son novios oficialmente?

–Los vi muy juntitos a la hora de la comida.

–¿Juntitos? –Extiende una mano con la palma hacia arriba, mientras unta mantequilla con la otra–. Eso puede significar muchas cosas.

–También se besaron.

Mi tía chasquea la lengua con una mueca de desagrado.

–Bueno, vale... Lo de besarse parece un poco más significativo.

De pronto, su teléfono tintinea: acaba de llegarle un correo electrónico. Mi tía suelta un gritito de emoción y se limpia las manos antes de coger el móvil y deslizar el dedo por la pantalla.

–¡Seguro que es el zoo de Lincoln Park!

–¿Para qué va a mandarte un correo el zoo?

—Ayer me hicieron una segunda entrevista para el puesto de directora de eventos, y me dijeron que me avisarían... —El color desaparece de su rostro. Respira hondo antes de soltar con lentitud una larga bocanada de aire, y vuelve a guardar el móvil en su bolso de un morado intenso—. Bueno, no pasa nada. Al parecer, he sido una «candidata excepcional», pero no lo bastante. —Levanta la mirada hacia mí—. En fin... De todos modos, en los zoos se maltrata a los animales, ¿verdad? Oye, ¿te parece que este cenayuno triste puede ser en honor de los dos?

—Pues claro —respondo con una sonrisa desvaída.

Mi tía vuelve a ponerse manos a la obra. Intenta volver a su actitud saltarina habitual, tarareando una canción y bailoteando mientras echa un par de huevos en una sartén junto a la del beicon, pero yo sé que es una actuación. Por mucho que tía Starr trate de rezumar alegría las veinticuatro horas del día, sé que ella también tiene momentos de bajón. Está deseando encontrar un trabajo nuevo para terminar con su «temporada de cambios», se le nota.

Me meto la mano en el bolsillo para sacar la tarjeta que me ha dado Camilla, pero me lo pienso mejor y no lo hago.

Decido que esta noche es para compadecernos de nosotros mismos en amor y compañía, con nuestros cenayunos tristes. Las cuestiones laborales de mi tía pueden esperar hasta mañana. No pasa nada porque tarde un día más en enterarse del puesto vacante en el museo Field..., sobre todo, si eso significa tenerla un día más viviendo aquí, conmigo.

Mi tía termina de preparar los bocadillos y coloca los platos en la isla de la cocina. El primer bocado es glorioso: pan tostado con mantequilla, beicon caramelizado y huevo un poquitito crudo, sobre una fina capa de rúcula y rodajas de tomate maduro. Delicioso multiplicado por diez.

–Esta vez te has superado –digo con la boca llena–. Aunque tampoco me sorprende...

Ella me guiña un ojo y da un sorbo a su zumo de naranja (la única bebida aceptable para el cenayuno).

–Bueno, ¿cuál va a ser tu estrategia? –me pregunta.

–¿Mi estrategia para...?

–Para separar a Joey y míster Chesterton –vuelve a hacer lo del acento inglés– y recuperar al chico que te mereces.

Suelto un resoplido.

–¿Qué? –dice, extrañada.

–¿Quieres que intente separarlos? –le digo–. ¿Has estado bebiendo?

–Bueno, puede ser, pero eso no tiene nada que ver. –Me mira bajando la barbilla–. No puedes quedarte sin hacer nada: míster Chesterton te ha robado a tu hombre. Tienes que luchar por lo que es tuyo.

Trago un bocado enorme y sopeso bien mis intenciones.

–Sí, quiero recuperar a Joey –respondo–. Pero no quiero algo en plan... robárselo de forma agresiva, no sé si me explico.

–¿Y cuál es la diferencia entre esas dos cosas, exactamente?

Me lo pienso un poco más.

–No lo sé, tía Starr –reconozco, y doy un sorbo de zumo–. Hace un rato decidí retirarme de las elecciones, de todos modos, así que...

Ella deja su vaso sobre la mesa con un golpe seco.

–¿Perdona?

–¿Sí?

–Por favor, dime que estás de broma.

Doy otro bocado y niego con la cabeza.

–¡Blaine! –se indigna, y me da una patada por debajo de la encimera.

—¡Ay!

—¡Ni se te ocurra hacer eso!

—¿Por qué no?

—¡No puedes retirarte de las elecciones solo porque el asunto Chesterton te haya pillado con el pie cambiado!

Me agarra las manos por encima de la isla (tanto las suyas como las mías están pringosas de mantequilla) y me mira a los ojos.

—Escúchame, sobrino: eres valiente, listo, gracioso, empático y todas esas cosas que debe ser un buen presidente para los chavales de tu instituto.

Aparto la mirada, porque esto se está poniendo intenso.

—Eh... A ver, es que...

—No —dice rotundamente, y aparta las manos—. No puedes hacer esto, Blaine.

—¿El qué?

Hace una pausa y sus ojos se clavan en los míos, con una intensidad de rayos láser.

—No puedes dejarlo solo porque tengas miedo, muñeco. —Se me tensa el estómago, porque no es la primera vez que mantenemos esta discusión—. ¿Recuerdas cuando estabas en primero y dejaste el club de arte porque te intimidaban esas chicas del último curso a las que se les daba mejor la cerámica que a ti?

—Decir que se les daba mejor la cerámica es quedarse corto —me defiendo—. Yo estaba muy por debajo de...

—¿Y cuando dejaste el club de fotografía solo porque tuviste un mal día?

—¿Un mal día? ¡Me cargué las fotos de todo el mundo! —chillo, poniéndome como un tomate—. No me había dado cuenta de que estaban utilizando el cuarto oscuro para revelar las fotos, y cuando fui a abrir la puerta...

–Lo que quiero decir –me interrumpe ella– es que te quiero más que a los Snickers congelados, y eso es decir mucho, pero tienes tendencia a abandonar cuando el miedo se apodera de ti, ya sea porque unas chicas mayores te superan haciendo cerámica, o por tener que enfrentarte a los fotógrafos cuyas obras has destruido. –Suelta aire–. Eres un muralista increíble, Blaine, y también podrías ser un presidente de curso genial, si quisieras. Hazme caso: ponte las pilas y recupera a Joey Oliver.

Me termino el bocadillo, le doy a mi tía el abrazo más grande del planeta y subo al piso de arriba para eliminar los restos de este día con una ducha bien larga. Sin embargo, cuando me meto en la cama, me paso horas dando vueltas sin dejar de pensar.

Es que... Venga ya. ¿De verdad tengo alguna opción de convencer a Joey de que puedo ser serio?

¿O de vencer a Zach Chesterton?

Mi tía piensa que sí, por razones obvias. Pero, al parecer, Trish también lo piensa. Es que hasta Danny (que puede que me odie a muerte, aunque también puede que no) ha visto una chispa de potencial en mi campaña... Tal vez Wicker West esté preparado para que un candidato «refrescante» tome la iniciativa. A lo mejor tengo lo que hace falta para recuperar al chico que me rompió el corazón... y, de paso, hacerme con la presidencia de mi curso.

A la mañana siguiente, me despierto sabiendo exactamente lo que tengo que hacer.

Llego al instituto, saco el cartel de mi taquilla y me lo llevo a la clase de arte de primera hora para retocarlo. Tres horas de ansiedad más tarde, me apresuro para llegar a la cafetería y cuelgo mi cartel antes de que el resto de los alumnos lleguen para comer.

En el cartel, bajo «VAMOS A HABLAR», hay una frase que he añadido esta mañana: «PARA CAMBIAR LAS COSAS»

Hoy se me acerca todavía más gente. Mantengo más conversaciones sinceras, y me confiesan sus preocupaciones aún más alumnos tímidos con los que nunca había hablado. También se acercan veteranos del consejo estudiantil que quieren curiosear y terminan por firmar para apoyarme, tal como Danny acaba haciendo con un boli en una mano y un sándwich de pavo en la otra. Y, además, hablo con un montón de compañeros de mi curso deseosos de encontrar a alguien (quien sea) que esté dispuesto a escucharlos, sin más.

Cuando la hora de la comida llega a su fin, cuento el número total de firmas de mi hoja (son sesenta y ocho) y me dirijo a la salida, pasando junto a Zach como quien no quiere la cosa.

–Parece que has superado las cincuenta, ¿eh? –pregunta a mi espalda.

Me doy la vuelta, sonrío y asiento con la cabeza.

–Qué bien –repone, con una amabilidad que me pone un poco nervioso–. Bienvenido a las elecciones, Blaine.

CAPÍTULO 9

Con los zapatos a diez centímetros del suelo de madera, me estiro todavía más sobre el mostrador del Biggest Bean y miro hacia abajo. Quiero asegurarme de que no hay nadie colocando cosas donde no lo puedo ver: lo último que necesito ahora mismo es provocarle a Danny otro ataque al corazón, después de haberme cargado su planta de aloha (o lo que sea).

Cuando veo que está todo despejado, hago sonar la campanilla.

Bao sale brincando de la cocina, con su sonrisa habitual y una bandeja de galletas de chocolate recién hechas. Su delantal es de un blanco reluciente (ni un inspector del FBI con luz ultravioleta sería capaz de encontrar una mancha o mota de polvo en esa superficie), y su pelo oscuro, con algunas canas en las sienes, está peinado con raya y bien engominado hacia atrás.

–¿Cómo va todo, Blaine? –me pregunta alegremente mientras deja la bandeja en el mostrador. El aroma golpea mis fosas nasales como un tren de mercancías lleno de maravillas azucaradas.

–Todo bien –respondo–. ¿Tú qué tal?

–No me quejo.

Bao comienza a colocar las galletas (que parecen planas y crujientes en los bordes y blandas y viscosas por el centro) en la vitrina.

–La semana pasada, Trish y Camilla vinieron unas cuantas veces sin ti –comenta–. ¿Te fuiste de vacaciones con tus padres?

–Qué va, solo estuve liado –miento, porque suena mejor que decir «Me pasé las vacaciones lloriqueando en mi habitación como un bebé»–. Oye, ¿cómo es que nunca me habías contado que eres el padre de Danny?

Él se echa a reír.

–No me había dado cuenta de que ibas a Wicker West; si no, te lo habría dicho antes. Me comentó que os habíais visto, por cierto.

–¿Está hoy por aquí?

–Sí, en la parte de atrás. Ahora lo aviso.

–Gracias. Ah, y otra cosa. Eh... –tartamudeo, avergonzado de repente–. Por si acaso se le olvidó decírtelo, quiero darte las gracias por la oportunidad de hacer el mural. Ha sido muy amable por tu parte ofrecérmelo.

Él se echa el trapo sobre el hombro.

–Danny me dijo que habías decidido no hacerlo. ¿A qué se debe?

–Es solo que estoy ocupado –respondo–. De verdad.

Ladea la cabeza. Creo que no ha colado.

–Trish te dijo que te pagaría, ¿verdad?

–No es una cuestión de dinero.

–Y tampoco hay una fecha límite. Puedes tomarte todo el tiempo que quieras.

–Sí, pero es que...

—Además, no hace falta que pintes la pared entera. Me vale con algo pequeño en la esquina más cercana a la entrada, solo para animarla un poco.

¡Se me acaban las excusas! La verdad es que me lo está poniendo muy difícil.

—Es que tengo demasiadas cosas en la cabeza ahora mismo, Bao.

Deja la última galleta de chocolate dentro de la vitrina y coge la bandeja vacía del mostrador.

—Bueno, la oferta sigue en pie, Blaine. Si cambias de idea, llámame. Voy a avisar a Danny.

Uf, qué incómodo ha sido esto. ¿Pero qué voy a decirle? ¿La verdad? ¿Que el exnovio que estoy tratando de recuperar odia que tenga un trabajillo poco serio con el que prácticamente pierdo dinero, así que me estoy tomando un tiempo para replantearme mis elecciones vitales?

Danny sale de la cocina, con el delantal en un estado ridículamente diferente al de su padre. Es como si alguien hubiera derretido cien chocolatinas Mars y hubiera extendido la mezcla por toda la tela con una galleta.

—Madre mía. —Me río señalando su pecho con la cabeza—. Tu delantal no está pasando por su mejor momento.

Él baja la mirada y suspira.

—Esta tarde hemos servido la merienda en un cumpleaños de niños de guardería.

—¿La temática era «Masacre de chocolate»?

—Muy gracioso.

—¿Cuántas chocolatinas han perdido la vida hoy en tu cocina?

Él resopla. Me da la impresión de que está conteniendo la risa.

—¿Puedo ayudarte en algo?

Me fijo en una hilera de plantas pequeñas que hay en el alféizar de la ventana.

–Ah, hola, pequeñinas.

–Estoy completando mi colección de suculentas –explica él, girando la cabeza para mirarlas.

–Se te dan muy bien.

–Gracias. Lo único que me falta es...

Inclina la cabeza como si esperase que yo termine su frase.

Me muerdo el labio inferior.

–¿Por qué nunca me acuerdo del nombre? Me suena algo en plan «planta olivera», pero está claro que eso no es.

–Aloe vera.

–¡Aloe vera! –Me doy un golpe en la frente y repito para mí mismo–: Aloe vera, aloe vera. Como esa cosa que te pones cuando te quemas con el sol.

Él asiente con la cabeza, no muy seguro de cómo interpretar mis ganas repentinas de charlar. Yo señalo una planta cuyas hojas parecen pétalos con toques rosados.

–Me gusta mucho esa de allí. Es muy bonita.

–Sí –responde él–. La echeveria es de mis favoritas.

–Ajá –digo, como si ese nombre tuviera algún sentido para mí.

–Y estoy encantado con mi planta cebra. –Señala una grande, con hojas de un verde intenso con vetas blancas–. Son nativas de Brasil y les gustan los ambientes cálidos, húmedos y luminosos.

–Entonces, no creo que Chicago sea el lugar ideal –replico con una sonrisa.

–Para nada, pero estoy dispuesto a enfrentarme al reto. –No me devuelve la sonrisa: creo que sabe que estoy tramando algo–. ¿Qué quieres, Blaine?

—Pues... —Me meto las manos en los bolsillos porque no sé muy bien qué hacer con ellas—. Hoy he entregado las firmas para participar en las elecciones.

Espero a que responda, pero no lo hace.

—Así que eso significa que mi candidatura ya es oficial, y esas cosas —explico—. Y me gustaría montar un buen equipo de campaña.

Él sigue mirándome, inexpresivo, así que continúo hablando.

—Y tú... Tú estás en el mismo curso que yo y perteneces al consejo estudiantil, y además ayer me dijiste que te gustaba mi cartel de «Vamos a hablar».

Él asiente con la cabeza.

—Vale. —Respiro hondo—. Teniendo todo eso en cuenta, digo yo que, hipotéticamente, tal vez estarías abierto a apoyar a alguien como yo en las elecciones a presidente de nuestro curso.

Él piensa durante un segundo, sin apartar la mirada de sus plantas.

—Puede ser. Hipotéticamente, claro está.

—Hipotéticamente, sí. —Carraspeo—. Entonces, digamos que no odias la idea de apoyarme como candidato. ¿Y estarías abierto a algo en plan... ayudarme con la campaña? ¿Hipotéticamente?

—¿Me estás pidiendo que sea tu jefe de campaña?

—No, no, no —digo, negando con las manos entre risas—. Eso ya se lo he pedido a Trish. Es solo que ninguno de los dos tiene la experiencia con el consejo estudiantil que tú podrías aportar. Creo que podrías sernos muy útil.

Él piensa un poco más.

—¿Y yo qué gano con eso?

–Ah. Bueno... –De esto no estoy muy seguro, la verdad–. Conseguirías... ayudar en la campaña del próximo presidente de nuestro curso, por ejemplo.

Una de sus cejas se eleva. No está muy convencido.

Me encojo de hombros.

–A ver qué te parece esto –me propone–. Si tú cumples tu promesa de comprarme otra planta de aloe vera, yo te ayudo con la campaña y así quedamos en paz.

Mi rostro se ilumina.

–¡Sí! –exclamo–. A ver, por supuesto que te iba a comprar la planta de todos modos, pero te buscaré una perfectísima como agradecimiento. Hasta te compraré dos.

–No te preocupes. Con una es suficiente.

–¿En serio? –digo–. ¿Estás seguro?

–Sí.

–¡Genial!

–Aunque tengo una petición –añade.

–¡Lo que sea! –exclamo–. Bueno, no sé si lo que sea, pero...

–Tienes que irte.

–¿Eh?

Señala detrás de mí con un gesto de la cabeza. Me doy la vuelta y descubro una fila de clientes irritados esperando para pedir, cada uno de ellos lanzándome una mirada envenenada ligeramente distinta.

–Madre mía... ¡Lo siento! –chillo, poniéndome rojo y apartándome de un salto. Miro a Danny mientras retrocedo en dirección a la salida–. ¡Ya te avisaré de nuestra primera reunión de campaña!

–Allí estaré –responde. Creo que está conteniendo una sonrisa–. Hipotéticamente.

CAPÍTULO 10

He decidido que no puedo aguantar otro día de zapatos de payaso y trajes de chaqueta hechos para el cuerpo de un defensa de los Chicago Bears. Por catastrófico que pueda ser para mí y para mis preferencias de vestuario, Joey tiene razón: si quiero ser presidente, necesito tener aspecto de presidente. Y eso significa dejar de ponerme la ropa de mi padre.

El problema es que mis opciones son limitadas.

Decido sacar mi armario entero y esparcirlo todo por la cama, solo para ver con qué puedo trabajar. Espóiler: no tengo muchas posibilidades. Hay unas alas de ángel color turquesa, unos calcetines amarillos hasta las rodillas y toda una montaña de riñoneras en colores pastel, pero ni una sola corbata normal. ¿Cómo puedo tener ocho riñoneras (¡ocho riñoneras!) y ni una sola maldita corbata?

Fudge, tumbado sobre una montaña de cojines y una o dos de mis camisetas cortas, parece juzgar el desastre estilístico que lo rodea.

—¿Qué? —le pregunto a la defensiva, y él me ladra.

Suelto un suspiro y saco el móvil para mandarle un mensaje a Trish. *8 riñoneras*, escribo. *Son demasiadas para un presidente?*

Su respuesta aparece de inmediato. *Pocas me parecen. Necesitas al menos 10 para tener mi voto la vdad.*

Le contesto con un emoji de calavera.

X cierto, soy tu jefa de campaña oficial?, me pregunta.

Sip, respondo. *Le he dado las firmas al sr Wells y he presentado tu nombre. <3*

Ella reacciona con una hilera de corazones y arcoíris.

Te aviso q le he pedido a Danny q nos ayude con la campaña, escribo.

Ella responde: *Q Danny?*

Nguyen. Sabes q es el hijo de Bao? Trabaja en l BB.

Hay una pausa.

Es vdad, lo he visto sacando bandejas de la cocina alguna vez. Otra pausa. *Es mono y tal, no?* Carita sonriente.

Lol no es nada de eso, en serio. Creo q tdvía me odia un poco x cargarme una planta suya antes d las vacaciones.

A juzgar por el emoji de sonrisita que me manda, está claro que no me cree. *Ya sabes q el año pasado dijo q era bi*, continúa.

Y?, le respondo, y ella me envía una fila entera de sonrisitas torcidas.

Pongo los ojos en blanco (parece que Trish está empeñada en hacer que me olvide de Joey) y tiro el móvil sobre el edredón.

Después de un rato de organizar conjuntos para mi discurso, para un posible debate y para todos los días intermedios, me llevo la agradable sorpresa de ver que sí que tengo las prendas básicas para montar unos cuantos atuendos de campaña convencionales. Vale, tal vez no sean tan refinados como los de Zach, con sus americanas color salmón y sus jerséis de cuello alto, pero resultan bastante presidenciales.

Espero. Ya veremos.

—¿Tú qué piensas? —le pregunto a Fudge, sosteniendo en alto una camisa de color azul claro y unos pantalones en azul marino.

Él ladra en señal de aprobación.

En realidad, lo único que me falta es una corbata. Y me niego a volver a llevar la de mi padre que me puse el lunes (al infierno con ella).

Bajo a la cocina y veo a mi tía Starr, con una camiseta de estampado de leopardo y unos leggins con dibujos de helados, troceando pepinos para hacer una ensalada. Mi padre, un poco quemado por el sol y todavía con su chaleco naranja después de un largo día en una de sus obras, está colocando placas de lasaña en una fuente. Me gusta que llegue a casa a una hora razonable.

—Hola, chaval —me saluda, y me coge para darme un beso en la cabeza como si yo tuviera diez años. Trato de resistirme, pero él me supera en fuerza—. ¿Cómo te ha ido en el instituto?

—Bien —respondo, y me inclino sobre la olla de cocer pasta para hacerme un minitratamiento facial de almidón—. Aunque me iría mejor si tuviera más corbatas.

Levanto la cara hacia él.

Él me sostiene la mirada.

—Suéltalo ya, Blaine.

—¿Podemos ir a William's Outfitters este finde?

—¿William's Outfitters? —A mi padre se le escapa una carcajada—. ¿Para qué demonios necesitas una corbata de ochenta dólares?

—A veces tienen algunas rebajadas a sesenta o así —interviene mi tía, y se mete un trozo de pepino en la boca.

Mi padre agarra un cucharón y empieza a esparcir salsa boloñesa sobre la pasta.

—Blaine se ha presentado a las elecciones a presidente de su curso, ¿sabes, Kevin? —continúa mi tía alegremente—. Y eso significa que tu hijo debe tener… estilazo, como dicen los chavales hoy en día.

Se lo agradezco con una sonrisa.

Sé que mi padre también quiere sonreír, pero se queda callado para demostrar que tiene razón.

—Bueno, está bien —murmura mi tía. Agarra su iPad y un bol de palitos de queso y se va hacia el comedor, dejando los pepinos abandonados—. Ya me voy.

En cuanto se marcha, mi padre me lanza una mirada.

—Sesenta dólares sigue siendo mucho dinero para una corbata, Blaine.

—Lo sé —respondo, sintiéndome un poco culpable—. A lo mejor tienen algo que se acerque más a los cincuenta, ¿no?

Aunque mis padres no me dicen nada, sé que llevan tiempo con problemas de dinero; de ahí su exceso de trabajo. Están tratando de ahorrar para cuando yo vaya a la universidad, al mismo tiempo que pagan algunas deudas. Además, nuestra zona de Chicago se vuelve más cara cada año que pasa. Sí, mola ver escaparates chulos, pero eso también significa que llegar a fin de mes se vuelve más difícil para familias como la nuestra. Tal vez a los Oliver y a los Chesterton les guste tener cerca de casa bares pijos con zumos a diez dólares, pero a mi padre, desde luego, no le hace mucha ilusión. En su defensa, he de decir que es fácil entender por qué una corbata de William's está muy abajo en su lista de prioridades financieras.

—¿No te pusiste ayer una de mis corbatas? —me pregunta—. ¿Para qué necesitas otra?

—Esa era demasiado ancha para mi cuello. Parecía un bebé jugando a los disfraces.

–Tengo más.

–Todas tienen la misma forma, papá.

Él abre la puerta del horno y mete la fuente en la rejilla de en medio.

–Me da la sensación de que esto no va tanto de corbatas como de otra cosa. –Se endereza, se seca el sudor con el antebrazo y me mira desde arriba–. Esto no tendrá nada que ver con Joey, ¿verdad?

Oímos que se abre la puerta de entrada.

–¡Hola! –exclama mi madre desde el recibidor. Unos segundos más tarde, aparece con su uniforme del hospital, el pelo rubio recogido en un moño alto y una baguette que es casi tan larga como ella–. Buenas noticias: esta vez no se me ha olvidado el pan.

–Hola, mamá –digo cuando me da un beso en la frente.

No recuerdo la última vez que tanto ella como mi padre estuvieron en casa para cenar. Ya echaba de menos la sensación de tener la cocina llena...

–¡Hola, hermanita! –grita tía Starr desde el comedor, por encima de un episodio de *Gran Hermano* que está viendo en el iPad–. ¿Qué tal te han tratado hoy los bordes de tus enfermos? –Se echa hacia atrás para mirarme y dice en un susurro teatral–: ¿Está muy feo decir eso?

Me río entre dientes.

–Sí, está muy feo decir eso –responde mi madre con una sonrisa, mientras saca platos del aparador–. Hoy me he ocupado sobre todo de enfermos majetes. ¿Le mandaste un correo a Don por lo del trabajo?

Mi tía Starr responde con un gruñido.

–¡Starr! ¿Por qué no? –pregunta mi madre.

–Porque prefiero que me arranquen los pelos de las cejas uno por uno antes que trabajar en la recepción de ese dentista.

Mi padre ahoga una carcajada.

–Starr –la reprende mi madre, conteniendo la risa–, le dije que le escribirías.

–Los pelos de las cejas, hermanita.

–Un trabajo es un trabajo –dice mi padre, cogiendo el parmesano de la puerta del frigorífico.

–Kevin, ¿tú querrías trabajar como secretario para Don Drake, con esos cuadros de flamencos raros por todas las paredes y esa halitosis asquerosa que tiene? ¿Qué clase de dentista tiene halitosis?

Mi padre mira a mi madre y se encoge de hombros.

–Razón no le falta.

–Al menos podrías mandarle un correo para agradecerle la oferta, Starr –le pide mi madre, con algo de desesperación en la voz–. Aunque no aceptes el trabajo, ha sido muy amable por su parte ofrecértelo.

–Claro que sí –responde mi tía, antes de mirarme para negar con la cabeza y formar con la boca la palabra «no».

Le sonrío y, de pronto, recuerdo que la tarjeta que me dio Camilla sigue arriba, sobre mi cómoda. Siempre se me olvida contarle a mi tía lo del trabajo de directora de eventos en el museo Field. Bueno, se me olvida... o lo olvido a propósito porque no me apetece recordarlo. Es un poco de las dos cosas, creo.

«Esta noche», me prometo. «Esta noche le contaré lo del trabajo».

–¿Qué más me he perdido por aquí? –pregunta mi madre.

–No mucho –responde mi padre, dándole un masaje rápido en los hombros mientras pasa de camino al cajón de los cubiertos–. Solo que tu hijo quiere una corbata de ochenta dólares de William's Outfitters.

–¿Ochenta dólares? –Mi madre me mira boquiabierta–. ¿Es que es de oro o qué?

–Hay algunas que cuestan sesenta o así –respondo, copiando la línea de defensa de mi tía–. Voy a presentarme como candidato a presidente de mi curso, mamá. Tengo que vestirme de forma apropiada para el papel.

–Cariño... –Comienza a cortar la baguette–. Sabes que nos encanta que te presentes a las elecciones del consejo estudiantil, pero no necesitas una corbata de ochenta dólares para hacerlo.

–La gente de Wicker West es brutal con estas cosas, mamá. Ya sabes lo bien que viste Joey, que es el presidente actual, y voy a enfrentarme a Zach Chesterton, que...

–Un momento. –Mi madre deja de cortar y me mira–. ¿Esto tiene algo que ver con Joey?

Intercambia una mirada con mi padre.

–¡No! –respondo–. Claro que no.

A ver: la respuesta más correcta es «Sí, claro que sí», pero solo en el sentido de que necesito que la gente me tome lo bastante en serio para ser elegido presidente de mi curso y recuperar a Joey. Eso es todo.

–No necesitas una corbata para impresionar a ese mierda seca –dice mi padre, cogiendo los platos y los cubiertos que vamos a utilizar.

–¿Mierda seca? ¿En serio? –Mi madre me mira con cara de sentirse la única adulta de la casa–. Aunque he de decir que estoy de acuerdo con tu padre, Blaine: si un chico te hace sentir que necesitas ponerte ropa cara para impresionarle, no se merece tu tiempo.

—Ya os he dicho que no tiene nada que ver con Joey —protesto, frustrado al ver que me han calado tan bien—. Es por las elecciones. Quiero que me tomen en serio.

—¿Qué tal si vamos al centro comercial el sábado y te compro algo allí? —sugiere mi padre—. De todos modos, creo que me vendría bien una camisa nueva.

—Pensaba que ibas a trabajar el sábado —le dice mi madre.

Él frunce el ceño para hacer memoria.

—Es cierto. El sábado que tengo libre es el que viene.

—Puedo llevarte yo —sugiere mi madre con una sonrisa tímida—. No sé si quieres que sea algo en plan padre e hijo, pero...

—¿Tú no trabajabas también? —pregunta mi padre, cruzando los brazos.

Ella se detiene para pensar.

—Ah, ¿sí?

—Eso dijiste ayer.

—Creo que trabajo el domingo.

—¿Estás segura?

Los dos se acercan al calendario que hay en el frigorífico, lleno de garabatos rojos y negros que reflejan las vidas de los dos mayores adictos al trabajo de Chicago.

Cierro los ojos y suelto una bocanada de aire con lentitud: sé demasiado bien que, si los horarios de trabajo aparecen en la conversación, ya no hay vuelta atrás. Más me vale mandarle una carta a Papá Noel para pedirle una corbata nueva, porque con mis padres ya no tengo nada que hacer.

«Echo de menos mis murales».

El pensamiento sale de la nada, pero parece tan urgente y cierto que me pregunto por un instante si lo habré dicho en voz alta. Por más que Joey prefiera un novio que lleve corbatas de William's Outfitters a un novio poco serio que hace murales, el hecho es que ahora mismo preferiría estar pintando de azul cobalto la fachada de la Papelería de Susan a cualquier otra cosa. Es cierto que añoro mis murales.

«¡Y mírate las manos!». Recuerdo horrorizado las feroces palabras de Joey en el Grey Kettle. «¡Ni siquiera has sido capaz de quitarte toda la pintura para nuestro aniversario!».

Eso me devuelve de golpe a la realidad.

No tengo tiempo para distracciones ni para manos manchadas de pintura azul cobalto. Céntrate, Blaine.

Tienes que ser un Chico Serio.

Me pongo en pie.

—Voy a sacar a Fudge a dar un paseo rápido antes de cenar —anuncio.

Entre el *Gran Hermano* que suena a todo trapo y lo concentrados que están mis padres frente al frigorífico, creo que nadie me escucha. En fin: más le vale a Wicker West hacerse a la idea de que, el año que viene, puede que en su consejo estudiantil haya un miembro sin corbata.

CAPÍTULO 11

–Orden, orden –bromeo, golpeando la mesa con mi taza de café moca.

Camilla suelta una risita, Trish menea la cabeza y Danny me mira como si no supiera qué pensar de mí. Carraspeo.

–En mi cabeza sonaba más gracioso –confieso.

Estamos apiñados en nuestro rincón del café, con Danny en un lado del sofá y Trish y Camilla apoltronadas sobre los pufs de enfrente. Hoy la cosa está especialmente ajetreada, con familias que compran productos de pastelería al por mayor y un equipo de fútbol infantil que juega al pilla pilla por todo el local, repartiendo migas y salpicaduras mientras corren entre las sillas y las mesas.

El caos no contribuye a calmar la ansiedad que me produce nuestra primera reunión de campaña.

Pasarme una tarde de verano pintando una pared de ladrillo, sin más compañía que la del cantante que me dedica su música a través de los auriculares: a Blaine le gusta esto. Liderar una campaña electoral, con un equipo que me mira como si yo fuera la Persona al Mando: no se me ocurre nada más alejado de mi zona de confort. Vale, sí: solo son tres personas (dos de las cuales son, además, mis mejores amigas), pero ahora sus expectativas han cambiado. Necesito sacar a mi Joey Oliver interior, y eso no es tarea fácil.

–Aunque ya nos conocemos todos, vamos a hacer unas presentaciones rápidas ahora que somos parte de un equipo –digo, pensando que es lo que haría una Persona al Mando. Señalo a Trish–. ¿Quieres empezar?

Se ajusta los tirantes de su peto negro y me hace un saludo militar.

–Trish Macintosh, jefa de campaña a su servicio –dice con cara seria. Ya ha sacado su portátil y está preparada para tomar notas.

–Vaya, sargento –dice Camilla, retorciendo entre los dedos su colgante con un tiranosaurio rex. Mira a Danny–. Hemos tenido Geometría juntos, pero creo que no nos hemos presentado oficialmente. Yo soy Camilla.

–Hola, Camilla. Yo soy Danny –responde él con una sonrisa, mientras se come su cruasán de jamón y queso.

Es mucho más simpático con ella de lo que es conmigo, tal vez porque Camilla no se ha cargado ninguna de sus plantas. Aunque jamás lo admitiría en voz alta, porque Trish se pondría toda emocionada, está tan mono hoy con su polo amarillo por debajo del delantal que me despista mirarlo.

–Creo que Danny nos será de gran ayuda, en vista de que ninguno de los demás tenemos experiencia con el consejo estudiantil –grito para hacerme oír sobre los chillidos de un jugador de fútbol de nueve años–. Y, hablando de eso, vamos a empezar por el principio: ¿cuál crees que debería ser mi prioridad, si quiero aspirar a ganar? –le pregunto.

–Zach Chesterton –dice de inmediato y sin dudar.

Espero a que desarrolle más la idea, pero no lo hace.

—¿Me lo puedes explicar?

—Sé que hay otros candidatos, pero olvídate de los demás —responde—. Ahora mismo, Zach tiene el camino despejado. Es tu único competidor.

—¿Cómo puedes estar tan seguro? —replica Trish—. Tampoco es que el consejo estudiantil haga encuestas de intención de voto, ¿no?

Suelto una carcajada que se corta bruscamente.

—Espera... ¿El consejo hace eso? —le pregunto a Danny, y él contiene una sonrisa.

—No, tranquilo. No quiero parecer arrogante, pero llevo en el consejo estudiantil el tiempo suficiente para saber cómo funcionan las elecciones en Wicker West. Es una cuestión de números, y tenemos que ponernos las pilas porque Zach lleva años ajustando los números a su favor.

—¿Y eso? —dice Camilla.

Danny se termina su cruasán.

—Wicker West es enorme. Solo en nuestro curso hay unos quinientos cincuenta alumnos. Para conseguir una mayoría que te permita ganar, necesitas una estrategia clara y coherente. Y en todas las elecciones que he conocido, el ganador ha hecho muy bien al menos una de estas dos cosas. —Levanta un dedo—. Una, convencer a la gente de que apoye su visión de futuro. —Levanta otro dedo—. O dos, machacar a lo bestia repitiendo su nombre una y otra vez hasta que todo el mundo lo recuerda.

Oigo de fondo cómo Trish teclea en su portátil y, al mirarla de reojo, veo que está tomando notas como una campeona. Jamás la he visto hacer los deberes con tanta concentración. ¿Qué hace que esté tan motivada de repente?

—¿Cuál de los dos es Zach? —pregunta, y Danny la mira como si la respuesta fuera evidente.

—¿Serías capaz de decir una sola cosa por la que haya luchado como presidente de nuestro curso en los tres últimos años? ¿Una sola política o idea nueva que haya lanzado, una sola cosa que represente? Zach se apoya en el reconocimiento de su nombre, y solo en eso.

—Tiene sentido —asiente Camilla, y da un sorbo a su café—. Joder, estoy casi segura de que el año pasado yo le voté simplemente porque no tenía muy claro quiénes eran los demás candidatos.

—¿Ves? —dice Danny—. A ver, hay que reconocerle el mérito: el chaval sabe cómo manejar el sistema. ¿Por qué creéis que es ayudante de secretaría?

Trish, Camilla y yo nos miramos perplejos.

—El ayudante de secretaría está en una posición ideal para enterarse de todo lo que se cuece —nos explica Danny—. Todos los cotilleos, los dramas entre profesores, las novedades de las asociaciones de estudiantes... Los de la secretaría suelen ser los primeros en enterarse. Los alumnos ayudantes hasta tienen acceso a las cámaras de seguridad del instituto, y Zach utiliza toda esa información en provecho propio. —Danny se limpia unas migas de cruasán de los pantalones—. Además, es un hacha en temas sociales: es colega de los deportistas, se lleva bien con todos los grupitos... Nadie le tiene mucho cariño, pero tampoco cae mal. El año pasado visitó al menos una vez cada club extracurricular del instituto para hacerles la pelota. Os lo digo en serio: es muy buen político.

—Pero malo con ganas a la hora de hacer cambios —remacha Trish.

—Exacto —dice Danny, asintiendo con la cabeza—. ¿Qué ha hecho? Nada, la verdad. No está en el cargo para mejorar las cosas, sino para adornar el currículum que presentará a las universidades de la Ivy League cuando pida el ingreso.

—Me suena conocido —murmuro, pensando en Joey, y todos me miran—. Bueno, vale. ¿Cómo vamos a competir con eso? ¿Qué podemos hacer para plantarle cara a un pavo que se ha estado preparando para esto desde que nació?

Danny da otro sorbo de agua y suspira.

—No lo sé, tío. Yo estoy aquí para ayudar, pero, al mismo tiempo, no quiero engañaros. Vencer a Zach… —Hace una mueca—. Va a ser difícil.

Nos paramos a pensar, aunque es casi imposible con este fondo de chillidos de padres estresados e hijos asalvajados.

—A ver qué os parece esto —comienza Camilla en plan tormenta de ideas—. ¿Qué tal si hacemos como un millón de carteles de Blaine y los pegamos por todo el instituto? Eso ayudaría a que conozcan su nombre, ¿no?

Asiento con la cabeza, pensativo, antes de interrogar a Danny con la mirada.

—Podría ser —dice él—. Pero los carteles no bastan para ganar unas elecciones; tendrían que formar parte de una estrategia mayor.

—Tienes razón —admite Camilla, retorciéndose el colgante mientras piensa—. Parece que la gente se acostumbra a verlos después de un par de días. Al menos, eso es lo que me pasa a mí. Pierden el atractivo.

—Creo que tendríamos que ir por la otra vía que has mencionado, Danny —dice Trish, concentrándose en la pantalla de su ordenador antes de buscar mis ojos con los suyos—. A Zach ya lo conoce todo el mundo y, si queréis que os diga la verdad... No creo que podamos vencerlo en su propio juego a estas alturas. Pero sí que podríamos tirar por eso de la visión de futuro. ¿Cuál es tu visión, Blaine? ¿Qué puede inspirar a los alumnos lo bastante para apoyarte a ti como presidente?

Danny y Camilla se giran también hacia mí. El calor comienza a acumularse en mis mejillas: no puede ser que no sepa qué contestar a esto.

¿Por qué me presento a las elecciones?

En fin, la respuesta es bastante simple, claro. Por Joey. La contestación más sincera sería: «Porque tengo que demostrarle que puedo ser un Chico Serio para que vuelva conmigo». Pero no quiero admitirlo delante de Danny; aunque él sabe que esa es mi motivación principal, se merece una razón más digna para trabajar con nosotros y ayudarme a conseguir la victoria.

—Eh... Bueno... —balbuceo. Me humedezco los labios y hago como que pienso, pero lo cierto es que tengo el cerebro apagado—. Supongo que... No lo sé —admito, casi sin querer.

Por esto es por lo que estoy fuera de mi zona de confort. Por esto es por lo que se me da mejor pintar paredes que fingir que puedo ser presidente de nada. ¿Cómo puedo pedirles a mis amigos que hagan campaña por mí, cuando ni siquiera soy capaz de dar la talla?

—Lo siento —digo avergonzado, frotándome las sienes—. Ya debería tener una respuesta para esa pregunta, lo sé.

—No lo sientas —replica Danny—. Si nos hemos reunido es justo porque necesitamos encontrar esa respuesta.

Me quedo pasmado: es lo más amable que me ha dicho desde que nos estrellamos cerca de la Papelería de Susan.

—¿Os puedo recomendar una cosa? —pregunta.

—No tienes por qué pedir permiso para hablar, tío —señala Camilla entre risas.

–Si me fijé en ti el otro día en la cafetería, fue por el cartel de «Vamos a hablar» –dice–. O sea, me refiero a que me fijé en ti como candidato, no... no en otro sentido.

Me pongo todavía más rojo, y me doy cuenta de que Trish y Camilla intercambian una sonrisita rápida.

–Bueno –continúa Danny–, la cosa es que podríamos empezar por ahí, con lo de la mesa y el cartel. ¿Te pareció importante algo de lo que dijeron nuestros compañeros? ¿Hay algo que se pueda expandir en una visión de futuro más amplia?

Tiene toda la razón.

Para ser sincero, debo reconocer que el objetivo del cartel era atraer a la gente para conseguir firmas. Pero, después de que Trish me propusiera cambiar el mensaje a «VAMOS A HABLAR», me gustó conectar con compañeros con los que apenas había hablado antes. Y tenían mucho que decir.

Saco el móvil y entro en la aplicación de notas.

–A ver, tengo aquí escrito lo que me dijeron. Seguro que hay algún tema que pueda servirnos de motivación. –Abro la lista–. Vale... Ansiedad por los exámenes... Agotamiento por las redes sociales... El impacto de las novatadas en los deportes... El estrés de ser hijo de padres inmigrantes... Problemas de imagen corporal...

–Uf –dice Camilla con un suspiro–. Es todo muy intenso.

–La verdad es que sí –asiente Danny.

–Ya, pero son los temas que les importan de verdad a nuestros compañeros –señala Trish–. Son cosas importantes que ocurren entre bambalinas, cosas silenciadas que un buen presidente debería tener la valentía de abordar. –Se endereza sobre el puf y casi puedo ver la bombilla que se enciende sobre su cabeza–. ¿Qué os parece... la salud mental?

La miramos sin decir nada.

—Todas esas cuestiones están relacionadas con la salud mental —insiste Trish—. Ansiedad con los exámenes... Imagen corporal... Redes sociales...

—Tiene razón —declara Danny—. Ese es el hilo que lo conecta todo.

Camilla da un golpecito cómplice en el muslo de Trish.

—Una campaña centrada en la salud mental —dice—. A mí me gusta.

—¿Sí? —pregunto mientras miro a mi alrededor, no muy seguro—. ¿Vosotros creéis que la gente se lo tomaría en serio?

—¿Por qué no iban a hacerlo? —replica Danny.

—No lo sé —respondo, pensativo—. Normalmente, los candidatos hablan de cosas como bajar el precio de las entradas del baile de fin de curso o conseguir taquillas nuevas de colores chulos.

—Y luego está Zach, que no propone nada en absoluto —añade Camilla.

—Por eso a muchos no nos caen bien los chavales del consejo estudiantil —dice Trish dirigiéndose a Danny—. No te ofendas, ¿eh?

Él se encoge de hombros.

—No me ofendo.

—Las elecciones a presidente suelen ser competiciones entre narcisistas que solo saben hablar de su ombligo. Hacer una campaña centrada en promover avances reales... —Trish abre mucho los ojos—. Para mí, la salud mental es nuestra fórmula para el éxito.

Alucino con lo motivada que está Trish con todo esto.

Puedo contar con los dedos de una mano las veces que la he visto así de emocionada. Vale, sí: está la noche en que los Chicago Bulls ganaron un partido importante, y ella se vino tan arriba que derramó una Coca-Cola encima del pobre Fudge. Y esa vez que Janelle Monáe le dio me gusta a un tuit que había publicado Trish sobre lo importante que era su álbum *Dirty Computer* para las chicas racializadas y queer, como ella, y a Trish le dio un subidón que le duró una semana.

–Vosotros dos sabéis lo mucho que me ha costado superar mis problemas personales –dice Trish en voz baja, mirándonos a Camilla y a mí–. Esto me toca la fibra sensible.

Trish comenzó a ir al orientador del instituto después de su breve ruptura con Camilla. Si decidió hacerlo no fue solo por el tema sentimental (Trish ha tenido problemas de salud mental desde que la conozco), sino porque sus problemas de pareja amplificaron todas las demás cosas a las que se enfrentaba. Ahora va a terapia dos veces al mes, y nos dice una y otra vez lo mucho que eso ha mejorado su vida.

–¡Danny! –llama Bao desde detrás del mostrador, haciéndole un gesto a su hijo para que vaya a ayudarle. La cola para pedir es de diez personas, y está entrando otro equipo de fútbol con niños todavía más pequeños y revoltosos.

–Tengo que irme –dice él. Se levanta del sofá y avanza de espaldas hacia el mostrador, atándose el delantal por el camino–. Por si sirve de algo, yo estoy con Trish: creo que una campaña centrada en la salud mental tiene mucho potencial.

–Pienso lo mismo –añade Camilla, asintiendo enfáticamente con la cabeza–. Es algo que abarca todas las cuestiones.

Respiro hondo.

–Bueno, pues muy bien, jefa de campaña –digo, con una sonrisa tan amplia como la de mis tres compañeros–. Salud mental se ha dicho.

CAPÍTULO 12

Salud mental. Vale.

¿Qué puedo aportar yo (Blaine Bowers, candidato a la presidencia de cuarto curso) para mejorar la salud mental de mis compañeros?

Bueno: para empezar, sé que ese tema es importante. Sé que hoy en día los adolescentes estamos estresados de cojones, en plan a todas horas. Y sé que Wicker West podría esforzarse más por abordar la crisis que afecta de una forma tan evidente a la mayoría de los estudiantes que recorren sus pasillos cada día. Sé lo que es sentir soledad... o, al menos, eso creo. La palabra «soledad» es la mejor forma que tengo de describir los días que mis padres se quedaban trabajando hasta tarde, antes de que tía Starr se mudara con nosotros. No me gustaba que la casa estuviera tan vacía y silenciosa, pero lo peor no era tanto el aislamiento físico como los pensamientos que lo acompañaban.

Y también conozco la ansiedad que las redes sociales pueden generar en los rincones más profundos y oscuros de nuestro cerebro, tal como mencionaron Maggie, Tracy y Elle en la cafetería. Si no quieres que la gente se olvide de ti, es obligatorio subir a cada poco lo que sea a la aplicación que sea. Y eso, aunque no quieras, te lleva a ver cómo tu exnovio disfruta de sus vacaciones en México, mientras tú estás enterrado bajo las mantas en tu casa y aplastado por el peso del rechazo. Supongo que eso genera una forma propia de soledad.

Salud mental...

¿Cómo voy a convertir un tema tan personal en propuestas políticas claras que pueda utilizar en mi campaña?

Tal vez lo mejor sea analizar a qué me voy a enfrentar.

–¿Se os ocurre qué podemos esperar de los discursos de los otros seis candidatos? –pregunto, sentado en el suelo del salón de mi casa junto a Danny y dispuesto a tomar notas en mi portátil.

–Como dice Danny, creo que Zach es la persona a la que más atención debemos prestar –dice Trish desde mi móvil, que está apoyado contra una vela en mitad de la mesa baja.

Le dije que no hacía falta que me llamara por FaceTime desde el museo (ha ido a recoger a Camilla, que está trabajando en un evento), pero ella insistió y, ahora, cada pocos minutos vemos un mamut lanudo o un sarcófago detrás de ella en la pantalla.

–Si podemos presentar tu candidatura como un contraste con la política inmovilista de Zach –continúa–, y dejar claro que nuestro énfasis en la salud mental va a suponer una diferencia, tendremos mucho ganado.

Bajo el brillo de la pantalla del portátil porque están empezando a arderme los ojos.

–Lo entiendo, pero, aun así, me gustaría tener una idea de lo que van a decir los demás, ¿sabes? Por ejemplo, Miranda Cumberbatch. –Me detengo en su nombre mientras leo la lista de mis oponentes–. Nunca he cruzado ni dos palabras con ella, y mucho menos sé qué representa.

–He oído que Miranda está usando el lema «Vamos a unir a nuestro curso» –dice Trish, poniendo los ojos en blanco–.

No tengo nada contra ella, porque es un amor, pero me parece un poco simplón.

–Sí: Miranda es genial, pero ese mensaje no va a calar –la apoya Danny–. No tiene sustancia. No hay un contraste claro con Zach.

Escribo una nota junto al nombre de Miranda.

–¿Qué hay de Dustin? ¿Y Melissa?

–No te preocupes por Dustin –dice Trish.

–Ha decidido presentarse en el último momento porque cree que eso le ayudará a ganar puntos con Lacey Binder. –Danny niega con la cabeza–. Heteros...

Cierro los ojos y trato de ponerle cara a la chica.

–¿Quién es Lacey?

–Una chica de segundo que está en el consejo estudiantil –me explica Danny–. Pero da igual: lo importante es que Dustin no es un contrincante serio.

–En clase de lengua me dijeron que el discurso de Melissa es cortísimo, y que se centra en pintar el aparcamiento con los colores del instituto –dice Trish–. Como si no hubiera cosas más importantes...

–¿En serio? –se ríe Danny.

–Total –responde ella con una sonrisa torcida, caminando por una sala en la que hay expuestas cosas que parecen... ¿cráneos de mono?–. Podría equivocarme, pero no me parece una cuestión que pueda movilizar a nuestros compañeros.

Trish añade que, aunque no ha oído nada concreto sobre el discurso de Bryce, duda mucho que un aprendiz de machirulo como él pueda conseguir ningún respaldo. Y, según me cuenta Danny, Nancy tiene la fama bien merecida de saltarse las reuniones del consejo de forma habitual, razón por la cual no ha logrado salir elegida como presidenta de su curso las tres veces que lo ha intentado.

–Nuestro énfasis en la salud mental se debe a que tú estás escuchando de verdad a nuestros compañeros –me recuerda Trish–. Ningún otro candidato está haciendo eso.

–Y Zach menos que nadie –concluye Danny.

–Cierto –digo con un suspiro, y termino de tomar apuntes sintiendo que llevo encima el peso del mundo–. Vale.

Nos tomamos un breve descanso para llamar a Fudge, cuya cercanía siempre me relaja cuando siento que me va a explotar el cerebro. Aparece en el salón y se aovilla junto a mi muslo, mientras nosotros tres terminamos de decidir los principios básicos de mi discurso.

Lo cierto es que son Trish y Danny quienes plantean la mayoría de las ideas, porque yo me paso el rato luchando contra el impulso de pintarrajear el bloc de notas adhesivas que tengo junto al ordenador. Al cabo de un rato, sin darme casi ni cuenta, he esbozado un proyecto de mural que refleja cómo veo la salud mental: un cerebro grande y pálido que flota en la troposfera. O, como murmuro para mí cuando lo termino, «la cabeza en las nubes».

–¿Cómo? –dice Danny, y aterrizo de golpe en la realidad.

–Ah. Nada. Solo estaba garabateando.

Él sonríe y empuja una lata de refresco hacia mí.

–¿Qué tal si te das un chute de cafeína, dormilón?

Desde nuestra primera reunión de campaña, Danny se muestra mucho más agradable conmigo. La verdad es que me gusta esta nueva versión de él.

Acepto su consejo y me llevo la lata a la boca.

«Concéntrate, Blaine», me ordeno, expulsando el mural de mi conciencia.

Media hora y dos murales imaginarios más tarde, mi discurso ha cobrado forma (aunque no gracias a mí, me temo). No sé si les gustará a los miembros del consejo, pero al menos lo hemos intentado.

–Creo que ya tenemos decidido lo básico, ¿verdad? –Examino mis cinco páginas de apuntes en Google Docs, con los ojos molestos por la luz azul–. ¿Cuál era ese nombre que nos gustaba a todos, Trish?

–Iniciativa por el bienestar de Wicker West –responde ella.

–Eso es –digo, asintiendo con la cabeza mientras tecleo.

Leo en voz alta el eslogan que hemos decidido, solo para asegurarme de que estamos todos de acuerdo:

–«Iniciativa por el bienestar de Wicker West: un enfoque exhaustivo con tres líneas de acción para abordar por fin los problemas de salud mental en nuestro instituto».

Echo un vistazo a Danny y él levanta los pulgares.

–Yo también he apuntado algunas frases potentes que podrías meter en tu discurso –dice Trish–. Mañana os lo cuento todo.

–Trish... –digo con voz entrecortada–. No sé qué te ha pasado con esto de las elecciones al consejo estudiantil, pero eres la mejor jefa de campaña que podría desear cualquier futuro presidente de curso.

–Lo sé –dice ella, y pone morritos para darme un beso digital–. Mucho mejor que Eve Beesbopper, ¿a que sí?

–Espera –digo–. ¿Zach ha elegido a Eve como jefa de campaña?

Danny asiente con la cabeza.

Tiene sentido. Eve es la mejor alumna de nuestro curso, siempre en cabeza de las calificaciones: la persona perfecta para ayudar a ganar unas elecciones. Siento un nudo en el pecho. Que Eve esté en el equipo de Zach es un obstáculo más que tendré que superar, si quiero conseguir esto.

—Bueno, me tengo que ir —dice Trish, quitándose un auricular—. Como me pierda la inauguración del pterodáctilo, Camilla me mata. —Hace una pausa—. ¿O era un braquiosaurio? Sea lo que sea..., adiós, chicos.

—Buenas noches.

—Hasta luego, Trish —dice Danny.

La llamada por FaceTime termina.

Y Danny y yo nos quedamos solos.

Cualquiera pensaría que resulta incómodo, en vista de que nuestra reciente amistad (si es que podemos empezar a llamarla así) se basa en un atropello épico con latas de pintura y maceta rota incluidas. Pero no es incómodo en absoluto.

Me siento extrañamente relajado junto a él.

Los grillos cantan al otro lado de la ventana, algunos coches pasan ronroneando junto a mi casa, y una cálida brisa de primavera agita las cortinas. Cierro el portátil, agotado de ejercitar por primera vez en mi vida la parte del cerebro responsable de las habilidades de liderazgo, sea cual sea.

Danny se pone a recoger las galletas de queso, las latas de refresco vacías y los caramelos que nos ha traído mi tía para picotear durante la reunión.

—No, no —digo con un bostezo, y hago un gesto para que pare—. Yo me encargo.

—¿Estás seguro?

Asiento con la cabeza y recojo los cuencos y las latas. Nos ponemos de pie y él me sigue hacia la cocina en penumbra, donde guardo los caramelos en la alacena contigua al frigorífico y termino de recoger los platos.

Danny se acomoda en un taburete, junto a la encimera central.

—¿Dónde están tus padres? —pregunta, mirando a su alrededor.

Me giro hacia él y apoyo la espalda en el fregadero.

–Trabajando.

–¿Tan tarde?

–Sí. Es lo normal.

–¿A qué se dedican?

–Mi madre es enfermera y hace un montón de guardias. Mi padre trabaja en la construcción, y la primavera siempre es su época más atareada.

–Entiendo.

–Últimamente, Fudge, mi tía Starr y yo tenemos la casa para nosotros solos –le explico–. ¿Y tú qué? Nunca he visto a tu madre en el Biggest Bean. ¿Es que trabaja en otro sitio?

Él abre la boca para contestar, pero vuelve a cerrarla. Después de un momento de incomodidad, dice al fin:

–Mi madre murió antes de que yo empezara la secundaria.

–Ah –susurro, con un nudo en la garganta–. Lo siento. No tenía ni idea.

–Tranquilo... Fue un cáncer. No pudieron hacer nada. –Se baja el cuello de la camiseta para exponer un pequeño diseño floral en tinta negra sobre su hombro derecho–. Mi padre me ha dejado que me haga este tatuaje en su honor.

Me alejo del fregadero y me inclino sobre la encimera para mirarlo más de cerca.

–Me encanta.

–Es una peonía, su flor favorita –explica con una pequeña sonrisa, y suelta el cuello de la camiseta para que la tela vuelva a su sitio–. Fue ella quien me metió en todo eso de las plantas, las flores y demás. Las cuidábamos juntos.

–Bueno –repongo, recordando la hilera de tiestos con suculentas que tiene Danny en el Biggest Bean–. Seguro que estaría orgullosa de que no te hayas cargado tu... ¿planta cebra, se llamaba?

–Sí, me gusta pensar eso.

Es extraño pensar que los Nguyen han perdido a una madre y a una esposa. A primera vista, no parecen una familia afectada por una pérdida tan grande. Aunque no lo conozco bien, desde que empecé a ir al Biggest Bean, cuando estaba en primero, Bao siempre se ha mostrado amable y dicharachero, incluso en medio de la locura de los equipos de fútbol infantiles, los ejecutivos malhumorados y los padres faltos de sueño. ¿Cómo puede haberle pasado algo tan trágico a alguien con tan buen corazón? A lo mejor oculta su tristeza detrás de una cortina de felicidad, como dice mi madre que hace la tía Starr.

–En fin. –Danny estira los brazos y su largo torso ocupa la mitad de la cocina, o al menos eso es lo que me parece a mí–. Lo siento: no quería darte la lata con todo el rollo de «mi madre está muerta».

–No me estás dando la lata –replico–. Me alegra que me lo hayas contado.

–Y también siento haber actuado así contigo al principio –añade.

Inclino la cabeza hacia un lado.

–¿Cómo actuaste conmigo al principio?

–Ya sabes. –Se encoge un poco de hombros, avergonzado–. Tendría que haberme portado mejor con todo el tema de la planta.

Apoyo las palmas de las manos en la encimera.

–A ver, que te maté el aloha...

–Aloe vera.

–Lo sé, lo sé. Es broma.

Los dos nos echamos a reír.

–No pretendía ser tan insistente con el tema, eso es todo –continúa–. A veces soy como un erizo que saca las púas con las personas nuevas, sobre todo si me interesan.

«¡¿Sobre todo si me interesan?!».

No es difícil sumar dos y dos; pero él sigue hablando, así que decido no interrumpirle.

–Tendría que haber sido más amable desde el principio –concluye.

–No pasa nada –le digo–. No tienes por qué disculparte.

–Es algo en lo que tengo que trabajar.

–Danny. –Lo miro con una sonrisa–. En serio, no es para tanto.

La cocina se queda en silencio. Solo se oye el repiqueteo de las zarpas de Fudge, que se pasea por una habitación cercana, y los gemidos de una ambulancia a lo lejos.

–En fin –digo, haciendo como que limpio unas migas inexistentes–, seguro que tu madre estaría muy emocionada de ver el Biggest Bean. En poco tiempo se ha convertido en uno de los cafés más populares de Chicago.

Él se ríe.

–No me parece una descripción muy ajustada...

–Bueno, dejando aparte lo del Biggest Bean, estoy seguro de que se sentiría feliz por ti, en general –señalo.

–Ojalá hubiera salido del armario con ella antes de su muerte –murmura, con un brillo de arrepentimiento en los ojos–. Ya sabes, para que me hubiera conocido por completo.

–Ya. –Hago una pausa–. A ver... Yo creo que, esté donde esté, ahora te conoce por completo, ¿no?

A veces, una mirada puede decir mucho más que cualquier frase. Y, entre sus parpadeos, puedo ver un remolino de aflicción y gratitud que flota en los ojos de color miel de Danny.

—¿Puedo confesarte una cosa?

Me tenso, pero trato de disimularlo.

—Claro.

Él examina la encimera por un momento, como si quisiera sopesar sus próximas palabras.

—Me alegra mucho que me pidieras ayuda con tu campaña.

—¿Estás de coña? —digo con una sonrisa de oreja a oreja—. ¡Gracias a ti! Está claro que no sería capaz de hacer esto sin vosotros tres.

Sus mejillas se sonrojan.

—Yo creo que lo harías genial.

—Pues crees mal.

Danny se apoya en el respaldo y se mete las manos en los bolsillos.

—Me encanta la iniciativa por el bienestar que hemos creado —dice—. Esas cosas son muy importantes para los alumnos como yo.

—¿Los alumnos como tú?

—Yo también he tenido problemas, igual que Trish —dice—. Ya te he dicho que, cuando conozco gente nueva... Desde que mi madre murió, tengo problemas serios de ansiedad.

—¿En serio?

¿Ansiedad? ¿Danny?

Siempre lo veo fresco como una lechuga (bueno, a excepción de esa vez en que casi me lo cargué con el carrito de la pintura). La palabra «ansiedad» es la última que utilizaría para describirle.

—Me sorprende oír eso —añado.

—¿Por qué?

—Bueno... No lo sé —digo con cautela—. Siempre pareces tan calmado...

—Sí, claro. Por fuera —replica—. Pero aquí arriba hay muchas cosas. —Se da unos golpecitos en la sien, con una sonrisa—. Demasiadas, la verdad.

Le devuelvo la sonrisa.

—Lo entiendo. Lo siento, no pretendía... No sé, dar nada por sentado contigo. —Él niega con la cabeza, y yo añado—: Tiene que ser duro.

—Pues sí. Bueno, a veces. Algunos días, como hoy, estoy bien. Otros días me siento como si el mundo se fuera a acabar, así porque sí. —Se ríe—. Así es como funciona mi ansiedad. Es raro, lo sé.

—Para nada —respondo, examinando mis manos porque no sé muy bien adónde más mirar—. Por eso hemos creado la iniciativa, ¿no? Todos tenemos nuestras batallas invisibles. Últimamente, yo... —Dudo si sacar el tema, pero ya he empezado, así que decido seguir—. Estoy mal por lo de mi ruptura. Sé que suena muy trivial, y que no es nada, comparado con otros problemas más serios... Pero creo que el hecho de que Joey me dejara ha afectado a la forma en que me veo a mí mismo.

Ni siquiera era consciente de que esto fuese cierto, antes de decirlo en voz alta. Pero es exactamente lo que ha pasado: que Joey rompiera conmigo (y que lo hiciera de esa forma) ha destrozado mi autoestima.

—¿En qué sentido? —pregunta Danny.

Ahora me toca a mí sonrojarme.

—A ver, es como que... Joey es el chico más guay del insti, ¿no? —Pongo los ojos en blanco—. Es una estupidez, sí, pero creo que siempre he sentido que yo era poca cosa para él... Y esa inseguridad se confirmó cuando me dejó por Zach. —Me detengo para tomar aire—. Y ahora me da miedo que estas elecciones sean como una extensión de ese complejo, ¿sabes? En plan que cuenten los votos y me aplaste un Chico Serio con el que no tenía que haberme puesto a competir, para empezar.

Danny me sonríe.

—¿Un Chico Serio?

Me encojo de hombros.

—Bueno..., sí. Un tipo que no va por Chicago cargado con latas de pintura y cubierto de salpicaduras de colores.

Él se pone en pie, rodea la isla y apoya la cadera contra la encimera, justo a mi lado. Aunque no lleva puesto el delantal, noto que desprende el aroma azucarado y reconfortante del Biggest Bean.

—No eres poca cosa para Joey —dice con suavidad—. En todo caso, él es poca cosa para ti.

—¡Ja! Y qué más...

—Lo digo en serio. —Se acerca todavía más, y su mano también se acerca. De pronto, siento como si estuviera acurrucado en una de las mantas extrasuaves de mi tía—. Vas a ganar estas elecciones, Blaine. Lo siento por dentro.

Nuestras caras están a solo unos centímetros de distancia.

Un momento. ¿Qué está pasando aquí?

¿Estoy... a punto de besar a Danny?

Su teléfono vibra sobre la encimera y damos un respingo.

—Lo siento —dice, y lo coge para mirar la pantalla—. Ah, mierda. Es mi padre. Tendría que haber vuelto ya a casa.

Antes de que pueda procesar los últimos treinta segundos, Danny se acerca a mí y me da el abrazo apretado que necesitaba sin saberlo.

—Gracias por la charla —añade—. Y perdón otra vez por las púas de erizo. Mañana nos vemos.

Se va corriendo al salón, coge la mochila y desaparece por la puerta de entrada en un abrir y cerrar de ojos.

CAPÍTULO 13

Nunca había estado tan nervioso. Jamás. Si sobrevivo a este maldito discurso sin vomitar a chorro sobre la mitad del consejo estudiantil de Wicker West, lo consideraré una victoria.

–¿Estás nervioso? –me pregunta Camilla con una sonrisa, aunque ya sabe la respuesta. Hace una pompa con su chicle.

–La verdad es que no –miento, secándome el sudor de la frente–. ¿Por qué? ¿Parezco nervioso?

Ella se encoge un poco de hombros, como si quisiera decirme que no pero no fuera capaz de mentir de forma tan flagrante.

Trish, Camilla, Danny y yo nos encontramos en el pasillo que lleva al auditorio del instituto, que es la zona de espera para los siete candidatos a la presidencia. Los equipos de campaña mantienen una separación equivalente a la longitud de un aula, para que nadie pueda poner la oreja mientras hacen preparativos de última hora. Joey y Ashtyn, los que más lejos están de nosotros, hablan animadamente con Zach, quien (sí, lo admito) tiene un aspecto de lo más presidencial con su traje gris oscuro y su corbata negra. Yo tampoco estoy tan mal, con mis pantalones de pana, mi chaqueta de color azul marino y una corbata de un azul más claro que me ha prestado Danny.

He dado muchas vueltas a lo que pasó antes de que se marchara de mi casa el otro día. Pero muchas.

¿Estaba Danny haciendo un acercamiento? ¿Me habría besado si su padre no le hubiera mandado un mensaje? ¿Habría querido yo que me besara?

El señor Wells se acerca a nosotros con una carpeta en la mano. Cuando su mirada se cruza con la mía, en su cara aparece una mueca de preocupación.

–¿Cómo te encuentras, Blaine? –pregunta, inclinando la cabeza hacia atrás para mirarme por la parte inferior de sus bifocales–. Pareces un poco nervioso.

–¿Por qué no deja de decirme lo mismo todo el mundo? Estoy bien –declaro en voz más alta de lo que pretendía–. Perdón –añado al ver que él da un respingo.

–Todo el mundo va a flipar con él –dice Trish para animarme.

Me pone las manos en las mejillas y me gira la cabeza hasta que mis ojos enfocan los suyos, de un marrón intenso y completamente serios.

–Blaine, repite conmigo –me ordena.

–Eh... ¿Vale?

–Soy increíble –dice.

–Soy increíble –repito.

–Me he preparado un discurso increíble.

–Me he preparado un discurso increíble.

–Y voy a ser un presidente magnífico.

–Y probablemente seré, como mínimo, un presidente decente.

–¡Blaine!

–Y voy a ser un presidente magnífico.

Me da unas palmaditas en las mejillas y sonríe.

–Recuerda: nadie espera que seas el próximo Obama, ni nada por el estilo –añade Camilla, y me da un empujoncito con el hombro–. No te atosigues tanto.

–Tú sonríe y levanta la mirada del ordenador de vez en cuando –añade Danny, empujándome por el otro lado.

–Y si te atascas... –continúa Trish.

–Lo sé, lo sé: no debo dejarme llevar por el pánico –termino, y suelto el suspiro más largo de mi vida. Después, inclino la cabeza de izquierda a derecha y de derecha a izquierda hasta que el cuello me cruje.

–Os traigo una noticia que puede ser buena o mala, dependiendo de cómo se mire –dice el señor Wells mientras saca un papel de su carpeta–. Hemos hecho un sorteo para decidir el orden de los discursos y a ti te ha tocado el último, Blaine.

–¡Eso es bueno! –contesta Trish de inmediato para cortar de raíz mis pensamientos negativos–. Vas a ser la traca final y vas a poner en pie al auditorio.

–Estoy de acuerdo –dice Danny, asintiendo con la cabeza.

–¿Sí? –pregunto dudoso.

–Pero no te quedes sentado en la parte de atrás dando vueltas a todo mientras hablan los demás –me advierte Camilla–. Porque entonces sí que podría ponerse todo muy feo.

–¿Por qué tenías que decirle eso? –masculla Trish sin mover los labios, con una sonrisa forzada.

–Todo esto habrá terminado antes de que te des cuenta, Blaine –me asegura el señor Wells, y me da un golpecito en el brazo con su carpeta antes de darse la vuelta para marcharme.

Ahora mismo tengo un torbellino en la cabeza. Para empezar, ¿qué demonios estoy haciendo? En serio... ¡¿Qué demonios estoy haciendo?!

¿Cómo he podido convencerme a mí mismo de que presentarme a las elecciones era buena idea? ¿Impresionar a Joey realmente justifica este nivel de mal rollo? Porque, a ver: sí, creo que mi discurso es bueno, y sí, creo en nuestra iniciativa por el bienestar de Wicker West, sobre todo después de saber lo importante que es para Trish y Danny. Pero nada de eso importará si no soy capaz de conseguir que la mitad del consejo estudiantil (cuarenta y siete de los noventa y cuatro miembros) apoye mi candidatura para permitirme entrar en las elecciones. Y si los otros seis candidatos ponen el listón demasiado alto antes de que yo salga y empape de sudor a todo el público de la primera fila, las posibilidades pueden ser de una entre un millón.

–Necesito un poco de agua –digo, y echo a andar hacia la fuente que hay en el extremo opuesto del pasillo.

Paso junto a los demás equipos de campaña, pero apenas distingo nada de lo que dicen. Sin embargo, Zach, Joey y Ashtyn están justo al lado de la fuente, así que, mientras me inclino para beber un poco de agua tibia, no puedo evitar oírlos.

–Recuerda: evita los «eh...» y los «ah...» entre frases –le indica Joey a su nuevo novio.

–Y no dejes de recorrer el público con los ojos en todo momento –le advierte Ashtyn–. Si solo miras a los alumnos de la parte delantera, los demás se darán cuenta, y no queda bien.

–Te estás encorvando un poco –añade Joey–. Recuerda ponerte recto detrás del micro.

Me seco la boca con la mano y me dirijo de nuevo hacia mi equipo. Joey, Ashtyn y Zach (ninguno de los cuales me había visto al acercarme, hace diez segundos) se callan de golpe cuando vuelvo a cruzarme con ellos.

Joey rehúsa establecer contacto visual conmigo. Zach parece avergonzado.

Ashtyn es la única en hablar.

–Buena suerte, Blaine –dice con voz inexpresiva.

Le dirijo una sonrisa sincera como respuesta. Espera un momento... ¿Por qué está aquí Ashtyn dándole una charla de motivación a Zach? No son amigos, y tampoco es su jefa de campaña. Y, extrañamente, no veo a Eve por ninguna parte.

Al otro lado del pasillo, el señor Wells comienza a agitar los brazos para pedir la atención de todo el mundo.

–¡Escuchadme! –exclama–. Estamos a punto de empezar. Por favor, que todos los candidatos vengan aquí conmigo en el orden en que van a dar su discurso. En cuanto a los demás, si sois miembros del consejo estudiantil, por favor, id a sentaros al auditorio. Cualquier jefe de campaña que no esté en el consejo estudiantil también tiene permitido entrar en el auditorio, pero recordad que no podréis votar a los candidatos. Si no sois candidatos, miembros del consejo estudiantil ni jefes de campaña... –señala la salida–. ¡Hasta luego!

Trish, Danny y Camilla se giran hacia mí muy sonrientes.

–Vas a hacerlo genial –afirma Danny.

–Recuerda. –Camilla se inclina hacia mí–. No tienes por qué ser un Obama: tú intenta no desmayarte y todo irá de maravilla.

Suspiro con todas mis fuerzas.

–Gracias, Camilla.

Trish me entrega mi portátil, que tiene el discurso descargado y listo para aparecer en una aplicación de teleprompter.

–Y ahora, déjalos pasmados.

Los cuatro nos damos un abrazo rápido y nos dispersamos. Con el corazón latiendo tan fuerte que lo siento en la garganta, me coloco al final de la fila de candidatos. Zach está en tercer lugar.

–Iniciativa por el bienestar de Wicker West –practico para mí mismo, rezando para que las palabras salgan de mi boca con facilidad ahí fuera–. Iniciativa por el bienestar de Wicker West...

–¿Está todo el mundo listo? –nos pregunta el señor Wells desde la cabecera de la fila, recorriendo con la mirada las caras de los candidatos. Todos murmuramos alguna variación de «sí», y él responde–: Estupendo. Vamos allá.

Caminamos tras él hacia la parte trasera del escenario, un lugar frío, polvoriento y oscuro. Luego nos alineamos tras el telón de un rojo intenso, que es lo único que se interpone entre nosotros y las noventa y cuatro personas del consejo estudiantil que están esperando para juzgar cada una de nuestras palabras.

–Tú eres la primera, Miranda –dice el señor Wells, apartando un poco la cortina para que pueda salir al otro lado.

La aludida desaparece bajo las luces de los focos, y el hueco de la cortina se vuelve a cerrar, dejándonos envueltos en la penumbra. Un momento más tarde, comienza su discurso. La acústica del escenario es extraña, y resulta difícil entender lo que está diciendo. Pero sinceramente... No me importa. Para nada.

No quiero que las palabras de los demás se me metan en la cabeza.

Unos tres minutos más tarde, el público comienza a aplaudir, lo que sugiere que Miranda ha terminado su discurso de una pieza. Una oleada de envidia me envuelve. Ojalá pudiera estar en su lugar... Todavía tengo que aguantar cinco discursos más antes de que me llegue el turno.

El señor Wells abre la cortina otra vez y Dustin, el segundo candidato, sigue sus indicaciones. A juzgar por los aplausos que suenan unos minutos más tarde, a Dustin también le ha salido un discurso decente. El siguiente en salir será Zach.

Él es quien más curiosidad me genera, por supuesto, pero me obligo a no tratar de escucharle. En lugar de eso, intento pensar en las fotos de cuando Fudge era un cachorro, fantaseo con el dónut vietnamita que quiero devorar en el Biggest Bean después de esto y repaso algunos de los pésimos chistes de mi tía... Lo que sea, con tal de distraerme del discurso supuestamente estelar que está teniendo lugar a unos metros de mí.

El aplauso que sigue al discurso de Zach es el más ruidoso de todos.

Joder. Ya me lo esperaba, pero aun así...

Joder.

La siguiente es Nancy. Después va Melissa. Y luego, Bryce.

Y entonces me toca a mí.

Respiro hondo una vez más, me seco la frente y me repito lo que me ha dicho Camilla: «No tienes por qué ser un Obama». De hecho, con no vomitar me doy con un canto en los dientes.

—Y por último, pero no por ello menos importante... —me susurra el señor Wells con amabilidad, mientras los aplausos se apagan—. ¿Estás preparado, Blaine?

Sonrío y asiento con la cabeza.

El señor Wells aparta el telón y yo doy un paso al frente.

CAPÍTULO 14

–Buenas tardes, consejo estudiantil de Wicker West –digo frente al micrófono con voz temblorosa.

Los altavoces se acoplan y un chirrido sobresalta al público del cavernoso auditorio, pero yo sigo como si nada.

–Gracias por haber venido a escucharme. Soy Blaine Bowers, y quiero presentarme como candidato a la presidencia de cuarto curso para el año que viene.

Levanto la mirada de mi ordenador, donde las palabras de mi discurso avanzan a ritmo pausado. Las luces del escenario son mucho más intensas de lo que esperaba, y no puedo identificar ni una sola silueta de entre el centenar aproximado de personas que me miran fijamente.

«Sigue nadando, nadando, nadando...», me digo.

Coloco las manos sobre el podio, a los lados de mi portátil.

–Sé que muchos de vosotros no me conocéis –continúo leyendo–. No soy un miembro actual del consejo estudiantil, ni tampoco un deportista destacado. No tengo una nota media excepcional y, desde luego, no soy el chaval más popular del insti. Puede que algunos me conozcáis como «el chaval que pinta murales por el barrio» y, básicamente, eso es todo lo que hay. –Hago una pausa y me aclaro la garganta–. Entonces, ¿por qué querría un chaval como yo presentarse a las elecciones? Pues porque creo que tenemos una crisis entre manos en el instituto. Una crisis de salud mental.

Un grupo de chicas se ríe por alguna parte.

¿Qué les parecerá tan divertido?

Alguien les chista. El auditorio vuelve a quedar en silencio, pero esa distracción es suficiente para fastidiarme el ritmo.

–Hace unos... Hace unos días, eh... –tartamudeo un poco y tengo que apretar el botón de pausa del teleprompter para no perderme.

«Tú respira, Blaine», pienso. «Respira, joder».

Presiono el intro para que las palabras sigan subiendo por la pantalla.

–Hace unos días, coloqué un cartel en la cafetería en el que ponía «Vamos a hablar», para sondear a mis compañeros sobre las cuestiones que les preocupan –continúo–. Y he de decir que sus respuestas me impresionaron. Mis compañeros no se quejaban de la nueva receta de macarrones con queso que se han sacado de la manga los cocineros, ni de lo mal que lo hicieron los árbitros en el partido de fútbol contra Naperville East el pasado otoño... Aunque, la verdad, tendrían todo el derecho del mundo a desahogarse con cualquiera de esas cosas. Pero no: mis compañeros de curso se abrieron de forma abrumadora sobre sus preocupaciones relacionadas con la salud mental.

Tomo aliento y me recuerdo una vez más que tengo que ir despacio. Anoche estuve practicando el discurso un centenar de veces delante del espejo. Sé que puedo decirlo todo en menos de tres minutos sin correr.

–El ciberacoso. La presión agotadora de las redes sociales. Las inseguridades relacionadas con la imagen corporal.

La ansiedad creciente a causa de los exámenes –enumero–. Casi todas las veces que alguien se sinceró conmigo, fue por algo relacionado de algún modo con una lucha interna. Y ya va siendo hora de que los estudiantes del instituto Wicker West tengamos líderes que se comprometan a convertir la salud mental en una prioridad. –Hago una pausa–. Por eso, si consigo convertirme en presidente de cuarto curso el año que viene, trabajaré con el resto de los representantes de mi curso y con los demás miembros del consejo para implantar lo que he llamado «iniciativa por el bienestar de Wicker West»: un enfoque exhaustivo con tres líneas de acción para abordar por fin los problemas de salud mental en nuestro instituto. Mediante futuras recaudaciones de fondos y la optimización de nuestros recursos, marcaré el camino para implementar tres programas que ayudarán a avanzar a todo el colectivo de estudiantes.

Levanto la mirada.

Ahora que los ojos se me han acostumbrado a la luz de los focos, puedo distinguir algunas caras delante de mí. Veo a Joey y Ashtyn en primera fila, a unos asientos de Dustin y Melissa. Permanecen inexpresivos, pero doy por hecho que los cuatro están deseando que me tropiece con los cordones y caiga de cara sobre el escenario. Menos mal que después veo a Trish y a Danny, unas filas más atrás. Aunque la luz no los ilumina de lleno, puedo distinguir unas sonrisas sutiles en sus rostros. Eso hace que me tranquilice un poco.

Si sonríen es que no lo estoy haciendo tan mal.

–Primero, montaré el Espacio de Calma –continúo–, que consistirá en una zona tranquila y con iluminación suave en la que el alumnado podrá relajarse durante la pausa del almuerzo, para descansar del estrés del día. Podemos decidir la ubicación exacta de forma colectiva, pero tenemos muchas opciones. Como la banda de música tiene un nuevo almacén para los instrumentos, y el sitio anterior está vacío, creo que ese sería el lugar perfecto. Trataré de incluir colchonetas, por si alguien necesita echarse una pequeña siesta. Se proyectarán vídeos relajantes para quienes quieran meditar o, simplemente, desconectar. Y no se podrá hablar ni utilizar el móvil, porque el concepto de «desconectar» puede adoptar muchas formas distintas.

Respiro con más tranquilidad, encontrando el ritmo y fluyendo con mis palabras.

–En segundo lugar, montaré el Buzón de Estudiantes: un servicio anónimo de correo electrónico, gestionado por un grupo de personas voluntarias. Si necesitáis alguien con quien hablar, ahí estaremos. Y si vuestro problema requiere de ayuda profesional, os pondremos en contacto con el cuidado experto que necesitéis. Seremos todo oídos a todas horas. Y, por último... –añado, sintiendo que mi pulso se ralentiza ahora que estoy en la recta final–, organizaré los Directos del Domingo. Cada fin de semana, algunos miembros del equipo de liderazgo del consejo haremos un directo desde nuestra cuenta de Instagram oficial para hablar sobre las ansiedades y los desafíos a los que nos enfrentaremos durante la semana siguiente. Lo ideal sería que la gente pudiera hacer preguntas, expresar sus opiniones y sincerarse en los comentarios sobre lo que está experimentando. A la larga, espero que otras personas puedan integrarse en el equipo de los Directos del Domingo, hasta crear un espacio en el que el alumnado pueda compartir sus inquietudes con sinceridad, desestresarse y disfrutar de un lugar digital que sea seguro y comprensivo.

Hago una nueva pausa.

–No soy ningún iluso –añado, mirando hacia el público–. Sé que la iniciativa por el bienestar de Wicker West no va a resolver todos los problemas de salud mental de nuestro instituto. Pero sí que pienso que ayudará a crear una cultura en la que nos cuidemos mutuamente, hablemos si necesitamos apoyo y conectemos con las personas de nuestro entorno de forma significativa. –Me enderezo para encarar la recta final–. Si tengo la suerte de convertirme en presidente de cuarto curso el año que viene, podréis contar conmigo, Blaine Bowers, para poner al alumnado en primer lugar. Gracias por vuestro tiempo, consejo estudiantil de Wicker West. Que tengáis una tarde estupenda.

Me alejo del podio y asiento con la cabeza.

Comienza el aplauso. No es abrumador, pero tampoco es que sea terrible. Suena... más o menos como los aplausos que han recibido todos los demás, creo.

A excepción de Zach.

Bajo los escalones que hay en el lateral del escenario y tomo asiento junto a Trish y Danny. No tengo ni idea de lo que habrá pensado el consejo estudiantil sobre mis palabras; después de todo, es posible que solo me hayan aplaudido por pena. Pero, al menos, ya se ha terminado.

–Lo has hecho genial –me susurra Trish cuando ocupo el asiento junto a ella.

Danny extiende el brazo por detrás de su espalda y me da unos golpecitos en el hombro.

–Estoy de acuerdo –dice en voz baja.

–¿En serio? –les pregunto, con las mejillas todavía rojas por el calor de los focos–. ¿No lo decís por decir? –Los dos niegan con la cabeza–. Entonces, ¿por qué se ha reído la gente?

Danny se encoge de hombros mientras Trish pone los ojos en blanco.

–No te preocupes por eso. No ha sido nada –me asegura–. Puede que no sea objetiva, pero creo que tu discurso ha sido el mejor.

–Nuestro discurso –la corrijo.

El señor Wells ocupa el escenario.

–¡Gracias, candidatas y candidatos! Han sido unos discursos impresionantes, con ideas increíbles para el futuro de nuestro centro. –Aplaude una vez más, y el consejo estudiantil lo imita–. Y ahora, pido a los miembros del consejo que salgan por la puerta principal del auditorio. En la mesa que hay fuera podéis votar por aquellas candidaturas que creáis que deberían formar parte de las elecciones. Como recordatorio, tenéis que apoyar como mínimo a dos, pero podéis votar a las siete, si queréis. Por favor, avisadme si tenéis alguna pregunta. ¡Adelante!

Todo el mundo comienza a caminar sin prisa hacia la salida. Nos incorporamos al grupo, ya que Danny tiene que votar y Camilla está esperándonos fuera, en el pasillo. Unas cuantas personas me sonríen y asienten con la cabeza al verme pasar. Dos chavales a los que no conozco de nada me dicen que he estado muy bien. Vaya, puede que Trish y Danny me hayan dicho la verdad.

A lo mejor puedo formar parte de las malditas elecciones.

Digo que tengo que ir al baño y me separo de la gente que se apiña en el pasillo. En realidad, necesito un momento para mí mismo; quiero disfrutar del dulce alivio de no haberla cagado sobre el escenario.

Por suerte, no hay nadie más en el baño. Pego la frente al espejo y apoyo las manos en el anticuado lavabo de cerámica.

Suelto una larga bocanada de aire, dejando que la ansiedad del día escape de mi cuerpo. «Lo he conseguido», me felicito con una sonrisa.

«Lo he conseguido, joder».

En el extremo opuesto, donde están las cabinas de los váteres, suena una cisterna. Doy un respingo, me pongo recto y comienzo a lavarme las manos para no quedar como un imbécil que habla consigo mismo.

Entonces veo el reflejo de la persona que ha tirado de la cadena. Viene hacia mí. Es Joey.

Los nervios que acabo de soltar vuelven rugiendo en un milisegundo.

–Hola –dice mientras se acerca. Hay muchos lavabos que podría utilizar, pero camina hasta llegar al que se encuentra justo al lado del mío y aprieta el dispensador de jabón.

–¿Cómo va todo? –le pregunto, tratando de disimular.

–Bien –responde él.

Los dos nos lavamos las manos bajo la implacable luz de los fluorescentes.

Me gustaría aprovechar este momento para pasar página. Comenzar un nuevo capítulo; dejar atrás el horror del Grey Kettle y decirle (ahora mismo, en esta rara ocasión en la que lo tengo solo para mí) que puedo ser serio. Que puedo ser el chico apropiado para él.

Pero, antes de que pueda poner en orden mis pensamientos, él se seca las manos, tira el papel a la basura y se empieza a alejar.

–Hasta luego –le digo con una sonrisa desvaída.

Se gira para mirarme, con la mano apoyada en el picaporte.

–Lo has hecho bien ahí arriba, Blaine –me dice, asintiendo con la cabeza en señal de felicitación–. Ha sido un discurso impresionante. Sobre todo, para un novato.

Y se marcha.

Cierro el grifo y miro fijamente mi reflejo, sintiendo que el corazón me tamborilea en el pecho.

CAPÍTULO 15

Trish, Camilla y Danny han venido a casa a cenayunar: queremos celebrar que he sobrevivido a mi discurso sin vomitar a chorro sobre todo el consejo estudiantil de Wicker West. Sin embargo, tampoco me emociono demasiado. El discurso me ha salido mejor de lo que esperaba, pero, como dijo Danny, esto es un juego de números. Hubo otros cinco candidatos que pronunciaron discursos sólidos, a juzgar por el aplauso que oí después de cada uno. Y el séptimo, al parecer, se llevó la palma.

Por mucho que quiera relajarme, sé que esta alegría me puede explotar en la cara en cuestión de días. Joder, incluso en cuestión de horas, dependiendo de cuánto tarde el señor Wells en hacer el recuento de los votos. Sin embargo, mi tía no es de las que dejan pasar una victoria sin aprovecharla, y esta noche la victoria significa un cenayuno especialmente decadente de frittata de jamón con extra de queso.

Tía Starr, con un maxijersey de color naranja rabioso y pantalones de chándal a juego, baila frente al fogón al ritmo de una canción de The Weeknd que suena en la lista de reproducción de Camilla.

—Ojalá tuvierais ya veintiún años para poder uniros a mí —dice, meciendo la cabeza al ritmo de la música mientras se sirve una copa de vino blanco. Se ve que el modo multitareas le resulta demasiado complicado, porque la mitad cae sobre la encimera.

—Podrías ser la tía guay y dejarnos tomar una copa —sugiere Danny con una sonrisita. Está muy guapo, con una camisa de franela roja y una gorra de béisbol negra con la visera hacia atrás—. No se lo diremos a nadie.

—¿Tú no tienes dieciséis años, Danny? —exclama mi tía Starr, y arranca un trozo de papel de cocina para limpiar lo que ha derramado—. ¡Eres un crío! Sois todos unos críos. Hacedme caso, es mejor que os conforméis con agua hasta que cumpláis los treinta.

Trish está en modo jefa de campaña después de mi discurso, revisando el hashtag #DiscursosWickerWest en Twitter y rastreando todo el contenido que han compartido los miembros del consejo en Instagram y en TikTok.

—Todas las publicaciones que he encontrado sobre ti son positivas.

—¿Cuántas hay? —pregunto esperanzado.

—Eh... —Hace un recuento rápido, deslizando los dedos de una mano por la pantalla y ajustándose los cordones de la sudadera con la otra—. Tres.

—¿Y cuántas hay sobre Zach?

Hace una pausa.

—Unas cuantas más. —Le lanzo una mirada significativa, y ella aclara—: Un par de docenas.

Me muerdo el labio inferior con nerviosismo.

No es que el ruido en redes sociales tenga una relación directa con el apoyo, pero cada vez parece más seguro que Zach va a ganar las elecciones. ¿Simpatías entre los miembros del consejo? Las tiene. ¿Un aplauso ensordecedor después de su discurso? Lo tiene. ¿Simpatizantes que lo adoran y están dispuestos a hacer la campaña por él en vídeos de TikTok? Los tiene. Y yo tengo cero de esas tres cosas.

Pero sé que, al menos, me he ganado el respeto de algunos miembros del consejo con mi discurso. Y, lo que todavía es más importante, he impresionado a Joey.

Eso tiene que ser suficiente para hacerme entrar en la lista de contendientes, ¿no?

O eso espero.

–Lo que dijo Miranda sobre unir a nuestro curso me pareció bastante sólido –opina Danny como si fuera un comentarista de la CNN, mientras ayuda a mi tía a cascar una cantidad desorbitada de huevos en un gran cuenco–. Y a Bryce le salió sorprendentemente bien lo que dijo sobre la incongruencia de las medidas para penalizar las faltas de puntualidad. Pero en términos de sustancia general... –Se gira hacia mí–. Tu discurso ha sido el mejor.

–Está claro que tenías razón con eso de que Zach basa toda su campaña en su buen nombre, Danny –añade Trish–. Solo ha hablado de sí mismo, con algún que otro tópico de buen rollo para rellenar. No tenía una profundidad real. No tenía visión.

–Créeme, hay mucha gente en el consejo estudiantil que no se deja engañar por las tonterías de Zach –responde Danny–. No son todos, tal vez ni siquiera la mayoría, pero hay gente que está buscando una alternativa a Zach. Y creo que tú has logrado ocupar ese hueco, Blaine.

–¿En serio crees que nuestra iniciativa no les ha parecido extraña? –les pregunto.

–Para nada –me asegura él.

—Olvídate ya de esa tontería —me espeta Trish dejando su teléfono sobre la mesa, consciente del origen de mi inseguridad—. Las risas del principio eran de unas raritas de primero, que probablemente se estuvieran riendo de algo diferente.

—¿La gente se rio de tu discurso? ¿A quién tengo que darle una patada en el culo esta noche? —pregunta mi tía mientras rebusca en la puerta del frigorífico. Encuentra lo que está buscando y vuelve al fogón, donde Danny está meneando la sartén de verduras salteadas como un profesional—. ¡Hala! —exclama boquiabierta—. ¡Pero si tenemos a un chef de primera en la casa!

—Su padre es el dueño del Biggest Bean, tía Starr —le explico—. Sabe manejarse sin problemas en una cocina.

Mi tía asiente con la cabeza, impresionada, y añade un puñado de queso rallado a los huevos batidos.

—¿Tienes pensado hacerte cargo del negocio familiar algún día?

—Pues... a lo mejor. Aún no lo he pensado.

—Bueno —repone mi tía. Sopesa si añadir otro puñado de queso rallado y decide que sí—. La buena noticia es que no tienes por qué saberlo todavía. A tu edad no puedes tomarte una copita entre semana, como tía Starr —añade, y da un sorbo de vino—, pero al menos tienes tiempo de sobra antes de tomar esa clase de decisiones vitales.

Danny asiente con la cabeza, pensativo.

—¿Qué te gustaría hacer, si no te encargaras del Biggest Bean? —le pregunta Trish.

Él se gira para mirarla, con la espátula aceitosa en la mano.

—Nunca se lo he dicho a nadie, pero creo que me gustaría montar un vivero —responde—. Me encanta trabajar con plantas y ensuciarme las manos de tierra. Me ayuda con la ansiedad... y me recuerda a mi madre.

Mi tía se lleva la mano al pecho, como si fuera lo más adorable que ha oído en la vida.

—¿Por qué somos las primeras personas a las que se lo cuentas? —pregunta Camilla, rodeando la isla de la cocina para ver cómo progresa nuestro cenayuno—. No te dará vergüenza, ¿verdad? Porque yo creo que montar un vivero sería una pasada.

—Supongo que decirlo en voz alta hace que parezca más real —explica él—. Y eso me da miedo.

—¿Por qué? —se interesa mi tía.

Danny piensa durante un segundo.

—Vi de primera mano lo difícil que le resultó a mi padre empezar un negocio desde cero. ¿Sabéis cuánta gente opinaba que no sería capaz de lograrlo? Sus amigos le decían que la gente de Chicago se va al centro si quieren comida vietnamita y té de burbujas, y que en este barrio no hay público para las «propuestas asiáticas». Pero mi padre se partió el lomo trabajando hasta demostrarles que se equivocaban. Este año, nuestros bánh tiêu han empezado a vender más que las galletas de chocolate, y nuestros... —Hace una pausa, respira hondo y deja que una sonrisa se extienda por sus mejillas—. Lo siento, es que me emociono hablando del tema. Lo que quiero decir es que, aunque respeto a mi padre por todo lo que ha logrado, tampoco quiero apuntarme a una vida llena de estrés.

—Bueno, yo siempre digo que hay que ir a por todas —le aconseja Camilla, y le da un golpecito cariñoso en el hombro—. Algún día, yo descubriré una especie de dinosaurio desconocida en una excavación de Argentina y tú serás el dueño de la cadena de viveros más exitosa de todo el Medio Oeste. —Recoge una miguita de queso despistada y se la mete en la boca—. Es el destino.

Intercambian una sonrisa.

La tía Starr comienza a explicarles los últimos pasos de la frittata a Danny y a Camilla. Yo estoy a punto de unirme a ellos frente a los fogones, pero Trish me agarra del brazo antes de que pueda alejarme.

–Oye –dice en voz baja, y levanta la vista de su móvil para mirarme–. ¿Has visto el mensaje del señor Wells?

Madre mía. ¿Ya está?

¿Ya se sabe qué discursos han pasado el corte?

Saco mi móvil y entro en mi Gmail. El asunto del correo es «¡(Pequeña) novedad sobre las elecciones a la presidencia del último curso!». Me doy cuenta de que se lo ha enviado a los siete candidatos y a sus jefes de campaña.

–¿Ashtyn va a ocupar el lugar de Eve Beesbopper como jefa de campaña de Zach? –digo tras leer el correo–. Qué raro, ¿no?

–¿Verdad? –asiente ella.

Parece una jugada extraña por parte de Zach, porque Eve era una jefa de campaña perfecta. ¿Habrá abandonado ella? ¿Se habrán peleado? ¿La habrá echado? ¿Y qué habrá pasado para que Ashtyn se anime a ocupar su lugar?

–No sé yo... –murmura Trish, mirándome de reojo–. Esto parece sospechoso.

CAPÍTULO 16

A la mañana siguiente, debería estar concentrado en la acuarela que estoy haciendo en la clase de arte (¿quién se iba a imaginar que capturar la inclinación real de la torre de Pisa sería tan difícil?), pero mi mente no deja de volver al sospechoso movimiento en el equipo de Zach.

Es que no tiene sentido.

Sí, vale: Ashtyn es una veterana del consejo estudiantil y está al corriente de todo lo que se mueve en Wicker West. Si alguien comprende las exigencias de unas elecciones, esa es ella. Pero Zach y Ashtyn jamás han sido amigos, ni siquiera un poquito.

Aquí está pasando algo raro.

«Céntrate, Blaine», me digo mientras trato de mezclar los tonos correctos para la zona de hierba que hay frente a la torre. «Esta trampa para turistas no se va a pintar sola».

En ese momento, alguien llama a la puerta.

–¿Señora Green? –pregunta el señor Wells, asomando la cabeza–. ¿Puedo llevarme a Blaine Bowers un momento?

El rumor del aula se apaga de inmediato.

–Desde luego –responde ella, y sus ojos grises se dirigen hacia el fondo del aula para enfocarme. Mis compañeros se giran también, conscientes de que el señor Wells ha venido para informarme de mi destino electoral.

A pesar de que mi discurso impresionó al mismísimo Joey, no soy ningún iluso: sé que la suerte está en mi contra. Jamás han pasado el corte siete candidatos. Normalmente pasan tres o cuatro, cinco como mucho, tal como señaló Danny anoche mientras nos comíamos la frittata. La idea de que cuarenta y siete de esas siluetas sin rostro que se movían y se reían en el auditorio hayan decidido que merezco formar parte de las elecciones... No soy un as de la estadística, pero sé cuándo alguien lleva las de perder.

Zigzagueo entre las hileras de pupitres hacia la salida, sintiendo la intensa mirada de toda la clase sobre mí. Ojalá el señor Wells hubiera comunicado la noticia anoche en otro correo electrónico, en lugar de hacerme pasar por este calvario.

Avanzo tras él por el pasillo desierto. Al cabo de unos pasos, se detiene y se da la vuelta para encararme.

–Bueno, Blaine –me dice, mirando la misma carpeta que llevaba ayer antes de nuestros discursos–. ¿Cómo te sientes?

Reflexiono un segundo.

–Bien, supongo –respondo, aunque no estoy del todo seguro–. Creo que no se me dio mal la cosa.

–Yo creo que se te dio de maravilla –dice con énfasis, mirándome con unos ojos que de pronto me parecen especialmente saltones–. Fenomenal, de verdad.

Oh, oh. Esto no pinta bien.

Porque tiene toda la pinta de estar haciendo eso que hacen los profesores de ser extremadamente agradables contigo antes de darte una noticia terrible. Estoy teniendo un déjà vu, como esa vez que la señora Julliard me llevó a un lado en clase de Álgebra y comenzó a decirme lo bonitos que eran mis zapatos, un segundo antes de soltarme que mi madre había llamado al instituto para informar de que habían tenido que llevar a Fudge corriendo al veterinario (al final todo terminó bien para él, aunque el kilo de uvas que había devorado no corrió la misma suerte).

«Que me arranque ya la tirita», pienso. Que acabe ya con esto.

El señor Wells se rasca la barba.

–El consejo estudiantil ha sido muy riguroso al calificar los discursos de este año –continúa, y su voz adquiere un tono sombrío–. Al parecer, tenían el listón muy alto.

Aquí viene.

–Ah, ¿sí?

–Sí. Solo dos estudiantes han pasado el umbral de los cuarenta y siete votos.

–Vaya.

Esto es aún más duro de lo que había imaginado.

Zach y Miranda, seguro. ¿O tal vez Zach y Bryce? Aunque también cabe la posibilidad de que sean Zach y Melissa; no me extrañaría que una alumna relativamente desconocida diera la campanada.

–A lo largo de la década que llevo supervisando este tema, he aprendido que siempre es difícil adivinar cómo va a responder el consejo a los discursos –añade–. Pero, este año, la decisión ha sido especialmente impredecible.

–No pasa nada, señor Wells –le digo en voz baja, inclinándome hacia él con una sonrisa–. No tiene por qué hacer esto.

Él parece confuso.

–¿El qué?

–Ya sabe, todo esto de... –No sé muy bien cómo decirlo, así que levanto las manos en el aire y meneo los dedos como un prestidigitador. Me detengo al darme cuenta de que parece todavía más confuso que antes–. Supongo que lo que quiero decir es que no tiene por qué tratar de consolarme.

–Blaine...

–Ya soy mayorcito. Puedo soportarlo.

–Bueno, sí, eso ya lo sé, pero...

–Sé que no he conseguido cuarenta y siete votos.

–Tienes razón –me interrumpe el señor Wells–. Has obtenido cincuenta y nueve.

Me quedo paralizado.

Sus labios se curvan en una sonrisa.

–¿Lo dice en serio? –le pregunto, patidifuso.

–Sí, Blaine –responde él, y vuelve a hacer eso de darme un golpecito en el brazo con la carpeta–. Enhorabuena. Has conseguido entrar como candidato.

Me quedo boquiabierto durante unos buenos tres segundos, hasta que logro asimilar lo que está pasando y me cubro la boca con las manos.

–Que yo... ¿qué? ¿Está seguro? –mascullo entre los dedos–. ¿No habría que contar los votos otra vez?

Él se echa a reír.

–Sí, estoy seguro. Y no, no hay ninguna razón para volver a contar los votos.

El corazón se me acelera.

–¿He conseguido cincuenta y nueve votos?

–Has conseguido cincuenta y nueve votos.

–¿Voy a participar en las elecciones?

Estoy repitiendo lo que él ya me ha dicho, lo sé, pero es que me he quedado sin palabras.

Él asiente con la cabeza, claramente divertido.

Joder. Joder, joder, jo-der.

–¿Quién es el otro candidato? –digo tras destaparme la boca.

–Zach.

Ya sabía que sería él, pero eso no impide que un estremecimiento recorra mi espalda. Voy a enfrentarme a Zach. David contra el Goliat del consejo estudiantil, más o menos.

–¿Cuántos votos ha conseguido él? –le pregunto–. Espere, seguramente no podrá decírmelo. –Él niega con la cabeza–. Ya, lo entiendo.

–Todavía tienes el dosier que te entregué cuando te apuntaste a las elecciones, ¿verdad? –me pregunta, poniéndose serio–. Toda la información sobre los próximos pasos está ahí. El debate será la semana que viene: veinte minutos delante de todo el instituto. Te recomiendo encarecidamente que lo prepares bien.

Lo dice como si prepararse para un debate fuera algo que todo el mundo sabe hacer.

Sonrío y asiento con la cabeza, casi mareado por la velocidad a la que avanza todo esto.

–Bueno... Por ahora, a celebrarlo. –Me guiña un ojo y comienza a alejarse–. Te lo mereces, Blaine.

Madre mía. Madre. Mía.

Cincuenta y nueve votos. Voy a participar en las elecciones. Voy a participar en las malditas elecciones a la presidencia de mi curso, compitiendo contra Zach Chesterton.

Melissa no ha dado la campanada: he sido yo quien lo ha hecho.

CAPÍTULO 17

Tener amigos que creen en ti puede ser una espada de doble filo.

Trish, Camilla y Danny no se inmutan cuando les cuento que he pasado el corte para las elecciones, ya que, después de mi discurso, creían de verdad que tenía muchas posibilidades. Me resulta halagador, sí, pero también me decepciona un poco verlos tan tranquilos. Trish suelta un «Te lo dije», Danny murmura «¡Guay!» antes de irse corriendo a su clase de segunda hora, y Camilla me muestra los pulgares sin gran emoción. Como he dicho, una espada de doble filo. Menos mal que está mi tía para compensar la falta de entusiasmo de mis amigos, aunque lo hace gritando por el teléfono como si acabara de ganar cien millones de dólares a la lotería.

Su arrebato me recuerda que todavía tengo que contarle lo del trabajo en el museo Field. El lío de las elecciones ha ocupado tanto espacio en mi cabeza que apenas me queda hueco para recordar nada más. Me prometo hacerlo más tarde, cuando llegue a casa.

El resto del día pasa volando en un borrón de felicidad. Cuando me quiero dar cuenta, se ha acabado la última clase y me tengo que ir corriendo al Biggest Bean, donde he quedado con Trish. Los dos nos apiñamos en nuestro rincón favorito y empezamos a leer el dosier que me dio el señor Wells cuando me apunté. Antes solo lo había mirado por encima, pero ahora lo estoy leyendo línea por línea, tan concentrado como si tuviera que memorizar cada palabra. Ahora que soy candidato oficial, necesito saber de verdad cómo funciona todo esto.

«Candidato oficial». Todavía no lo he asimilado.

–El día de las elecciones va a ser una locura –dice Trish, leyendo la copia del dosier que ha pedido que le hagan en secretaría–. «El alumnado de los distintos cursos votará al principio de la primera hora del viernes 22 de abril para elegir las personas que ocuparán la tesorería, las secretarías, las vicepresidencias y la presidencia de cada curso durante el curso que viene» –lee en voz alta, dando sorbos a su chai latte entre frases–. «Los/as jefes/as de campaña de cada candidato/a se reunirán para recoger los votos de las aulas durante la segunda mitad de la hora, con el fin de garantizar que haya una elección limpia». –Suelta el dosier y levanta la mirada hacia mí, con una mueca de disgusto–. En otras palabras, ¿tengo que ir por ahí recogiendo votos con Ashtyn, nada menos?

Me encojo de hombros en señal de disculpa.

–¿Te debo una?

Ella niega con la cabeza.

–Cuando terminen las elecciones, me deberás muchas más de una.

Danny sale trotando de detrás del mostrador y se desploma en el sofá frente a nuestros pufs. Una nube de azúcar glas se eleva en el aire cuando cae, y me doy cuenta de que, de cuello para abajo, está cubierto de manchurrones de chocolate, crema y otras cosas que no identifico. Tiene que haber sido un turno frenético.

–¿Dónde está Camilla? –le pregunta a Trish.

–En sus prácticas del museo –responde ella, y le mira el delantal con una sonrisa–. Día loco, ¿eh?

–Mes loco, más bien –suspira él, y se endereza para dar un trago de agua.

–Al menos, es bueno para el negocio –digo con optimismo.

–Ya, supongo –responde él, e inclina la cabeza hacia un lado, pensativo–. Si al menos mi padre me pagara por calorías quemadas y no por horas trabajadas... –Echa un vistazo a nuestros dosieres–. ¿Cómo va la preparación para el debate?

El estómago me da un vuelco solo de oír la palabra «debate».

–Ah, ¿eso es lo que se supone que tenemos que hacer? –pregunto con inocencia.

–No ha dejado de procrastinar desde que llegamos –dice Trish, mirándome con severidad–. He aceptado empezar por leer bien el dosier, pero cuando terminemos hay que pasar a la preparación para el debate sí o sí.

Lo dice más como una amenaza que como una orden.

–¿Me puedes culpar por sentir el peso del desastre inminente? –replico–. ¡Todo el mundo sabe que se me da fatal debatir! Tú también lo sabes, Trish. Cada vez que hablo con mi tía sobre quién es la mejor reina de *Drag Race*, acaba por hacerme cambiar de idea.

–Zach es bueno en los debates, no te voy a mentir –admite Danny–. Nació para estar en un escenario; es un político nato. Pero ayer la gente fue capaz de ver la autenticidad de tu discurso, y eso debería darte esperanzas. Cíñete a tu mensaje, no te preocupes por ser el candidato brillante y perfecto, y triunfarás.

Se sacude la gorra de béisbol para quitar el azúcar glas y me dirige una sonrisa desde el otro lado de la neblina blanca.

–Bueno, aún tenemos tiempo para prepararnos –dice Trish mientras pasa una hoja–. Necesitamos dejar clara toda la letra pequeña de nuestra iniciativa por el bienestar, planificar cómo pensamos pagar hasta el último centavo con los fondos del consejo, sin subir el precio de las entradas del baile de fin de curso, y asegurarnos de que Zach no tenga nada con lo que pueda pillarnos.

Trish sigue hablando sobre el debate, pero yo me distraigo por el horror que acaba de entrar en el café.

Zach.

Joder.

–Oh, no –murmuro, interrumpiendo a Trish y señalándolo con la cabeza.

–Hablando del rey de Roma... –dice ella.

Mi pulso comienza a acelerarse. Ahora que sé que él y yo somos los únicos candidatos, el simple hecho de ver su cara hace que me den ganas de huir o de saltarle al cuello.

Se baja la cremallera de su cazadora azul acero y se cuelga al hombro la bolsa marrón en la que lleva el portátil, mientras examina la pizarra con el menú que cuelga junto a la hilera de suculentas de Danny. Creo que no nos ha visto todavía.

–¿Voy a saludarle? –pregunto.

–¿Saludarle? –Trish me mira boquiabierta–. ¿Para qué leches quieres saludarle?

–¡No lo sé! –respondo, nervioso–. ¿Porque es de buena educación?

Su mirada fulminante me sugiere que debería ser más sensato.

–Blaine. Es tu contrincante. O sea, ya era tu contrincante antes, pero ahora es tu contrincante de verdad.

–Tienes razón, tienes razón –asiento.

Ella carraspea.

–Como iba diciendo... –continúa.

–Ahora mismo vuelvo –la interrumpo, y me pongo en pie de un salto para dirigirme hacia Zach.

–¡Blaine! –oigo que masculla Trish detrás de mí.

Zach no advierte mi presencia hasta que me encuentro a un par de metros de él.

–Hola, Zach –lo saludo, con una sonrisa tímida y un gesto de la mano–. ¿Cómo te va?

–Ah –dice él, sorprendido–. Bien. ¿Y a ti?

–Bien, bien. ¿Has venido a tomar algo de camino a casa?

–No, solo quiero comprar un trozo de bizcocho de limón para mi padre.

–Guay. Estoy ahí sentado –señalo hacia nuestra esquina–, con mi equipo de campaña.

Trish y Danny, que estaban mirando en nuestra dirección, giran la cabeza de inmediato y hacen como que están ocupados.

Zach hace una mueca.

–Tienes, eh... Tienes algo en la...

Señala mi pecho con un gesto de la cabeza.

Bajo la mirada.

Mierda.

El azúcar glas que se ha sacudido Danny ha formado una capa blanquecina sobre mi camiseta negra, como cuando nieva un poco sobre el asfalto.

–Ups –digo mientras me sacudo la camiseta con una risa forzada, sintiendo que mis mejillas se encienden–. Gracias.

–De nada –responde, y se vuelve a girar hacia el menú para poner fin a la conversación.

–Escucha, Zach –continúo, más alterado de lo que debería estar–. Sé que las cosas entre nosotros no han empezado precisamente... con buen pie, por decirlo de algún modo.

Él espera un momento antes de volver a mirar en mi dirección.

–Supongo que no.

–El asunto de Joey resulta incómodo, es cierto. Pero ahora que los dos somos candidatos, solo quería... –Ni siquiera estoy seguro de lo que pretendo decir–. Supongo que solo quería desearte... buena suerte.

Le dirijo una sonrisa sincera y asiento con la cabeza.

Él me mira con aire de sospecha.

La situación se ha vuelto un poco tensa.

–Lo digo en serio –añado para llenar el vacío–. Respeto el hecho de que lleves tanto tiempo en el consejo estudiantil, y espero que los dos podamos hacer una buena campaña y que dejemos nuestras diferencias en el campo de juego. O en el escenario del debate, más bien, o lo que sea. –Le tiendo la mano–. ¿Trato hecho?

Él baja la mirada un segundo, como si temiera que mi piel fuera venenosa. Por fin, me da la mano.

–De acuerdo.

Nos quedamos en silencio.

No sé muy bien qué más decir, y estoy bastante seguro de que Zach odia el hecho de que estemos respirando el mismo aire en este momento, así que hago ademán de marcharme.

–En fin, que tengas una buena...

–Por cierto, diste un buen discurso –dice con rapidez–. No es tan frecuente que un candidato novato consiga desenvolverse ahí arriba, pero tú lo hiciste –continúa, con una timidez muy poco propia de él. Sus mejillas comienzan a enrojecerse también. ¿De verdad estoy haciendo que Zach Chesterton se ruborice?–. Tu iniciativa sobre la salud mental parece muy prometedora.

Me balanceo sobre los talones, nervioso.

–Gracias. Te agradezco que me lo digas.

–De nada.

La conversación vuelve a quedar en punto muerto. Estoy a punto de marcharme, esta vez de verdad, pero de pronto me vienen a la mente Ashtyn y su sonrisa rencorosa.

–¿Puedo preguntarte una cosa? –añado, y él asiente con la cabeza mientras se sube la cremallera de la cazadora–. ¿Por qué has sustituido a Eve por Ashtyn como tu jefa de campaña?

Me mira fijamente.

Yo le devuelvo la mirada.

–¿De verdad me estás preguntando eso? –replica.

Me quedo pasmado. ¿Será ofensivo preguntar sobre ese tema?

–No pretendía cotillear –le aseguro–. No creas que estoy... no sé, buscando trapos sucios ni nada así. Es simple curiosidad.

Él pasea la mirada por el Biggest Bean antes de dar un paso hacia mí.

–Es una pregunta un poco inapropiada para que un candidato se la haga a otro candidato, ¿no te parece?

Me lo pienso un segundo.

–A ver..., ¿no? Los jefes de campaña son de conocimiento público. El señor Wells anunció el cambio de Eve por Ashtyn en un correo electrónico. Como te he dicho, solo me produce curiosidad...

–Yo no te preguntaría por qué has elegido a tu jefa de campaña. ¿Por qué me presionas tú con la mía?

–No te estoy presionando –replicó con una sonrisa, y retrocedo un paso para darnos espacio.

–Entonces, ¿qué estás haciendo?

–Venga ya, Zach.

–¿Por qué te produce tanta curiosidad Ashtyn?

–Porque creo que no deberías confiar en ella.

Ups.

No tenía intención de decirlo, pero aquí estamos.

Él hace una mueca.

–De modo que no debería confiar en ella, ¿eh?

–Pues no –respondo–. No creo que debas hacerlo. Después de haber estado un año con Joey, la conozco mucho mejor que tú.

–¿Qué insinúas?

Me planteo su pregunta, tratando de decidir hasta qué punto debo contestar con sinceridad.

–Bueno, supongo que lo que digo es que es un poco falsa –digo al fin–. Por no mencionar que es leal a Joey y solo a Joey. Si te importa la integridad de tu campaña, y creo que así es, no creo que debas tener a Ashtyn a bordo.

Puede que Zach y yo no nos llevemos bien (y puede que él solo quiera el puesto para tener más opciones a la hora de elegir universidad), pero me parece indigno de él que haya aceptado la ayuda de una persona tan turbia como Ashtyn.

Me mira fijamente. Ninguno de los dos parpadea.

–Te lo digo como un contrincante amistoso, que quiere que los dos hagamos campañas honestas y limpias –añado para romper el silencio–. No pretendo levantar ampollas.

En su rostro aparece una sonrisa astuta y un tanto terrorífica.

–A ver qué te parece esto, don Salud Mental –me dice, sacudiendo un poco de azúcar glas imaginario de mi hombro–. Tú te ocupas de tu campaña y yo me ocupo de la mía. ¿De acuerdo?

–Vale, pero te juro que no pretendía meterme contigo. Zach...

No me escucha; de hecho, ya está saliendo por la puerta.

–Oye, ¿qué pasa con el bizcocho de limón de tu padre? –le pregunto mientras la puerta se cierra con un tintineo.

CAPÍTULO 18

Estoy dando vueltas por mi habitación, con un bloc de notas en una mano y un bolígrafo en la otra, pensando en todos los ataques políticos o personales que podría lanzarme Zach durante el debate. Ahora que le he cabreado al preguntarle por su cambio de jefa de campaña, no tengo la menor duda de que se va a presentar en el gimnasio con sed de sangre. Tengo que estar preparado.

Siento unos ojos clavados en mí desde los pies de mi cama. Es Fudge, que me mira con las orejas erguidas como si quisiera divisar hasta el último rincón de mi alma.

—¿Qué pasa? —le pregunto, y él comienza a menear la cola—. ¿Tienes algún consejo que darme para el debate?

Le pongo el puño delante de la cara, ofreciéndole un micrófono imaginario.

Él ladra.

—¿Eso es un sí o un no? —le pregunto, y él se levanta encantado de que le haga caso—. Vale, ya lo sé, ya lo sé —accedo mientras recojo la correa—. Venga, nos vamos de paseo.

Bajamos las escaleras y pasamos junto al salón, donde mi tía Starr, con un chándal rosa, trata de hacer abdominales como la youtuber de turno.

—¿Adónde vas? —pregunta sin aliento, por encima de su lista de reproducción para hacer deporte.

—A sacar a Fudge. Necesito despejarme, así que puede que tardemos en volver.

—¡Vale! En ese caso —dice, y hace una pausa para recobrar el aliento—, ¿me puedes comprar algo en Stan's Donuts?

El Stan's Donuts de Wicker Park está bastante lejos de casa, en la parte más congestionada y pija de la ciudad. Pero a Fudge le vendría bien un buen rato de aire fresco, y a mí también.

—Claro, sin problema.

—¡Bien! Un Long John de arce, por favor. ¿Tienes dinero?

—Sí.

—Genial —responde—. Porque yo no.

—¡Ah! —ahogo un grito al recordar el trabajo en el museo Field.

—¿Qué pasa? —pregunta sobresaltada.

Me quedo callado.

¿Será este el mejor momento para contárselo? Si lo hago, seguro que mi tía me enreda en una conversación de una hora para preguntarme todos los detalles. Y lo que me hace falta en este momento es salir.

—Nada, nada —respondo, decidiendo que ya le daré la tarjeta cuando vuelva a casa—. Me he acordado de que tenía deberes. ¡Hasta luego!

Me pongo los auriculares, selecciono algo de Lil Nas X y salgo a la calle, con Fudge al otro lado de la correa.

El cielo es de un azul brillante, sin una sola nube. Cada pocos pasos me sorprende un olor diferente, ya sea de un jardín en flor o de la parrilla de un restaurante. Trato de empaparme de esta maravilla primaveral de Chicago, esperando que me ayude a eliminar el estrés del debate inminente.

Y todo para recuperar a Joey...

Lo echo de menos. Lo echo de menos de verdad, sincera y profundamente. Sí, los dos somos distintos en mil cosas diferentes, y lo que me hizo en el Grey Kettle sigue siendo imperdonable; de eso no hay ninguna duda. Pero las mariposas que sentí en el pecho cuando lo vi en el baño... Y su forma de mirarme con una sonrisa y de decirme que había estado impresionante... Todo eso tiene que contar para algo.

Un momento. Ay, madre mía.

¡Ahí está!

Me quito los auriculares, entumecido por la impresión. ¿Será un espejismo?

Joey está a una manzana de distancia, frente al Fat Banana, con sus gafas de aviador favoritas y una chaqueta negra de cuero. Sus padres están junto a él, tan elegantes como de costumbre.

Y junto a ellos, cómo no, el que faltaba: Zach.

Bajo la mirada para examinar mi ropa: unos pantalones cortos con manchas de pintura roja (no las he podido quitar desde el verano pasado, cuando hice un mural de trozos de pizza para un restaurante), sandalias que se caen a cachos y una camiseta cortada cutre de la muerte. No es precisamente el aspecto que me gustaría tener para que los Oliver vean lo que se está perdiendo su hijo. Para ellos, bien podría haber salido de un contenedor de basura.

Creo que no me han visto, así que podría dar la vuelta y olvidar que he estado aquí. Sí, eso voy a hacer: volver corriendo a casa y confiar en que mi tía no se enfade al verme llegar con las manos vacías. Porque acercarme a saludar al chico que acaba de dejarme, y que está con sus padres y su nuevo novio (quien, además, tiene todas las papeletas para aplastarme en las elecciones al consejo estudiantil)... Lo mire por donde lo mire, me parece mala idea.

Giro sobre mis talones y trato de escabullirme con discreción. Pero antes de que pueda a hacerlo, Fudge divisa a Joey y se pone a ladrar como loco.

–¿Blaine? –oigo que me llama Joey.

Me doy la vuelta con lentitud.

–¡Ah, hola! –contesto, esforzándome por parecer agradablemente sorprendido.

Cruzo la calle y me acerco al grupo, mientras Fudge trota a mi lado muy satisfecho de sí mismo e ignorante de la que acaba de liar.

–¿Qué tal? –pregunto.

–Bien –responde Joey.

Zach esboza la sonrisa más falsa que he visto jamás, mientras juega con su reloj de muñeca plateado.

–Estábamos a punto de pedir algo en el Fat Banana –explica Joey–. ¿Tú qué haces?

–Nada, sacar a Fudge de paseo. Hace muy buen día. –Me giro hacia los padres de Joey–. Hola, señores Oliver.

Pero ellos no están para tonterías.

El padre de Joey asiente con la cabeza, sin molestarse en mirarme a la cara. Su madre carraspea y suelta aire, balanceándose sobre sus zapatos blancos de tacón alto.

–Blaine –masculla, como si tener que reconocer mi existencia acabara de fastidiarle el día.

La conversación llega a un punto muerto. Me devano los sesos en busca de algo que decir, luchando contra la sensación de que les estorbo.

La tensión se vuelve insoportable.

—Oye, ¿podemos hablar? —me dice Joey de pronto.

No es una petición amistosa; de hecho, más bien suena a exigencia. Antes de que pueda responderle, me agarra del codo y tira de mí hasta que doblamos la esquina.

—Vaya, veo que tus padres me odian con ganas, ¿eh? —respondo, y me río un poco para aliviar la incomodidad—. A pesar de lo que me dijiste en el Grey Kettle, está claro que no les gusto ni un pelo.

Él se pone un dedo frente a la boca para pedirme que baje la voz.

—Es... No lo sé.

¿Que no lo sabe? ¿Qué demonios se supone que significa eso? Esta conversación está a años luz del tono amistoso y un poco insinuante con el que Joey me habló el otro día en el baño, después de los discursos. Esa persona ha desaparecido; la que tengo delante ahora vuelve a ser el Joey del Grey Kettle.

—El día de nuestro aniversario, me dijiste que yo les caía bien y que no debía tomarme la ruptura como algo personal —insisto al ver que Joey sigue en silencio—. Pero no es así, ¿verdad? Me tienen manía, y tú estás dejando que controlen tu vida amorosa. Que controlen toda tu vida, en realidad...

—Pues sí, ¿vale? —masculla—. Mis padres me dijeron que tenía que dejarte. ¿Ya estás contento?

Doy un paso atrás.

—Joder. Pues vale.

Él se acerca un paso más a mí.

—Blaine. No seas así, por favor.

—¿Que no sea cómo?

—No te pongas furioso por algo sin importancia.

Lo miro, con los ojos entrecerrados y la boca entreabierta por el asombro.

—¿Que no me ponga furioso por algo sin importancia? Joey, me acabas de confirmar que tus padres piensan que soy un pringado, y que tú... opinas lo mismo, más o menos.

—Estás diciendo tonterías.

—Y tú me estás haciendo luz de gas.

—¿Luz de gas? —Una sonrisa feroz aparece en su rostro—. ¿Qué pasa, te crees que puedes ir por ahí soltando términos psicológicos, ahora que eres el gran defensor de la salud mental? —se burla.

Fudge está olisqueando los pantalones de Joey, esperando a que le haga una caricia. Lo acerco a mí de un tirón.

—Cuando te vi en el baño después de mi discurso, me dijiste que te gustaba mi iniciativa por el bienestar —le recuerdo—. ¿Qué ha cambiado?

—Solo quería ser amable, Blaine —me dice, de nuevo muy serio—. Me sentía mal por ti.

—¿Por?

—Porque no creía que tuvieras posibilidades de salir elegido, la verdad. De hecho, me sorprende mucho que haya ocurrido.

Mi presión sanguínea se dispara de golpe.

—Vete a la mierda, Joey —gruño dando un paso al frente, y él se pone delante de mí para que no pueda marcharme—. Apártate, ¿quieres?

—Vamos a dejarnos de gilipolleces —me espeta—. Es evidente que te has presentado a las elecciones para vengarte de mí, o para impresionarme, o para conseguir algo relacionado conmigo, y todo el instituto se ha dado cuenta. Ya es hora de que dejes de hacer el ridículo. Acaba ya con esto, cielo.

¿Que deje de hacer el ridículo?

¿Que acabe ya con eso, «cielo»?

Estoy a punto de explotar.

–Te lo juro por Dios, Joey –mascullo–: como me vuelvas a llamar «cielo» una vez más...

–Blaine...

Lo aparto de un empellón y echo a andar sin mirar atrás, mientras Fudge trota junto a mí.

CAPÍTULO 19

Me está resultando difícil concentrarme en nada que no sea Joey burlándose de mí al lado del Fat Banana.

«Ya es hora de que dejes de hacer el ridículo», me dijo. «Acaba ya con esto, cielo».

Cuando ya casi he encontrado una respuesta mucho más sarcástica y satisfactoria que la que le di en ese momento, la voz de Camilla me hace bajar de golpe a la tierra.

O, más bien, al aula vacía que nos ha prestado el señor Wells para preparar el debate.

—¡Blaine Bowers tiene cero años de experiencia en el consejo estudiantil! —berrea Camilla desde detrás del podio improvisado que hemos construido con libros de texto y cajas de pañuelos—. ¿Por qué vamos a confiar en alguien que jamás ha estado en el consejo estudiantil, ni mucho menos ha ejercido una posición de liderazgo?

Me aclaro la garganta y trato de centrarme.

—No veo mi inexperiencia como una debilidad, sino como un punto fuerte —respondo, secándome con disimulo el sudor que se acumula en mi barbilla—. En Wicker West necesitamos nuevas ideas y un nuevo liderazgo estudiantil, formado por personas que se preocupen por la salud mental.

—¡Bien! —interviene Danny desde un pupitre de la primera fila, y Camilla y yo nos volvemos hacia él—. Ups, lo siento: no pretendía cortarte el rollo, ahora que estabas lanzado —se disculpa.

Me echo a reír, halagado, y él continúa:

—Ha sido un ejemplo genial de cómo volver un argumento en su contra para llegar a un punto desde el que puedas desarrollar tu discurso. Estoy seguro de que Zach te atacará sin parar mañana, así que debes estar preparado para dar la vuelta a sus críticas.

—Estoy de acuerdo con todo eso, pero quiero señalar una cosa importante —añade Trish desde la silla que hay al lado de Danny, mirando las notas que tiene en el regazo—. Evita utilizar la palabra «inexperto» para referirte a ti mismo.

—¿Por qué?

—Porque no deberías recordar a nuestros compañeros que... En fin, que no tienes experiencia —dice, mordiendo la punta del bolígrafo—. ¿Me entiendes?

Me froto las sienes.

—¿Pero no habías dicho que era un punto fuerte?

—A ver, en cierto sentido lo es —explica—. Pero la palabra en sí tiene una connotación negativa. —Esboza una sonrisa y se recoloca el cuello alto de su jersey—. ¡Estás acabando con el statu quo, Blaine! ¡Estás aportando ideas nuevas a la presidencia! Sin embargo —añade, mientras su expresión se tiñe de desánimo—, no puedes decir que eres un novato sin experiencia que se va a cargar el baile de fin de curso y la va a liar con la planificación de la graduación. ¿Ves la diferencia?

—Vale —respondo, con el cerebro oficialmente derretido después de casi dos horas de idas y venidas dialécticas—. Creo que sí.

–En lugar de apoyar sin querer uno de los principales argumentos que tiene Zach para atacarte, debes utilizar otra palabra que convierta lo negativo en positivo –continúa Trish, desarrollando la idea al darse cuenta de que me está costando seguirle el ritmo–. Di que eres un soplo de aire fresco, una nueva clase de líder.

–Un reformista –añade Camilla.

–¡Sí! –Trish la señala–. Eso es. Eres todas esas cosas que un candidato como Zach no puede ser.

–Eres el anti Zach –aporta Danny.

Asiento con la cabeza y bajo la mirada hacia mi cuaderno para tomar nota. Ya está lleno de miles de ideas a medio cocer, inspiradas en los consejos de Trish. Encuentro un espacio libre en la esquina inferior izquierda y apunto: «No decir inexperto. Mejor soplo de aire fresco, nueva clase de líder, reformista». Entonces, mi mente comienza a divagar por su cuenta. En el espacio en blanco que queda en la página, comienzo a garabatear el mural de la señora Ritewood: los anillos, el fondo estrellado, las pestañas y...

–¿Blaine? –me llama Danny.

Levanto la vista de mis garabatos y descubro a los tres mirándome con distintos grados de preocupación.

–¿Qué pasa?

A ver, sé qué es lo que pasa. Los tres piensan que me estoy derrumbando bajo la presión, sobre todo después de mi encontronazo con Joey. Y, la verdad..., tal vez sea cierto.

Sí, puede que el hecho de que el chico al que creía querer se burlara de mí y me tachara de «ridículo» me haya afectado más de lo que querría admitir, ¿vale? Y todavía hay muchas cosas que debo tener en mente, demasiados ataques que podría lanzarme Zach. La semana pasada lo cabreé en el Biggest

Bean al preguntarle por Ashtyn, y después, en el Fat Banana, eché más leña a un fuego que ya ardía con fuerza. Zach va a ir a por mí. Y lo va a hacer sin miramientos.

–Pareces estresado –señala Trish.

Camilla decide ir al grano:

–Yo más bien diría que pareces muerto de miedo.

Se apoya sobre su podio falso y está a punto de derrumbarlo.

–No tengo miedo –replico, forzando una carcajada para disimular mi terror. Suelto el bolígrafo sobre los garabatos–. Solo estoy un poco... abrumado, o algo así.

–No pasa nada –me asegura Camilla–. Todo esto es abrumador.

–Y tampoco me ayuda que te estés tomando tan en serio tu papel de Zach –le reprocho–. Te pones cruel, maligna... ¡Es como debatir con el de verdad!

Ella se encoge de hombros con una sonrisita.

–A lo mejor debería cambiar la ciencia por el teatro.

–Mira, Blaine –dice Trish, inclinándose hacia delante para apoyar los codos en el pupitre–. Todos somos unos novatos en esto del consejo estudiantil... Bueno, todos menos tú –añade volviéndose hacia Danny–. Yo nunca había organizado una campaña. Tú nunca te habías presentado a unas elecciones, y mucho menos a las de presidente de nuestro curso. No pasa nada por aceptarlo: sí, todo esto es muy complicado para nosotros.

–¿Se supone que eso debería hacer que me sienta mejor? –pregunto con una mueca.

–Y, sin embargo –prosigue ella sin hacerme caso–, mira dónde estamos. Mira lo lejos que hemos llegado.

–¡Has superado a otros cinco candidatos! –chilla Camilla.

–¡Y has conseguido convertirte en candidato oficial! –exclama Trish.

–Estás demostrando que tu candidatura va mucho más allá de tu relación con Joey –añade Danny.

El aula se queda en silencio.

–¿Qué pasa? –pregunta Danny al ver que no decimos nada más–. No permitas que lo que te dijo el otro día te coma la moral, Blaine. Eso es lo que él quiere. Quiere que te rindas. Quiere que te sientas ridículo. Lo que no quiere es que te centres en tus ideas y en tu plataforma de salud mental, porque esa es la forma en la que puedes vencer a Zach.

–Tiene razón. –Trish me mira a los ojos y baja la voz–. Es cierto: puede que el instituto entero pensara que solo te habías presentado porque Joey había roto contigo... Y, seamos sinceros, no iban muy desencaminados –se ríe–. Pero eso era antes. Después de eso, hiciste un discurso increíble con ideas buenísimas que justifican tu puesto en estas elecciones, Blaine. Ya nadie cree que te presentes por Joey.

–Estoy de acuerdo cien por cien –añade Camilla.

Espero que Trish tenga razón, y que mis compañeros perciban mi candidatura como algo legítimo..., aunque ni yo mismo esté tan seguro.

¿Pero qué pasa si se equivoca?

–Bueno. –Me aclaro la garganta y miro a Danny–. Tienes razón. Quiero ganar esto, y ya no tiene nada que ver con Joey.

Trish sonríe.

–Genial, pues vamos allá –dice, y vuelve la página de su bloc de notas.

Seguimos durante otros veinte minutos, de los cuales Trish utiliza diez para explicarme lo que es la falacia del hombre de paja. Entonces, Danny tiene que marcharse para cubrir el turno de un compañero de trabajo, y Camilla se va al museo para recopilar datos sobre la dieta de los tigres dientes de sable. Trish y yo nos quedamos un rato más para repasar algunos puntos débiles de nuestra iniciativa por el bienestar y recoger el desastre en el que hemos convertido el aula del señor Wells.

–Esta ha sido tu mejor sesión con diferencia –me dice Trish mientras apila un par de sillas.

–¿En serio? –pregunto mientras desmonto los tambaleantes podios que hemos utilizado Camilla y yo–. No sé si te creo.

–Lo vas a clavar. –Respira hondo, cierra los ojos y se lleva una mano al pecho–. Y, cuando eso ocurra, yo me sentiré tan orgullosa como si fuera tu madre.

Me río y coloco un libro de Geometría sobre el escritorio del señor Wells. Al hacerlo, golpeo sin querer un lápiz que rueda hasta caer en el hueco entre la mesa y la pared.

–Ups –murmuro, y me agacho para recogerlo.

Ahogo un grito.

Madre mía. Ahí están.

Las papeletas están apiladas en una caja metida en el hueco; claramente, el señor Wells la ha dejado aquí para ocultarla. Son hojas de colores, no mucho más grandes que una tarjeta bancaria. Examino varias de las pilas hasta encontrar las que corresponden a la elección de presidente de mi curso.

–¡Trish! –susurro con fuerza para que se acerque, con el corazón palpitándome con fuerza–. ¡Mira!

Ella viene corriendo y se agacha junto a mí.

PRESIDENTE DE CUARTO CURSO
BLAINE BOWERS
ZACH CHESTERTON

Es que no me lo creo.

–Madre mía –dice ella.

–Sí, ¿eh?

–Madre. Mía.

–Ya ves...

De pronto, la puerta del aula se abre. Trish y yo nos alejamos de inmediato del escritorio.

–Ah –dice sorprendida Kim, la conserje, que lleva una escoba en la mano–. No sabía que hubiera nadie usando el aula hoy.

–Lo siento, Kim –me apresuro a responder, aunque sueno culpable. Muy muy culpable–. Ya casi hemos terminado.

–Puedo limpiar esta aula mañana. No hay prisa –dice ella, y hace ademán de marcharse. Se detiene en la puerta–. ¿Estáis bien?

Asentimos con una sonrisa forzada.

–Sí, sí –respondo.

–Ajá –confirma Trish.

Kim retrocede con lentitud y cierra la puerta a su espalda.

Suelto aire, cojo el lápiz del suelo y lo vuelvo a colocar sobre el escritorio.

–De todos modos, ¿por qué el señor Wells deja las papeletas por ahí tiradas? –pregunto mientras me apresuro a recoger mis cosas.

–Sí, a mí tampoco me parece bien.

–¿Y por qué narices las imprime antes del día de las elecciones? ¿No se da cuenta de que podría encontrarlas un candidato?

–Pues...

–Me parece muy imprudente. Tendría que imprimirlas esa misma mañana y, después, meterlas en una caja fuerte o algo así hasta que llegue la hora de votar.

—Blaine.

—Es que creo que el señor Wells tendría que...

—¡Blaine! —Trish me apoya las manos en los hombros y me mira a los ojos—. ¿Estás bien?

Me muerdo el interior de la mejilla, inquieto.

—¿Sí? Creo que sí.

—No hemos hecho nada malo. Solo hemos visto las papeletas por casualidad. No es para tanto. ¿Por qué te pones tan nervioso?

—No lo sé.

—Respira. Así, venga. —Me zarandea un poco y sonríe—. Creo que ahora mismo te vendría bien un descanso en el Espacio de Calma.

—¿Verdad?

Me froto los ojos, tratando de impedir que se descontrolen los pensamientos obsesivos que ruedan ahora mismo por mi cerebro.

Como, por ejemplo: ¿echaré a perder mañana todo el trabajo que hemos dedicado a esta campaña?

¿Me odiará para siempre la señora Ritewood si no termino su mural?

¿Se enfadará mi tía cuando se entere de que llevo días sin decirle nada del trabajo en el museo Field?

—Oye. —Trish me da uno de esos codazos cariñosos que he empezado a sentir como un abrazo—. En serio, ¿te encuentras bien?

—Estoy un poco tenso, nada más —respondo—. Todavía quiero repasar todas tus notas para el debate esta noche, y...

—No. No lo hagas.

—¿Que no haga... qué?

–No repases las notas. Ya hemos tenido tres sesiones de preparación. Estás listo.

–¿Tú crees?

Ella asiente con la cabeza.

–Tu mente necesita descansar. Intenta dormir un poco, anda.

Resoplo y pongo los ojos en blanco.

–Ya, dormir... Como si eso fuera posible.

–En serio –insiste, abriendo mucho los ojos–. Tú vete a casa. Relájate. Practica lo que vas a defender mañana y cuídate un poquito. Ponte a ver *Gran Hermano* con tu tía Starr y Fudge.

–¿Alguna vez has visto *Gran Hermano* con mi tía? –le pregunto–. Te aseguro que no es una experiencia relajante.

–Ya sabes a lo que me refiero –replica–. Esta noche, no seas un candidato: sé simplemente Blaine.

¿Que sea simplemente Blaine?

Eso no es tan simple como suena.

CAPÍTULO 20

El día del debate.

Ya ha llegado.

Estoy de pie frente a mi armario, pestañeando para tratar de despertarme y decidir qué narices ponerme. La historia de mi vida, ¿eh?

Trish me aconsejó ayer que optara por algo sencillo; de ese modo, mis compañeros escucharán lo que digo en lugar de distraerse con mi camisa o mis zapatos. Al parecer, ese es uno de los principios básicos de los debates.

Sencillo. Vale.

Parece algo muy fácil, pero no lo es.

Apenas he pegado ojo esta noche. Puede que haya dormido una hora, o así; desde luego, no lo bastante para sentirme como una persona de verdad. La ansiedad por el debate ha contribuido a mi insomnio, por supuesto: el sinfín de normas, las palabras que me dijo Trish que evitara y media docena de puntos centrales están girando en mi cabeza como una lavadora en pleno centrifugado. Pero también me he pasado la noche dando vueltas por la mala conciencia que me produce lo de la señora Ritewood, o mi reticencia egoísta a contarle a tía

Starr lo del trabajo de sus sueños (he decidido que tal vez sea mejor no decírselo, ya que, a estas alturas, seguramente ha perdido la oportunidad para siempre).

Y después está la observación de Danny de ayer.

«Tu candidatura va mucho más allá de tu relación con Joey», me dijo. Y tiene razón, sobre todo después de que el Joey del Grey Kettle reapareciera el otro día para demostrarme de una vez por todas que hemos terminado.

Pero, entonces, ¿de qué va mi candidatura?

Creo en nuestra iniciativa por el bienestar en Wicker West. Creo en ella de verdad.

Pero, aun así..., me falta algo. Es como si fallara algo en todo esto.

Y, si soy sincero conmigo mismo, lo que más me gustaría en el mundo es escoger unos pantalones andrajosos para ponérmelos antes de empezar un nuevo mural, en lugar de elegir un conjunto para el debate.

–Hola, muñeco.

Doy un respingo y me llevo la mano al pecho. Fudge, sobresaltado, suelta un ladrido desde mi cama.

–¡Lo siento! –dice tía Starr desde la puerta de mi habitación, con una taza de café en una mano y un bagel con sésamo en la otra–. No pretendía asustaros.

–No pasa nada –respondo, volviendo a hundir la mirada en el abismo de mi armario.

Ella entra en mi habitación con sus pantuflas de patitos amarillos.

–¿Estás nervioso?

–Te quedas corta.

Se sienta en mi cama junto a Fudge, que olisquea su bagel con envidia.

—¿En qué piensas?

Me giro hacia ella.

—¿Lo dices por algo, aparte del hecho de que estoy a punto de subirme a un escenario junto al chico de oro del instituto, donde sin duda quedaré como un novato?

—Sí, lo digo por algo aparte de eso —responde sin dudar—. A ti te preocupa algo más. Lo noto.

¿Cómo lo sabe? ¿Cómo se le puede dar TAN BIEN leer entre líneas?

Suspiro, sin saber muy bien por dónde comenzar a desenredar mi maraña de pensamientos.

—Ayer tuve un minimomento de iluminación, creo.

—¿Y?

—Y me di cuenta de que ya no me presento a las elecciones para demostrarle a Joey que puedo ser un Chico Serio. A ver: sería muy patético que todavía quisiera recuperarlo, después de lo que pasó el otro día, ¿no?

—Lo entiendo —me dice—. Pero presentarte por otra razón que no sea recuperar a tu ex... no tiene por qué ser algo malo, Blaine. —Levanta las manos—. Aunque admito que fui yo quien más insistió para que hicieras precisamente eso...

Me echo a reír, y ella se ajusta mejor la bata antes de continuar:

—Bueno, en serio. Ahora da la impresión de que te presentas por ti y por la cosa esa del bienestar, ¿no?

—La iniciativa por el bienestar —le aclaro.

—Eso, la iniciativa por el bienestar.

Vuelvo a girarme hacia mi armario.

—Eso es importante, sí, pero todavía siento como si... No lo sé...

—¿Qué?

–Como si no tuviera una buena razón para convencer a mis compañeros de que me elijan a mí. De toda la gente de nuestro curso, ¿por qué debería ser yo el presidente? Todo esto de la salud mental es más bien cosa de Trish y de Danny, la verdad. Si ni siquiera yo estoy seguro de por qué debería votarme nadie, ¿cómo voy a salir ahí a decirle a todo el mundo que lo haga?

Mi tía asiente con la cabeza. Por un momento, la ciudad se queda en silencio al otro lado de la ventana: no hay aviones volando desde o hacia el Aeropuerto Internacional O'Hare, ningún coche que toque el claxon... Tan solo el arrullo de la calma matutina. De pronto, tía Starr se pone en pie y avanza hacia mí. Le arranca un pedazo a su bagel untado de queso fresco y me lo tiende.

–¿Quieres que te dé un consejo? Si no quieres, no pasa nada.

–Sí. Claro que lo quiero, clarísimo.

Ella apoya el codo en mi hombro y mira a los ojos de mi reflejo.

–En esta vida, casi todas las cosas que valen la pena dan miedo y resultan confusas, al menos al principio –dice, y yo asiento con la cabeza–. A lo mejor no sabes por qué te presentas, y no pasa nada. Pero está claro que hay compañeros tuyos, y no pocos, que piensan que serías un presidente estupendo. A lo mejor tendrías que esforzarte hoy por ellos, y ya encontrarás tu propia respuesta más adelante. –Se mete el último trozo de bagel en la boca, me revuelve el pelo y se da la vuelta para marcharse–. Y si quieres que te dé otro consejo...

–Siempre.

–Creo que el conjunto que te pusiste para ir al Grey Kettle sería perfecto para el debate.

Me guiña un ojo antes de desaparecer por la puerta.

—¿En serio?

—¡Solo es mi opinión! —grita desde el pasillo.

Me vuelvo otra vez hacia mi armario con una sonrisa y veo la famosa camisa que no me he vuelto a poner, con sus cuadros blancos y amarillos.

Tía Starr tiene razón: es una camisa genial, y me queda estupendamente.

La descuelgo y la dejo en la cama, junto a los pantalones de pana, los tirantes y la pajarita. Puede que Trish me mate (este atuendo será un montón de cosas, pero «sencillo» no es una de ellas), pero es la primera idea de vestuario que me ha hecho sonreír en toda la mañana.

Unos minutos más tarde, bajo las escaleras a la carrera y atravieso el vestíbulo.

—¡Gracias, tía Starr!

—¡Bien! —grita ella al verme, con la boca llena de cereales.

Camino hacia el instituto con pasos especialmente enérgicos. Lizzo cantando *Feelin' good as hell* en mis oídos es un subidón de adrenalina instantáneo, pero sobre todo tengo que darme prisa porque el debate será durante la primera hora. No quiero ni imaginarme lo mucho que se cabrearía Trish si me perdiera mi propio discurso inicial.

Los nervios vuelven a aparecer cuando llego al instituto.

—¡Buena suerte, Blaine! —exclama Carly Eggman al pasar a mi lado, enseñándome los pulgares.

—Yo te apoyo —dice Bobby Wilson un momento más tarde, y me acerca el puño para chocarlo con el mío.

Esto está pasando de verdad. Estoy a punto de debatir con Zach. Bueno, si Trish no me asesina primero por el vestuario que he escogido. Le doy unos golpecitos en el hombro mientras cierra su taquilla, y ella se gira hacia mí.

Los dos nos miramos fijamente.

–¿Y bien? –pregunto–. Sé que no es sencillo, pero...

–No, no lo es –me interrumpe, mirándome de arriba abajo. Una sonrisa aparece en su rostro–. Pero me encanta.

Suelto un enorme suspiro de alivio.

–Pensaba que te iba a parecer fatal.

Ella me mira como si me hubiera vuelto loco.

–Este conjunto es totalmente tú, y eso es lo único que importa.

–¡Madre mía! Tú también estás increíble –digo al fijarme en su ropa.

–¿Te gusta? –pregunta, dando un paso atrás para girar en redondo.

Lleva un traje pantalón de color verde bosque y unos pendientes dorados en forma de gotas. Sus labios, pintados de un rojo tirando a morado, le dan un toque impecable al conjunto.

–Estás guapísima, jefa –le digo, y niego incrédulamente con la cabeza–. Deberías ser tú la que se suba hoy al escenario.

Ella se encoge de hombros con timidez.

–No es momento de entrar en una guerra de cumplidos –concluye–. Vamos al gimnasio, anda.

–¿Pero dónde están Danny y Camilla? –le pregunto, mirando a mi alrededor.

–Solo los candidatos y sus jefes de campaña tienen permitido entrar en la zona de espera, para empezar –me explica, mientras recorre el pasillo a paso ligero y yo me esfuerzo por seguirle el ritmo–. Pero es que, además, te conozco, y sé que te pondrías aún más nervioso si los vieras de antemano. –Me mira con los ojos brillantes y baja la voz–. Sobre todo, a Danny.

–¿Qué? Para nada.

–Blaine...

Vale, tiene toda la razón.

–Lo que tú digas –murmuro.

–Les he pedido que guarden las distancias antes del debate. No me odies. Parte de mi responsabilidad como jefa de campaña es asegurarme de que estés lo más preparado posible antes de que llegue el gran momento.

Mete la mano en su mochila y saca una galleta de pepitas de chocolate del Biggest Bean y una tarjeta: es una nota de buena suerte, con breves mensajes escritos a mano por Danny y Camilla.

–En todo caso, me han pedido que te dé esto –dice, y a mí casi se me saltan las lágrimas.

Tal como nos habían dicho, encontramos al señor Wells, a todos los candidatos que van a debatir hoy (también hay elecciones a presidente de los demás cursos) y a sus correspondientes jefes de campaña reunidos en el pasillo detrás del gimnasio, que se ha cerrado para la ocasión. Ya se oye un rumor de murmullos, que va creciendo a medida que se acumula la gente en las gradas.

Es un sonido terrorífico.

–¿Ya está todo el mundo? –pregunta el señor Wells, mirando a su alrededor con su eterna carpeta en la mano.

Respiro hondo y repaso todo lo que sé sobre lo que va a ocurrir durante la próxima hora.

Tal como explicaba el dosier, los alumnos que irán a primero el próximo curso no elegirán a su presidente hasta el otoño, ya que ahora mismo todavía no han entrado en el instituto. Eso significa que los debates que van a tener lugar serán entre los candidatos de los futuros cursos de segundo, tercero y cuarto.

Para que todo quepa en una hora, cada curso tiene asignado un tiempo diferente para el debate. Los futuros alumnos de segundo solo estarán doce minutos, apenas tiempo suficiente para sus discursos iniciales y para una o dos preguntas del señor Wells (ahora mismo, me dan muchísima envidia). Los futuros alumnos de tercero tendrán dieciséis minutos. Y después estamos Zach y yo, que tendremos que subir ahí para debatir mano a mano durante veinte minutazos. Mil doscientos segundos (sí, hice los cálculos anoche).

Veinte minutos que bien podrían ser una eternidad.

El señor Wells llama a los candidatos de primero y a sus jefes de campaña. Sé que no debería sentirme así, pero darme cuenta de que no parezco tan aterrorizado como ellos (uno está temblando, literalmente) me tranquiliza un poco. Después de contestar sus preguntas, el señor Wells los hace entrar en el gimnasio, como un guardia romano que condujera a los gladiadores hacia una muerte segura.

Durante los breves segundos en los que permanecen abiertas las puertas del gimnasio, el rumor del público se convierte en un rugido atronador. Después, las puertas vuelven a cerrarse. El estómago me da volteretas.

Pasan unos doce minutos. A juzgar por los aplausos, el debate ha terminado.

El señor Wells entra otra vez en el pasillo, llama a los futuros alumnos de tercero y vuelve a desaparecer con ellos en el gimnasio.

Y entonces nos quedamos solos Zach, Ashtyn, Trish y yo.

La palabra «incómodo» ni siquiera se acerca a describir cómo me siento.

El tiempo parece detenerse. Para ser sincero, lo único que quiero es acabar de una vez con este lío. Haré todo lo que pueda para no decepcionar a los compañeros que apoyan mi candidatura y la iniciativa por el bienestar, como me sugirió mi tía hace un rato, y después podré sentarme a esperar que llegue mañana y se termine todo esto de las elecciones.

Ojalá pudiera pasar a cámara rápida la próxima hora...

Trish me lleva a un rincón para que Zach y Ashtyn no puedan oírnos y comienza a enumerar las últimas cosas que debería recordar. Pero, ahora mismo, soy poco más que un manojo de neuronas enredadas, y todo me entra por un oído y me sale por el otro.

–Zach está genial, ¿verdad? –comento entre frase y frase de Trish, contemplando su traje de chaqueta burdeos y su corbata de color crema–. Vi ese mismo conjunto en el escaparate de William's Outfitters.

Lleva el pelo meticulosamente peinado para parecer desordenado (pero desordenado en plan sexy, no en plan cutre), y en la hebilla del cinturón tiene un... Un momento, ¿eso es un...? Ahogo un grito.

–¡La hebilla de su cinturón tiene forma de mago, como la mascota del insti! –susurro.

Trish, boquiabierta, gira la cabeza para mirarle.

–Se acabó –concluyo–. Tiene un puñetero cinturón de mago. Estoy perdido.

–No te embales –me ordena ella, y se vuelve hacia mí otra vez–. Ese cinturón es como matar moscas a cañonazos. Además, nadie podrá verlo. Es una chorrada.

Las puertas se abren al final del pasillo y aparece Joey.

—¿Qué cojones? —murmura Trish, indignada—. ¡Se supone que aquí solo podemos estar los candidatos y los jefes de campaña!

Joey se acerca a Zach y le planta un beso en los labios. Luego, se fija en mí y pone cara de asco.

—¿En serio? —exclama con tono agrio.

Miro a mi alrededor como si la cosa no fuera conmigo.

—¿Me estás hablando a mí?

Él resopla.

—¿Se puede saber de qué vas? —me espeta—. La camisa, los tirantes, todo lo que llevas puesto...

—¿Qué pasa? —le pregunta Ashtyn a Zach, y él se encoge de hombros con aspecto perplejo.

—¿Por qué te has puesto eso? —me pregunta Joey mientras se acerca a nosotros.

—¿Por qué me he puesto qué? —replico, examinando mi conjunto—. ¿Ropa de mi propio armario?

—Tú sabes muy bien lo que quiero decir. —Se detiene a menos de un metro de mí—. Venga ya, Blaine —susurra, como si fuera una tortura verme con esta ropa—. ¿Te has puesto eso solo para hacerme daño?

Trish se interpone entre nosotros.

—No deberías estar aquí, Joey —le dice—. Se supone que solo los candidatos y los jefes de campaña podemos...

—Sí, conozco las normas —escupe él—. Las escribí yo, de hecho.

—Bueno, pues entonces —masculla ella, sin dejarse intimidar—, deberías saber mejor que nadie por qué tienes que marcharte de aquí.

El pasillo se queda en silencio.

—¿Qué está pasando, cielo? —pregunta Zach desde el otro lado del pasillo.

—No es nada —responde Joey, dándose la vuelta para volver junto a su novio—. Blaine solo está tratando de fastidiarme... de fastidiarte a ti. No se lo permitas.

Un segundo más tarde, las puertas del gimnasio se abren y aparece el señor Wells.

—¿Qué estás haciendo aquí, Joey? —le pregunta.

—Lo siento, señor Wells —responde él con una sonrisa falsa, y le da a su novio un trozo de papel arrancado de un cuaderno—. Es que a Zach se le había olvidado una página de sus notas para el debate y quería traérsela, nada más. ¡Ya me voy!

Zach coge el papel con una sonrisa y le da un último beso a Joey antes de que este desaparezca por el pasillo.

—Y solo quedaron dos... —murmura el señor Wells, haciéndonos un gesto a los cuatro para que nos acerquemos y formemos un círculo alrededor de él.

Respira hondo, Blaine. Vamos, tú puedes.

Trish, a mi lado, me anima dándome golpecitos en la parte baja de la espalda.

—Bien: las normas estaban detalladas en el dosier de las elecciones, pero, para asegurarme de que todo el mundo las tiene bien claras, os recuerdo lo que debéis tener en cuenta los dos —dice el señor Wells, alternando la mirada entre Zach y yo—. El debate durará veinte minutos. Lanzaré una moneda para determinar quién será el primero en pronunciar el discurso inicial, para el que tendréis dos minutos. También habrá un alegato final de dos minutos para cada uno. Antes de los alegatos finales, haremos un breve descanso de un minuto para que podáis charlar con vuestras jefas de campaña y reorganizaros. ¿Entendido? —Antes de que ninguno de los dos podamos responder, continúa–: Durante los doce minutos restantes, entre las declaraciones iniciales y los alegatos finales, yo os haré las preguntas que han enviado los miembros del consejo para cada uno de vosotros. No interrumpáis al otro candidato cuando sea su turno de responder, ¿de acuerdo? Y, si un candidato ataca de forma directa al otro, el que haya recibido el ataque tendrá un turno de réplica. ¿Queda todo claro? –Respira hondo, jadeante después de repetir el mismo monólogo por tercera vez–. Muy bien, pues vamos allá.

Las puertas del gimnasio se abren, y el bullicio de voces casi hace que salga corriendo en dirección contraria.

–¿Estás preparado? –me pregunta Trish con una sonrisa.

–No –respondo–. Para nada.

Echo a andar hacia el gimnasio detrás del señor Wells y de Zach.

Nada de esto parece real. Nada.

Las gradas, que llegan casi hasta el techo a los dos lados, están repletas de estudiantes. Joey y los delegados actuales se apiñan en primera fila a mi izquierda, pero más allá de eso no soy capaz de distinguir ni un solo rostro reconocible. Todo es un borrón de distintos tonos de piel y colores de pelo.

Ojalá supiera dónde está sentado Danny.

La conserje y un miembro del consejo de primero están arrastrando a un lado uno de los podios que se han utilizado durante el debate anterior. Ahora ya solo quedan dos bajo la canasta de baloncesto más cercana, a unos tres metros el uno del otro. El de la derecha tiene un cartel con mi nombre, así que me dirijo hacia él. En la línea de tiros libres hay una mesa cubierta por un mantel blanco, tras la que toma asiento el señor Wells. Nos mira y asiente con la cabeza para confirmar que el debate está a punto de empezar.

—Oye —dice Zach, deteniéndome antes de que pueda colocarme detrás de mi podio—. Buena suerte, Blaine.

Me tiende una mano y yo se la estrecho.

—Gracias. Lo mismo digo.

Su sonrisa se ensancha.

—Y te lo digo de todo corazón..., gracias —añade.

Lo miro fijamente.

—¿Por qué?

Con nuestras manos todavía unidas, se acerca a mí y sitúa los labios a un par de centímetros de mi oreja.

—Por dejarte tus notas para el debate ayer en el aula del señor Wells.

Lo miro, con la boca seca de pronto. Estoy seguro de que puede ver cómo mi rostro palidece.

—No sabías que teníamos el aula reservada justo después de vosotros, ¿verdad? —añade.

Eso es lo que acaba de traerle Joey a Zach.

Mis notas de preparación para el debate.

—Caballeros —dice el señor Wells frente al micrófono que hay sobre el escritorio, y su voz retumba por todo el gimnasio—. Por favor, diríjanse hacia sus podios para que podamos comenzar.

Zach separa su mano de la mía y se aleja como flotando.

Yo me dirijo a mi sitio, temblando más que cualquiera de los candidatos de primero.

CAPÍTULO 21

–Silencio, por favor –dice el señor Wells con tono severo–. Sé que ya casi hemos terminado, pero debemos guardar silencio durante un debate más.

«Sonríe», me aconsejó antes Trish. «Sonríe cada segundo que estés detrás de ese podio».

Y eso es lo que hago. Mi sonrisa es tan forzada que los músculos de las mejillas casi me tiemblan por el esfuerzo, pero mejor eso que echarme a llorar aquí mismo.

Zach tiene mis notas. Eso es lo único en lo que puedo pensar.

–Nuestro último debate es entre los alumnos de tercero Blaine Bowers y Zach Chesterton, que compiten por el puesto de presidente de cuarto durante el curso que viene –explica el señor Wells cuando el jaleo se acalla–. Antes de empezar, vamos a dar un fuerte aplauso a los dos por el esfuerzo que los ha llevado tan lejos en estas elecciones, ¿de acuerdo? –Se levanta una ráfaga de aplausos desganados–. Cada candidato tendrá dos minutos para su discurso inicial –continúa el señor Wells–. A continuación, lanzaré una moneda para determinar quién comienza. Blaine, como tu apellido es el primero alfabéticamente, puedes escoger: ¿cara o cruz?

–Eh... –vacilo, y me sobresalto al oír el eco de mi voz contra las paredes. «No te alteres, Blaine», me digo–. Cruz.

El señor Wells lanza la moneda.

–Cara. Zach, ¿te gustaría ser el primero o el segundo?

–El primero, por favor, señor Wells –dice con el tono más lameculos del mundo.

Me entran ganas de poner los ojos en blanco, pero me limito a sonreír con más fuerza.

–Muy bien –asiente el señor Wells–. Tu tiempo empieza en tres, dos, uno...

Señala a Zach.

–Buenos días, alumnos y alumnas del instituto Wicker West –comienza Zach–. Soy Zach Chesterton, presidente actual del tercer curso. Como ya sabéis, aspiro a ser reelegido, y lo hago porque creo que soy el candidato más adecuado. Os voy a explicar por qué.

Su voz suena clara, confiada y con el volumen perfecto para este espacio. Es como si ya hubiera hecho esto una docena de veces.

–A mis compañeros y compañeras de tercero: soy vuestro presidente desde hace tres años. Durante este tiempo, hemos pasado por muchas cosas juntos, tanto buenas, como cuando ganamos el concurso de repostería en primero y recaudamos miles de dólares para el hospital infantil, como malas, como cuando a nuestra carroza del desfile se le pinchó una rueda y casi no llegamos al partido de fútbol. Pero lo conseguimos, ¡y quedamos los primeros de todos modos!

Suelta una risa totalmente falsa, pero tengo que admitir que suena encantadora.

Parte del público silba y aplaude para mostrar su apoyo.

—A estas alturas, me conocéis muy bien —continúa Zach, adoptando un tono más serio—. Sabéis que visito regularmente todos los clubes extraescolares para demostraros mi apoyo. Sabéis que he asistido al menos a un partido de cada uno de nuestros equipos para apoyar a nuestros Magos de Wicker West. Sabéis que me importan profundamente este instituto, sus estudiantes y nuestro curso. —Se detiene para respirar hondo y cambia de tono—. Sin embargo, supongo que la mayoría de vosotros no sabréis quién es Blaine Bowers.

Y. Allá. Vamos.

«No dejes que te ponga nervioso con sus ataques», recuerdo que me advirtió Danny ayer.

Resulta que es mucho más complicado cuando quien habla es el verdadero Zach delante de dos mil estudiantes, y no Camilla tras una torre de cajas de pañuelos. Aun así, me esfuerzo por mantener la sonrisa.

—Blaine Bowers nunca ha estado en el consejo estudiantil, y jamás se ha presentado a unas elecciones —afirma Zach—. No ha participado en ningún club de extraescolares ni en ningún equipo deportivo durante más de un semestre. Su historial muestra que se unió al club de arte en primero, pero que lo dejó poco después.

Madre mía. ¿Ha estado investigando mi historial escolar?

—Probó con la fotografía cuando estábamos en segundo —continúa Zach—, pero solo duró una semana. —Respira, Blaine. Tú respira—. Blaine Bowers le ha demostrado al instituto Wicker West que lo que se le da bien es una cosa, y solo una: rendirse.

El gimnasio se queda en silencio. Puedo sentir los latidos de mi corazón en las puntas de los dedos.

Pero actúo como si no estuviera oyendo ni una sola palabra.

—Y, sin embargo, estoy seguro de que Blaine saldrá aquí hoy para tratar de darle la vuelta a su falta de experiencia en el gobierno estudiantil como si fuera algo positivo. Dirá que es «una nueva clase de líder», «un soplo de aire fresco»..., «el reformista» que todos estabais esperando. —Zach niega con la cabeza—. Así es como funcionan los políticos. Esperan que os dejéis engañar fácilmente.

Joder.

—Compañeras, compañeros, os lo suplico: no dejéis que os tome el pelo —concluye Zach—. El año que viene tendremos que organizar eventos muy importantes: el baile de fin de curso, la graduación... ¿De verdad queréis dejar esas responsabilidades en manos de un novato, de alguien que se rinde a la mínima dificultad? ¿Una persona que se despertó una mañana y decidió presentarse a las elecciones por una cuestión de ego, supongo, o incluso para satisfacer sus ansias de venganza por una relación personal? —Hace una pausa para echarme un vistazo—. ¿O me queréis como presidente a mí, un líder de eficacia comprobada que os ha apoyado desde el primer día?

Sonríe ampliamente, recorriendo las gradas con la mirada.

—Todos y todas me conocéis. Confiáis en mí. Sabéis que, en conjunto, podemos hacer que nuestro último año de instituto sea algo memorable que podamos recordar con cariño. Mañana por la mañana, os pido que votéis a vuestro defensor, Zach Chesterton. —Una nueva pausa—. ¡Vamos, Magos!

La multitud estalla.

Durante unos buenos diez segundos, el gimnasio entero se inunda de aplausos. Con cada segundo que pasa, siento que mi alma abandona lentamente mi cuerpo.

¿Qué mierda voy a decir ahora?

En serio. ¡Todo el principio de mi discurso se centraba en cambiar las cosas para convertir mi iniciativa de salud mental en una realidad! ¡Se centraba en que soy «un reformista» que va a revolucionar el sistema! Pero Zach acaba de cargarse toda mi argumentación.

Le echo un vistazo a Trish, que nos observa mortificada desde la puerta.

El señor Wells vuelve a inclinarse hacia su micrófono.

–Gracias, Zach. ¿Blaine? –Me mira–. Tienes dos minutos que empiezan dentro de tres, dos, uno...

–Hola, Wicker West –digo con nerviosismo. A diferencia de la voz de Zach, la mía suena horrible al rebotar en estas paredes desnudas y húmedas, como un chirrido de uñas sobre una pizarra. Bajo la mirada hacia mis notas–. Bueno... Yo soy Blaine Bowers, alumno de cuarto que se presenta a... Huy, así no era.

Me río.

Grillos. Es como si el maldito gimnasio estuviera lleno de grillos.

–Soy Blaine Bowers, alumno de tercero que se presenta a las elecciones para ser presidente de cuarto curso.

Esto es un desastre.

Vuelvo a mirar mis notas. Las primeras cinco líneas ya no valen, ahora que Zach ha definido mis pretensiones de reformador como una estratagema política. Leo por encima para buscar un lugar diferente por el que empezar, pero los segundos siguen pasando y ninguna frase me parece un buen comienzo...

A la mierda. Voy a improvisar.

Levanto la mirada.

Todos los ojos están fijos en mí. Me siento como si tuviera una tonelada de peso sobre el pecho.

—Entonces, eh.... Bueno —digo, tratando de articular algo que tenga sentido—. Soy Blaine Bowers, y me presento a la presidencia del cuar...

—¡Eso ya lo has dicho! —grita alguien desde las gradas superiores, y unas cuantas personas se echan a reír.

—¡Silencio! —brama el señor Wells, mirando hacia la grada de la que ha salido la voz—. ¡No voy a tolerar esto! —Fulmina la multitud con la mirada un momento más antes de volver a dirigirse a mí—. Continúa, Blaine.

—Bueno, es... La verdad es que es cierto —digo con una sonrisa—. Sé que ya lo había dicho, y os pido perdón. Estoy un poco... —Jugueteo con mis notas—. Me he perdido un poco.

¿Por dónde podría empezar a hablar de nuestra iniciativa por el bienestar? Si logro coger el ritmo hablando de eso, tal vez sea capaz de darle la vuelta a esta situación.

Veo a Joey. Me está mirando fijamente, como si fuera un accidente de tráfico del que no pudiera apartar la mirada.

«Ya es hora de que dejes de hacer el ridículo», me advirtió junto al Fat Banana.

A lo mejor tenía razón.

Paso la página y sigo leyendo, decidido a encontrar un buen punto para presentar mi iniciativa por el bienestar, pero una gota de sudor me cae en el ojo y me ciega. Pestañeo para quitármela, pero, para cuando soy capaz de ver con claridad otra vez, no tengo ni idea de cuánto tiempo he perdido. ¿Treinta segundos?

¿Un minuto?

¿Se me va a acabar ya el tiempo?

—Solo quiero decir esto —logro decir al fin, imaginando un reloj de arena con la parte superior casi vacía—. A mí también me importa profundamente este instituto. Me gusta Wicker

West. Un montón. Y, como presidente de cuarto curso, lucharía cada día para convertirlo en un lugar mejor.

Por favor, que esto sea una pesadilla.

Por favor, Dios mío, haz que esto sea una pesadilla de la que me pueda despertar ya mismo.

El gimnasio permanece en silencio. Nadie aplaude.

—¿Eso es todo, Blaine? —me pregunta el señor Wells con amabilidad, comprobando su reloj de pulsera.

—Sí —digo, sonriendo y asintiendo con la cabeza. Me acerco más al micrófono—. Gracias... —Un pitido de acople recorre el gimnasio, y todo el mundo da un respingo—. ¡Uf, lo siento! Es que, eh... —Me vuelvo a apartar—. Gracias, Wicker West.

El señor Wells comienza a aplaudir con fuerza junto al micro para animar al público (supongo que se compadece de mí). Algunos estudiantes le secundan por pena, pero los aplausos enseguida se apagan.

Esto no podría haber salido peor.

—Blaine, la primera pregunta es para ti —continúa el señor Wells sin perder un momento.

—Ah. —Me aclaro la garganta, sorprendido—. Vale.

—Nunca has estado en el consejo estudiantil —lee de una nota adhesiva—. ¿Qué hay en tus habilidades o tu historia personal que te cualifique para ser presidente de cuarto curso?

—Bueno —digo, y suspiro mientras mi mente trabaja a toda máquina. Trish me ha hecho ensayar esta pregunta exacta unas diez veces, si no más—. Vamos a ver: aunque nunca he formado parte del consejo, creo que podría ser un buen líder. Mejor dicho, sé que podría serlo. Tan solo, eh... Tan solo necesito que me den la oportunidad de demostrarlo, supongo.

Trago saliva.

El señor Wells asiente.

—Gracias, Blaine. Zach... —Baja la mirada para leer otra nota adhesiva—. Ya llevas tres años siendo presidente de tu curso. ¿Qué les dirías a los estudiantes que están sedientos de un cambio de liderazgo?

—Antes de nada, les diría que empatizo con ellos —responde él de inmediato, claramente preparado para esa pregunta—. Sé lo que se siente al ver las mismas caras aquí arriba un año tras otro. Pero a puerta cerrada, lejos de los focos del debate, la mayoría de los estudiantes quiere a alguien que haya demostrado ser capaz de hacer bien el trabajo, no a alguien que se vaya a rendir en cuanto las cosas se pongan difíciles. Quieren a un líder sólido y de confianza, que sepa lo que hace falta para triunfar. Y sé que yo puedo ser ese líder, porque ya lo he sido.

La multitud vitorea.

Esto es una catástrofe. Una peli de terror.

El señor Wells nos hace dos preguntas más a cada uno antes del descanso de un minuto, pero mi mente está derretida y no sé ni cómo logro responder. Farfullo lo primero que se me ocurre, y después Zach revienta mis contestaciones como una bola de demolición. Su declaración inicial me ha descolocado por completo, y desde entonces no me he recuperado. No veo cómo hacerlo.

Cuando el señor Wells da por terminado el turno de preguntas, me alejo arrastrando los pies por el suelo de madera. Trish me sale al encuentro y me guía hasta el pasillo lateral.

—Oye, oye, mírame —me dice, consciente de que estoy fatal—. No has estado tan mal.

—Trish. —Estoy casi al borde de las lágrimas—. He estado fatal.

—No, no es verdad.

—¡Encontró mis notas de preparación para el debate! —le digo, mirando al otro lado del pasillo para asegurarme de que Zach y Ashtyn no pueden oírme.

Ella suspira.

—Ya, eso he supuesto —asiente.

—Como ayer me animaste a descansar en lugar de seguir preparándome en casa, desconecté del todo y me las dejé en el aula del señor Wells.

Trish levanta la cabeza, irritada.

—¿Estás diciendo que esto es culpa mía?

—¡No, no! —respondo mientras cierro los ojos, arrepintiéndome de haberlo expresado así—. Para nada. Es solo que... —Me cubro la cara con las manos—. Las cosas son muy intensas ahí fuera, Trish.

—Lo sé.

—Sinceramente, no me veo capaz de volver a salir.

Ella me quita las manos de la cara y me mira fijamente a los ojos. Nunca la había visto tan decidida.

—Vas a volver a salir, Blaine.

—Pero...

—Tienes que terminar con fuerza. Se lo debes a todos los miembros del consejo que te apoyaron para que participaras en las elecciones después de tu discurso, y también te lo debes a ti mismo. —Su mirada es tan intensa que casi me quema—. No les permitas decir que también te has rendido con esto.

—¿Blaine? ¿Zach? —nos llama el señor Wells desde el gimnasio—. Vamos, tenéis que hacer el alegato final.

—En serio, no creo que sea capaz de hacerlo —susurro mientras Trish me conduce de vuelta por el pasillo.

Puedo sentir las lágrimas que se acumulan detrás de mis párpados. He decepcionado a todo el mundo. A Trish. A Camilla. A tía Starr.

A Danny.

Trish me empuja por el hueco de la puerta.

–¡Venga!

Zach y yo volvemos a ocupar nuestros puestos tras los podios, con el barullo de la gente alborotada de fondo. Todo el mundo parece impaciente por terminar, y me pregunto si presenciar este debate habrá sido tan doloroso como protagonizarlo (si es que puedo llamarlo «debate», siquiera).

–Como Zach ha escogido inaugurar las declaraciones iniciales, te toca a ti elegir si quieres ser el primero o el segundo para el alegato final, Blaine –me informa el señor Wells.

Me aclaro la garganta.

–Prefiero ser el último.

–Estupendo –dice él–. Zach, te toca dentro de tres, dos, uno...

–Gracias, señor Wells –comienza él–. Y gracias a vosotros y vosotras, colegas del instituto Wicker West.

Zach vuelve con su perorata ya familiar sobre la experiencia, la fiabilidad y bla, bla, bla. Veo a Joey otra vez en primera fila, observando a su nuevo novio. Él también parece muy satisfecho de ver cómo el Chico Serio de sus sueños destroza a su incompetente adversario.

Mira, la verdad: que le den a Joey Oliver.

Si al menos pudiera ver a...

Danny.

Está dos o tres filas más allá, sentado junto a Camilla.

Los dos llevan camisetas a juego en las que pone: «¡VAMOS, BLAINE!».

Se me derrite el corazón.

Por completo. Hasta el último ventrículo, vena y arteria. Desaparece.

Ver a mi propia y diminuta sección de fans me emociona tanto que se me escapa una lágrima. Me la seco con rapidez y trago saliva para evitar soltar otra. Danny ve que lo he visto y me sonríe.

Puedo hacer esto.

La multitud vitorea, y me doy cuenta de que Zach ha terminado su alegato final. Cuando el aplauso remite, el señor Wells se dirige a mí.

—¿Blaine? —dice, visiblemente inquieto—. ¿Estás preparado?

Suelto el aire y asiento con la cabeza.

—Tres, dos, uno...

Vuelvo a mirar a Danny. Aun en la distancia, sus ojos me tranquilizan. Se me calma la respiración por primera vez en toda la mañana.

—Hola a todo el mundo —digo, y me detengo para recorrer las gradas con la mirada. Suspiro, sonrío y continúo—. Vale, seamos sinceros: esto me ha salido de pena. —Se podría oír el ruido de una aguja al caer al suelo—. A ver, que os podéis reír si queréis. Seguro que yo también me río después, cuando termine de llorar. No hace falta decir que esto me ha salido fatal. Mucho peor que las peores situaciones que había imaginado en mi cabeza.

Varias personas se ríen, y eso me hace sentir un poco mejor.

—Está claro que no soy un político experimentado —prosigo—. Me abruma estar aquí, frente a todos vosotros. Estoy muy lejos de mi elemento, a kilómetros de mi zona de confort. Si me dais unos pinceles y un muro que pintar, no tengo problema. Pero aquí, detrás del podio, parece que no soy capaz de formar ni una frase coherente. Desde luego, no soy ningún Zach Chesterton –añado, mirándolo con una sonrisa que le hace fruncir el ceño–. Y no lo digo como un insulto. Zach, lo has hecho genial hoy. Y te mereces todas las felicitaciones.

Hago una pausa para tomar aliento.

–En este momento, estoy muy decepcionado conmigo mismo. Tengo una iniciativa muy chula sobre salud mental de la que quería hablaros, pero mis nervios me han superado. Mi increíble jefa de campaña, Trish –la señalo detrás de mí– y mis amigos Danny y Camilla –les hago un gesto con la cabeza– se han esforzado mucho por ayudarme a planificarla. Ahora no voy a tener suficiente tiempo para describirla en detalle, y eso es una verdadera lástima.

Me tomo un segundo para tragar saliva.

–Compañeras y compañeros, os digo desde ya que, si me elegís, no voy a ser el presidente perfecto. Está claro que necesito ayuda para hablar en público. –Algunas risas, más numerosas que antes, retumban por el gimnasio–. Y, a ver..., Zach tiene razón en algunas cosas. Soy un novato en todo esto. Meteré la pata. Tendré que superar una curva de aprendizaje. Pero hay algo que puedo prometeros –digo, recordando uno de los puntos clave que ensayé con Trish–: seré vuestro presidente por las razones adecuadas.

Me remuevo detrás del podio, encontrando el ritmo.

–A diferencia de la mayoría de presidentes, yo no me presento porque quiera un mejor currículum para la universidad ni para subir en la escala social de Wicker West. No: yo quiero ser un presidente que se centre en buscar soluciones; que no solo gane los concursos de carrozas, sino que luche para que vuestra experiencia en este instituto sea mejor. Más satisfactoria, más gratificante, más conectada, más feliz.

Respiro hondo por última vez, sintiendo la tensión silenciosa que se extiende entre la multitud.

–Así que es verdad: supongo que, si queréis un presidente que dé buenos discursos o que tenga una media de sobresaliente, yo no soy la mejor opción. No soy así. Pero si estáis buscando alguien que se proponga mejorar de verdad las cosas, os pido que votéis a Blaine Bowers como presidente de cuarto curso.

Hay un segundo de silencio... y luego, el público se vuelve loco. Todo el mundo se pone en pie. Es una auténtica ovación.

Para mí. Una ovación.

La sensación es tan intensa que casi me ceden las rodillas.

–¡Gracias, compas! –grito al micrófono por encima de los aplausos–. ¡Y ánimo, Magos de Wicker West!

Miro a mis amigos: Danny parece resplandeciente y Camilla está silbando, con el pulgar y el índice entre los labios. Camino hacia el podio de Zach y le tiendo la mano para estrechársela, antes de alejarme del suelo de madera zumbando como un abejorro.

Trish me da un golpecito con el codo antes de unirnos en el abrazo más gratificante que he experimentado jamás.

–Lo has conseguido –me susurra al oído.

CAPÍTULO 22

El resto del día es un borrón. Algunas personas me sonríen al cruzarse conmigo en los pasillos, y varios profesores me saludan al comenzar la clase; pero tal vez lo más increíble sea la felicitación del guardia que vigila el cruce escolar a la entrada del insti, alguien con quien jamás había hablado ni mucho menos había tenido buena relación. Al parecer, él también ha oído hablar de mi alegato final.

–¡Tú eres el chaval del debate! –me grita–. ¡Buen trabajo!

–¿Gracias? –respondo aturdido, mientras cruzo la calle con rapidez.

Parece que todo el mundo tiene cosas que hacer después de clase (hasta mi tía ha salido por primera vez en varios días, para irse a tomar unas copas durante la hora feliz con una amiga), así que tengo la casa entera para mí.

Y, después del caos de esta mañana..., es un alivio, la verdad.

Me quito la pajarita, me desabrocho la camisa y lanzo los zapatos a una esquina antes de derrumbarme en la cama con un suspiro. Fudge, que nunca deja pasar la oportunidad de conseguir unos mimos, planta el hocico sobre mi pecho para pedirme que le rasque la cabeza.

Lo he conseguido.

He sobrevivido al debate. Sí, el primer noventa por ciento fue una catástrofe de esas que, por lo general, solo se sufren en las pesadillas. Pero, cuando vi a Danny con la camiseta de «¡VAMOS, BLAINE!»...

Eso marcó la diferencia.

Me quedo empanado boca arriba, sintiendo cómo se disipa la tensión del día. Por un instante, el techo de color cáscara de huevo se transforma en el mural de la Papelería de Susan, y la cara de Saturno se convierte en la de Danny.

Me imagino cómo lo retrataría en un mural. Sus ojos incitantes, sus labios redondeados, su pelo rapado de un negro azabache...

–Blaine –dice el Danny del mural, y sus labios rosados cobran vida–. ¿Quieres ir a Cabo conmigo? –Asiento con la cabeza, entusiasmado–. ¿Blaine? –dice otra vez.

¿Blaine?

–¿Blaine?

La cara de mi tía aparece en mi campo de visión. Me da un golpecito en el costado y yo me siento en la cama, muerto de vergüenza.

Por suerte, tía Starr está demasiado achispada para darse cuenta de lo raro que estoy.

–Bueno, ¿qué? –dice, golpeándome el costado con más fuerza–. ¿Cómo ha ido?

Como no le responda ya, creo que va a explotar.

Tras hacer un esfuerzo por despejarme, le cuento todo lo que ha ocurrido por la mañana: que Zach encontró mis notas, que la mayor parte del debate fue un completo desastre, que Danny y Camilla llevaban camisetas de «¡VAMOS, BLAINE»!, que es posible que mi alegato final me haya hecho salvar los muebles...

—Estoy muy impresionada con mi sobrino —me dice, y se acerca para darme un abrazo—. Aunque la hubieras cagado del todo, eso no te quitaría el mérito de haberte atrevido a hacerlo. ¿Tú sabes lo que mola eso?

Noto que me estoy poniendo rojo.

—Gracias.

—Pase lo que pase mañana, estoy orgullosa de ti —añade la tía Starr, y se pone en pie para marcharse—. Por cierto, escribe a tus padres; no dejan de darme la lata para saber si he tenido noticias de ti.

Recuerdo que no he respondido a los mensajes que me enviaron antes.

—Vale —respondo, un poco a regañadientes—. ¿No se suponía que iban a venir a cenar?

La tía Starr me mira desde la puerta.

—Tu madre está cubriendo el turno de un compañero enfermo, y tu padre, al parecer, ha tenido problemas en una obra.

Frunce el ceño: sabe tan bien como yo que, cuando no es una cosa, es otra.

—Lo sé, es un asco —añade con una sonrisa triste—. Te quiero, sobrino.

Esa noche, duermo sorprendentemente bien. Creo que, en las últimas semanas, mi cerebro se ha quedado sin cosas por las que estresarse, y ahora solo le queda esperar a que voten mis compañeros.

Me despierto preparado para cualquier cosa.

Hoy es el día de las elecciones. Por fin ha llegado.

Me doy una ducha, me visto como me da la gana (de colorines) y bajo para desayunar algo ligero. Justo cuando me estoy metiendo el último trozo de manzana con mantequilla de cacahuete en la boca, alguien llama a la puerta de entrada. Siento un remolino de mariposas; debe de ser Danny. Ayer me dijo que trataría de pasarse de camino al instituto para que podamos ir juntos.

Es la primera vez.

–Hola –digo al abrir la puerta de entrada, y salgo al porche.

–Hola.

Lleva una camiseta de rayas muy bonita y unos pantalones vaqueros cortados. En la mano sostiene un pequeño paraguas verde oliva para protegerse de la llovizna.

Incluso antes del debate, ya me daba la impresión de que empezaba a gustarme. Pero verlo ayer en las gradas lo solidificó, y la ensoñación con el mural lo dejó bien claro.

Me estoy pillando por Danny.

Me estoy pillando del todo.

–¿Hoy no llevas la camiseta de «¡Vamos, Blaine!»? –pregunto con una sonrisita.

Él ladea la cabeza.

–Pensé que dos días seguidos sería pasarse un poco.

Los dos echamos a andar en dirección al instituto.

–Gracias por ponértela –le digo–. En serio.

–De nada –contesta él, moviendo el paraguas para cubrirme a mí y dejando su brazo derecho expuesto a la lluvia–. Los primeros tres cuartos del debate fueron un poco complicados...

–Te quedas cortísimo –respondo entre risas.

–... Pero tu alegato final lo compensó con creces.

–Espera. –Me acerco más a él para que el paraguas nos cubra bien a los dos–. Así mejor, ¿no?

Nuestros costados se rozan con cada paso. Ni siquiera es para tanto, pero comienza a cosquillearme el cuerpo entero. Danny no se aparta de mí y, desde luego, yo tampoco lo hago. Lo miro por el rabillo del ojo y él hace lo mismo.

–Por cierto, mi predicción sigue en pie –añade–: hoy vas a vencer a Zach Chesterton.

Nos separamos en cuanto llegamos al instituto, porque a primera hora tenemos clase en extremos opuestos del edificio. Mientras camino, varios compañeros de curso me ofrecen el puño para que se lo choque y menean la cabeza en señal de apoyo, entusiasmados por el debate de ayer. Dmitry Harrison grita que soy «el chaval de las remontadas» frente a unos chicos del equipo de atletismo, y eso me hace reír de verdad. Espero que tenga razón.

Alcanzo a Trish mientras se dirige a su clase de primera hora.

–Vaya, aquí estás –dice con los ojos brillantes–. ¿Qué tal va todo?

–Fenomenal –respondo, aunque todavía me siento como si tuviera el estómago en el primer asiento de una montaña rusa.

Por supuesto, ella no me cree.

–Está bien –admito–. Obviamente, estoy nervioso.

–Así me gusta: desahógate.

–Pero hoy he venido a clase con Danny y ha estado muy bien; me ha hecho sentir un poco más zen.

Trish ahoga un grito.

–¿Un paseo romántico bajo la lluvia?

Me encojo de hombros con una sonrisita.

De pronto, su expresión pasa de tontorrona a seria. A estas alturas, sé que eso refleja su transición al modo jefa de campaña.

–Tienes claro cómo va a ir esto, ¿verdad? –me pregunta por duodécima vez desde ayer.

–Sip.

–Los dos tenemos que votar a primera hora. La señora Green debería saber que eres uno de los candidatos y que te tienes que ir al auditorio en cuanto votes, pero si te pone algún problema...

–Te escribo y tú vendrás a rescatarme. Lo sé, lo sé.

Llegamos hasta el final del pasillo. La primera clase de Trish está a la derecha, y el aula de la señora Green a la izquierda.

–Respiremos hondo –dice mi amiga.

–Muy hondo, sí –respondo, y entro en el aula de arte.

En cuanto suena el timbre, la señora Green nos pide que guardemos silencio y ocupemos nuestros asientos. Mi estómago vuelve a su estado crónico de caída libre cuando estiro el cuello para ver las pilas de papeletas que aguardan sobre su escritorio. En mi clase de arte hay alumnos de primero, segundo y tercero, de modo que hay papeletas impresas en tres colores diferentes, como vi en el aula del señor Wells la última noche de preparación para el debate. Una parte de mí siente envidia por los alumnos de último curso, que pueden sentarse de brazos cruzados y ver cómo el resto del instituto se agobia por ver quién gana y quién pierde hoy. Bueno, a excepción de Joey, que estoy seguro de que tendrá el mismo interés que Zach o que yo por saber quién será su sucesor.

La señora Green se pone manos a la obra sin perder un segundo. Tras comprobar que todo el mundo está sentado, entrega cuatro papeletas a cada estudiante para los diferentes puestos de cada curso: la presidencia, la vicepresidencia, la secretaría y la tesorería. Las papeletas para segundo son azules; las de tercero, amarillas, y las de cuarto, anaranjadas.

–Buena suerte, Blaine –me susurra con una sonrisa, dejando cuatro papeletas naranjas sobre mi pupitre. Ahora que de verdad ha llegado el día de las elecciones, me resulta todavía más extraño verlas.

PRESIDENTE DE CUARTO CURSO
BLAINE BOWERS
ZACH CHESTERTON

Estar en un aula que va a votar en las elecciones del consejo estudiantil y ver que tu nombre está en una de las papeletas es una de las experiencias más surrealistas del mundo. Es como si hubiera un elefante gigantesco en el aula, ¡y el elefante eres tú!

Para los otros puestos, selecciono a los candidatos con los que creo que podría trabajar mejor. Después hago una pausa para respirar, marco la casilla que hay junto a mi nombre y suelto el aire.

Pues nada.

Ya está.

Me dirijo en silencio hacia la parte delantera, le entrego mis papeletas a la señora Green y me marcho hacia el auditorio. Cuando entro, todo es tan intenso e incómodo como había imaginado.

No hay nadie sentado en el patio de butacas; los candidatos y los jefes de campaña de los distintos puestos se están congregando en el escenario. Veo al señor Wells entre ellos, respondiendo preguntas y señalando en distintas direcciones con su carpeta.

Subo las escaleras laterales, sintiendo que mis piernas son de gelatina, y advierto unos carteles pegados alrededor del escenario que señalan dónde debe situarse cada candidato. Trish se encuentra en un rincón junto a los demás candidatos de nuestro curso y sus jefes de campaña, Zach y Ashtyn incluidos. No me apetece desearles buena suerte a esos dos y, a juzgar por la manera en que evitan hacer contacto visual conmigo, parece que estamos en sintonía.

–¿Cómo te has sentido al votarte a ti mismo? –me pregunta Trish cuando me acerco.

–Raro de cojones.

Unos pocos minutos más tarde, cuando ya han llegado todos, el señor Wells nos pide atención desde el borde del escenario.

–Gracias a todos y todas por participar en las elecciones al consejo estudiantil de este año –anuncia, examinando el mar de alumnos que hay frente a él con sus ojos agrandados por las bifocales–. Hemos tenido unas candidaturas magníficas, y estoy seguro de que las personas elegidas continuarán subiendo el listón del gobierno estudiantil del instituto Wicker West.

Hace un gesto para que nos animemos a aplaudirnos a nosotros mismos.

–Ahora os diré cómo van a ser las cosas. Por favor, prestad atención, ¡porque no me va a hacer ninguna gracia si lo hacéis mal! –Se detiene para esperar a que unos risueños alumnos de primero se callen–. Dentro de un momento, los jefes de campaña se agruparán por puestos y cursos. –Señala la primera hilera de asientos en el auditorio, que está llena de enormes bolsas de papel–. Cada grupo cogerá una de esas bolsas y recorrerá el instituto para recoger las papeletas de su cargo, ¡y solo las de su cargo! Sí, separar las papeletas por cargos individuales hace que el proceso de recogida sea un poco más complicado, pero multiplica por diez la velocidad del recuento. Mientras no salga nada terriblemente mal, como en las elecciones a tesorero del curso de 2017... –se estremece de pavor ante el recuerdo–, deberíamos conocer los nombres de los ganadores de los distintos cursos en el transcurso de la mañana.

Respira hondo.

–Tened en cuenta que hay cuatro alas en el instituto: Matemáticas, Ciencias, Artes Creativas y Estudios Sociales. Por favor, aseguraos de visitar todas las aulas de todas las alas antes de regresar al auditorio. ¿Alguna pregunta? –Nadie levanta la mano–. Muy bien: pues adelante, jefes y jefas de campaña.

Trish me da un golpecito con el codo para expresarme su estresada solidaridad, antes de bajar junto a Ashtyn por las escaleras laterales del escenario. Las dos escogen una bolsa y desaparecen por la puerta de salida. En menos de un minuto, el número de estudiantes del auditorio se ha reducido a la mitad, y una atmósfera mucho más seria y llena de tensión se adueña del escenario.

Zach, a mi lado, se mece de atrás adelante. Va muy elegante, con un traje de chaqueta de color óxido y una camiseta de estampado floral.

–Blaine –dice al fin, reconociendo mi presencia.

–Zach –contesto, y asiento con la cabeza en su dirección.

Volvemos a quedarnos en un incómodo silencio.

Sin nada más para distraerme de mis nervios y con el tiempo aparentemente congelado, decido hacer cálculos mentales de los votos aproximados que necesitaría para ganar. Desde luego, esto no me ayuda con la ansiedad (que está llegando sin problemas al nivel «al borde del infarto»), pero qué más da. Me estrujo el cerebro tratando de recordar las cifras que me dio Trish durante la segunda preparación para el debate.

Al parecer, este año hay quinientos cincuenta y tres alumnos de cuarto. Según nos explicó Danny, lo normal es que vote la gran mayoría; pero, teniendo en cuenta que algunos no lo harán y que otros tal vez hayan faltado a clase, debería haber unos quinientos votos en total para el presidente del último curso.

Dado que solo hay dos candidatos, necesitaría unos doscientos cincuenta votos como mínimo para ganar.

Por fin, los jefes de campaña comienzan a regresar al auditorio, con las bolsas llenas de papeletas. Trish y Ashtyn aparecen con la suya, y mi presión sanguínea sale disparada hasta la luna. Zach, pálido y sudoroso, parece hecho polvo. Es la primera vez que lo veo así.

Todo el mundo ha votado ya. La campaña ha terminado. La bolsa que acarrean Trish y Ashtyn contiene al ganador de la presidencia de nuestro curso.

El señor Wells les entrega un bloc de notas y un bolígrafo a cada una. Luego las dos avanzan hasta el final del escenario, donde las esperamos Zach y yo.

—¿Estáis preparados, chicos? —pregunta Trish, y deja la bolsa sobre el escenario de madera.

Trago saliva y asiento con la cabeza.

—Vamos allá.

CAPÍTULO 23

Los cuatro nos sentamos en la tarima, alrededor de la bolsa. Trish saca la primera papeleta y la deja en el suelo. Todos la miramos con nerviosismo.

–Zach –dice en voz alta.

El corazón me da un vuelco.

«Venga ya, Blaine», me digo. «No es más que un voto».

Tanto Trish como Ashtyn lo apuntan en sus respectivos blocs de notas.

Ashtyn saca otra papeleta.

–Blaine –lee.

¡Sí!

Vale. Tengo que tranquilizarme de una puñetera vez. Esto es un maratón, no una carrera de velocidad.

El auditorio se queda cada vez más silencioso, a medida que los equipos se van concentrando en sus recuentos. El aire frío y rancio se vuelve tan tenso como la cuerda de un violín. En cierto momento, me pongo en pie y me paseo un poco porque no aguanto más. En serio.

Esto es demasiado.

Echo un vistazo al bloc de Trish, pero está lleno de marcas de conteo y es difícil saber quién va por delante a primera vista. Por el número de veces que he oído decir «Blaine» o «Zach», yo diría que estamos... ¿más o menos igualados? Pero ya tenemos que estar acercándonos al centenar de votos. Después de haber escuchado nuestros nombres tantas veces, sería fácil equivocarme.

–Espera –dice Ashtyn entre dos papeletas–. ¿Y si paramos un momento para contar cuántos llevamos de cada, solo para asegurarnos de que vamos a la par?

–¡Sí! –chillo, y Trish, Zach y Ashtyn me miran fijamente. Me aclaro la garganta–. Creo que sería buena idea, sí.

Trish y Ashtyn se inclinan sobre sus apuntes.

–Yo tengo... –dice Trish, levantando la mirada–. Cuarenta y siete para Zach y cuarenta y cuatro para Blaine.

Ashtyn asiente con la cabeza para confirmar las cifras.

–Eso es.

Joder. La cosa está igualada de narices.

Ahora mismo, podría ganar cualquiera.

Miro de reojo a Zach y lo veo muy pálido. Él responde a mi mirada, pero aparta la vista con rapidez.

Trish y Ashtyn continúan con el recuento.

Voy a beber agua a la fuente que hay detrás del escenario, y después continúo paseándome por ahí. En cierto momento, hago una voltereta lateral junto a un montón de plantas rodadoras falsas que el departamento de teatro utilizó en *Las uvas de la ira*, solo para soltar parte de mi energía nerviosa.

Cuando regreso, la pila de papeletas revisadas es mucho más alta.

—Eh, ¿y si volvéis a contar para aseguraros de que tenéis los mismos números? —pregunto, con la voz una octava más alta de lo habitual.

Trish y Ashtyn se miran y acuerdan que es una buena idea.

Esta vez, tardan mucho más.

—Yo tengo... —dice Ashtyn al terminar—. Zach con ciento sesenta y dos, y Blaine con ciento treinta y nueve.

Un escalofrío me recorre la espalda.

Joder. Me estoy quedando atrás.

Miro a Trish, deseando que haya alguna discrepancia.

Pero ella asiente con la cabeza.

—Yo igual.

Mierda.

Mierda, mierda, mierda.

—¡Voy a por más agua! —anuncio en voz alta, como si a alguien le importara.

Esta vez me ausento un buen rato, porque sé que no es bueno ni para mí ni para Trish que me quede dando vueltas como un buitre a su alrededor.

Un montón de pensamientos comienzan a cruzar mi mente a toda velocidad.

¿Qué pasa si pierdo?

Pero, madre mía, ¿qué pasa si gano?

¿Estará Joey nervioso ahora mismo, preguntándose quién va a ser su sucesor?

En una escala del uno al infinito, ¿cómo de cabreada estará la señora Ritewood conmigo ahora mismo?

¿Le gustaré a Danny tanto como él me gusta a mí?

Mi móvil vibra y me da tal susto que pego un grito ahogado. Bajo la mirada y descubro un mensaje.

TODAVÍA NO SABES NADA????, me ha escrito tía Starr.

No, respondo, con el emoji de una cara sudando.

Pase lo que pase, T QUIERO, responde con una hilera de corazones rosas. *ESTOY MUY ORGULLOSA DE TI.*

Suspiro, con el corazón golpeándome las costillas.

Aunque me da un miedo que me muero, tengo que volver al escenario.

Me acerco a Trish y me doy cuenta de que la pila de papeletas contadas se está empezando a rebelar.

Esta vez, es Zach quien propone otro recuento parcial. Ha recuperado el color y su voz vuelve a ser firme; se ve que su margen creciente lo ha animado.

Trish y Ashtyn se detienen para contar, y su silencio me golpea como una bolsa llena de piedras.

Porque este momento podría ser clave.

Este momento podría decidirlo todo.

A juzgar por la cantidad actual de votos, Zach podría estar rondando los doscientos. Y, si su margen ha aumentado todavía más desde el último recuento, es posible que a estas alturas la distancia sea demasiado grande para que yo pueda cubrirla. Si no he reducido el margen de forma considerable, la votación está decidida.

Hemos llegado a la recta final, está claro.

Para ganar, necesitaría un milagro.

–Vale –dice Trish, mirando fijamente su papel. Se me tensa el pecho–. Yo tengo... Doscientos un votos para Zach y... –Levanta la mirada–. Ciento setenta y dos para Blaine.

Me da un vuelco el estómago.

–Ídem –responde Ashtyn, apenas capaz de contener su júbilo.

Le echo un vistazo a Zach, que se muerde el labio inferior para contener una sonrisa. Está a un tiro de piedra de los doscientos cincuenta votos. Hasta aquí he llegado.

Pero entonces me fijo en Trish.

Esperaba verla tan hecha polvo como yo me siento, pero... ¿no lo está? Mientras Ashtyn se gira hacia Zach para recrearse en su inevitable victoria, Trish me mira con los ojos muy abiertos. Parece que ella sabe algo que yo no sé, y me está pidiendo que no lo dé todo por perdido.

¿Pero qué podría ser ese algo?

¿Qué es lo que ella está viendo y yo no?

–Bueno, me voy otra vez –anuncio mientras me froto las sienes, abrumado–. Me voy a... No sé. Necesito mover las piernas. ¿Podéis avisarme cuando terminéis?

Sin esperar a que respondan, bajo las escaleras laterales y comienzo a pasearme por el fondo del auditorio.

Cada minuto o así suena un gritito en el escenario, cuando alguno de los candidatos o jefes de campaña se da cuenta de que ha ganado. La mayoría de los grupos ya ha terminado el conteo; somos de los últimos que quedan.

–¿Te encuentras bien? –me pregunta el señor Wells al pasar junto a mí, con aire inquieto.

–Sí, sí –respondo, tratando de aparentar calma.

Pero no siento nada de calma. Siento de todo menos calma.

Por fin, mi sufrimiento se termina. Porque lo oigo.

Oigo la mala noticia.

Viene en forma de los gritos de alegría de Ashtyn y la risa de Zach. Dirijo la mirada al escenario y el corazón me da un vuelco. Los dos se han abrazado y dan saltitos de alegría.

Trish sigue en el suelo junto a ellos, con la cabeza gacha.

¿Por qué me miró así antes? ¿Por qué mantenía la esperanza, cuando los números indicaban tan claramente que mis posibilidades de lograr una remontada eran casi inexistentes?

Desanimado, subo las escaleras con lentitud y cruzo el escenario.

–Hola –saludo a Trish.

Ella me mira con los ojos húmedos.

–Zach, doscientos ochenta y seis –dice–. Blaine, doscientos veintitrés.

CAPÍTULO 24

Las últimas semanas pasan por mi cabeza a toda velocidad.

La pesadilla en el Grey Kettle, la euforia de conseguir las cincuenta firmas, mi encontronazo con Joey junto al Fat Banana, el subidón de que me seleccionaran, la catástrofe inicial en el debate antes de terminar por todo lo alto... y ahora, la derrota frente a Zach.

Y no es que me haya ganado por poco.

Esto ha sido una verdadera montaña rusa... con un choque brutal al final.

Trish me agarra del brazo mientras nos acercamos al señor Wells junto Ashtyn y Zach, para entregarle las papeletas y darle las cifras totales. Él las anota en un papel de su carpeta, felicita a Zach con una palmada en el hombro y nos choca los cinco.

—Han sido unas elecciones muy disputadas —dice, y luego, inclinándose hacia mí, susurra—: Lo has hecho muy bien, Blaine.

Trish y yo nos encaminamos como zombis hacia nuestras clases de segunda hora, aplastados por un bajón que lleva un mes entero cocinándose.

La noticia de que Zach ha ganado se extiende con rapidez, y me veo inundado de frases de consuelo por parte de mis conocidos y comentarios de completos desconocidos que quieren darme su opinión sobre lo que ha pasado y por qué. En la clase de segunda hora, alguien que ya se ha enterado de los resultados me informa de que he perdido con un cuarenta y cuatro por ciento de los votos frente al cincuenta y seis de Zach, «una derrota sorprendentemente contundente», tal como me dice antes de pedirme perdón por si me ha sentado mal. A tercera hora, una chica con la que jamás he hablado me explica que podría haber recortado la distancia si me hubiera esforzado más por ganarme el voto del Club de Crímenes Reales.

Sí: el voto del Club de Crímenes Reales.

–Solo era una idea –remacha con suficiencia, antes de centrarse de nuevo en su calculadora.

Tanto Danny como Camilla se enteran de la noticia antes de que tenga oportunidad de escribirles. A la hora de la comida, me llenan de abrazos y tratan de hacerme olvidar mi derrota con memes graciosos, mientras nos hinchamos a patatas fritas y batidos de chocolate. Como esa estrategia no consigue hacerme sonreír, recurren a decirme una y otra vez que he sido un candidato genial. No sé si me lo creo.

Es extraño: ahora que las elecciones han terminado, la pregunta que me carcomía la mañana anterior al debate ha vuelto con fuerza redoblada y gira como un disco de vinilo en mi cerebro. Si en realidad esto ya no iba de recuperar a Joey, ¿por qué me empeñé en ser presidente?

Y si no había una buena razón, ¿a qué viene este bajón por haber perdido?

De pronto, me doy cuenta de que es por haber decepcionado a mi equipo.

Danny lleva días dedicando sus descansos en el trabajo a proporcionarme información sobre el consejo estudiantil que jamás habría conseguido sin él. Camilla se ha pasado las pocas tardes que le dan libres en el museo haciendo de Zach Chesterton malvado durante nuestros ensayos del debate. ¿Y Trish? Jamás había visto apasionarse tanto a mi amiga como lo ha hecho con nuestra iniciativa por el bienestar de Wicker West. Era como su bebé.

Y después está la señora Ritewood. ¿Qué pensará de mí ahora? Por no mencionar al resto de propietarios de negocios cuyos mensajes llevo semanas ignorando, obsesionado por convertirme en un Chico Serio (un intento claramente fallido, me temo). ¿Me habré cargado esos contactos para siempre? ¿Tendría que responderles, a estas alturas?

Lo único que me apetece es irme a casa para enfurruñarme a gusto mientras veo *The Great British Bake Off* en la cama con Fudge, pero Trish decide que tenemos que ir al Biggest Bean después de clase con Danny y Camilla. Tras unos minutos de negativas, acabo por ceder.

Ocupamos nuestro rincón y yo me siento en un puf junto a Camilla, mientras que Danny y Trish se instalan en el sofá.

–Toma –dice Camilla, y me tiende el último trozo de su bizcocho marmolado–. El azúcar cura todos los males.

–Gracias –respondo, negando con la cabeza–. No te preocupes: no tengo hambre.

–Como quieras –contesta, y se mete el bizcocho en la boca.

–Todavía podrías apuntarte para ser miembro del consejo estudiantil, como yo –me sugiere Danny, encogiéndose de hombros y mirando también a Trish y Camilla–. Deberíais apuntaros los tres.

–No quiero sonar como un imbécil –respondo–, ¿pero no podríamos... hablar de cosas que no tengan nada que ver con el consejo estudiantil?

Danny se encoge de hombros. Vale, sí que he sonado como un imbécil.

—Es solo que no quiero pensar más en las elecciones —me justifico.

—Lo entiendo —dice él—. Se acabó hablar de las elecciones, entonces.

Pero, al parecer, ninguno tenemos mucho que decir sobre otros temas, así que los cuatro nos quedamos sentados mirando a la nada. El Biggest Bean está oscuro, tanto como la tarde tormentosa. De vez en cuando entra algún oficinista que pide un café solo y vuelve a desaparecer en la lluvia, pero, por lo demás, el café está tranquilo y silencioso.

Me vibra el móvil con un mensaje nuevo.

Mierda. Tía Starr... Se me pasó por completo contarle cómo han ido las elecciones. Y ahora que he perdido, me da palo compartir la noticia.

Abro el mensaje, dando por hecho que será una petición encarecida de que le cuente lo que ha pasado. Pero, en lugar de eso, pone: *Oye, muñeco, esto qué es?*, junto a una foto de la tarjeta del museo Field. En la parte de arriba, la letra de Camilla dice claramente: «¡Curro ideal para tu tía!».

Joder.

Joder, joder, joder.

Seguro que ha visto la tarjeta sobre mi cómoda cuando entró para recoger a Fudge y salir de paseo con él.

—¿Qué pasa? —pregunta Danny al ver mi cara de pánico.

Me pongo en pie y comienzo a alejarme hacia los tablones de anuncios que hay al otro lado del Biggest Bean.

—Tengo que llamar a mi tía un momento. Está intentando añadir una plataforma de streaming a la tele, o algo así, y necesita ayuda. Ahora vuelvo.

Cuando estoy lo bastante lejos para que Camilla no me oiga, toco el botón de llamada y me llevo el móvil a la oreja, con un desagradable sentimiento de culpa retorciendo mis entrañas.

–¡Hola! –exclama tía Starr al otro lado de la línea.

–Hola –respondo.

–¿Y bien? –pregunta.

Espera. ¿Se habrá enterado de que llevo semanas sin contarle lo de ese trabajo?

Me quedo paralizado.

–Muñeco, no me dejes en ascuas –añade con un suspiro de exasperación–. ¿Cómo han ido las elecciones?

Ah.

Pues claro.

Las elecciones. Me está preguntando por los malditos resultados de las estúpidas elecciones.

–Las elecciones, pues... –Trago saliva–. Te... Te lo contaré todo cuando llegue a casa dentro de un rato.

–Ah. Vale. –Obviamente, puede oír la derrota en mi voz y elige no curiosear–. Bueno: haya pasado lo que haya pasado, tú recuerda que te quiero y que eres genial. ¿Vale?

Es como si el grifo que llena mis entrañas de mala conciencia se abriera cada vez más. Carraspeo, sin saber bien cómo plantearlo.

–¡Por cierto! –exclamo, tratando de inyectar algo de emoción a la llamada–. ¡La tarjeta esa es para ti! Camilla te ha conseguido una entrevista de trabajo.

–¿Una entrevista de trabajo? ¿En el Field? No jodas. ¿Para qué puesto?

–Directora de programas infantiles, o algo por el estilo.

Ella ahoga un grito.

–¿Qué?

–Sí.

–¿En serio?

–Sí. Suena genial.

Se toma un momento para respirar.

–Vale. ¿Qué tengo que hacer, qué tengo que hacer...? –Casi puedo oír cómo su mente hace una lista de tareas–. ¡Puedo enviarles mi currículum hoy mismo! Lo querrán antes de la entrevista, ¿no crees? Bueno, en realidad puedo enviárselo ahora mismo. ¿Y una carta de presentación? ¿Te ha dicho Camilla si hace falta? No importa, les enviaré una, de todos modos. Nunca está de más. Y también...

–Espera un momento. –Trago saliva–. Igual tendrías que mirar en internet para asegurarte de que el puesto sigue disponible.

Se queda callada un momento.

–¿Qué quieres decir?

–Bueno... –Me encojo un poco–. Ya han pasado unos días desde que Camilla me dijo que le mandaras el correo a su jefe.

–Ah.

–O sea... –Me encojo todavía más y cierro los ojos–. Fue hace más de unos días.

–¿Cuándo?

Hago memoria.

–¿Recuerdas la noche que hiciste bocadillos de beicon y huevo para el cenayuno?

–Pues... sí.

–Ese día.

–Ya –responde–. Entiendo.

Uf. Odio esta sensación.

Odio. Esta. Sensación.

—Tía Starr... —añado, devanándome los sesos en busca de alguna excusa—. Siento mucho no habértelo contado antes.

—No pasa nada —dice, pero, por su forma de decirlo, está claro que sí que pasa.

—Se me fue de la cabeza —explico—. He estado muy metido en todo esto de las elecciones y tal. Es solo que... se me olvidó. Me siento fatal.

—No pasa nada, Blaine. De verdad, no pasa nada —repite con amabilidad.

Pero sí, sí que pasa. Claro que pasa.

—Voy a mirar la página web para ver si sigue abierta la oferta —dice—. Nos vemos esta noche, ¿vale?

—¿Estás enfadada conmigo? —pregunto.

Silencio.

Un silencio desgarrador.

Fudge ladra en la distancia.

—Claro que no —responde mi tía por fin—. Jamás podría enfadarme contigo. Nos vemos luego.

Corta la llamada.

Apoyo la cabeza en el tablón de anuncios y cierro los ojos, sintiendo que mi cuerpo rezuma vergüenza por todos los poros.

Tía Starr nunca se había enfadado conmigo. Al menos, no de este modo. A veces discutimos sobre las actuaciones de *Drag Race* o los platos del cenayuno, pero nunca nos hemos mosqueado por nada serio. Como, por ejemplo, la posibilidad de haber arruinado el trabajo de sus sueños.

Regreso con Trish, Camilla y Danny un minuto más tarde.

—¿Va todo bien? —pregunta Camilla.

Los tres me miran fijamente. Tienen que darse cuenta de que me pasa algo.

No me apetece hablar del tema ahora mismo, así que continúo con mi mentira de antes:

–Bah, problemas técnicos con la tele y el wifi. Nada grave.

Camilla y Danny vuelven a su conversación sobre la receta de esos dónuts vietnamitas del Biggest Bean que tienen sésamo por encima. Trato de escucharlos e intervenir de vez en cuando, pero me resulta casi imposible. Al fin y al cabo, no hay uno, sino dos nubarrones negros sobre mi cabeza: me han machacado en las elecciones a la presidencia y le he hecho una faena impresionante a mi tía Starr, todo en las últimas veinticuatro horas.

Está claro que las desgracias nunca vienen solas.

–Las cifras de la votación no tienen sentido –murmura Trish de repente, mirando fijamente a la mesa como si estuviera en trance.

Danny y Camilla se quedan callados.

Los tres nos giramos para mirarla, esperando a que continúe. Pero ella no dice nada más.

–¿Qué? –insiste Danny–. ¿Por qué lo dices?

–No dejo de darle vueltas y... –Trish menea la cabeza–. No sé. Me parece sospechoso.

–Cielo, Blaine ha dicho que quiere olvidarse de las elecciones –le recuerda Camilla–. Déjalo, anda.

–Es que hay algo que no encaja –insiste Trish–. Ashtyn y yo recorrimos las cuatro alas del instituto y...

–Trish –la interrumpo–. Te prometo que podemos hablar de esto mañana o, casi mejor, dentro de diez años. Pero, por favor, hoy no. Ahora mismo no.

Trish se vuelve a hundir en el sofá y se queda en silencio.

Danny se ríe un poco, creo que para aliviar la tensión.

–Blaine, Trish solo quiere ayudar.

—Lo sé —respondo, deseando no haber venido hoy al Biggest Bean—. Pero en este momento no quiero esa ayuda.

Trish, claramente molesta, se pone en pie y se va al baño.

Camilla suspira y se levanta para seguirla.

—Ahora vuelvo.

Danny y yo nos quedamos solos.

—Creo que deberías pedirle perdón —sugiere.

—¿Por qué?

Abre mucho los ojos, sorprendido, como si estuviera clarísimo.

—Acabas de ponerte superborde con ella —dice.

Niego con la cabeza y suelto una risa nerviosa. Él frunce el ceño.

—¿Por qué te has puesto así de repente?

—¿Cómo?

—Has sido muy borde con Trish, y ahora te estás poniendo tontísimo conmigo —me espeta—. No es propio de ti.

—He dicho que no quiero hablar de las elecciones, ¿vale? —digo con rabia, sintiendo que se me tensa la garganta.

Todas las emociones del último mes, coronadas por la vergüenza de que mi tía haya encontrado la tarjeta del museo, están burbujeando hacia la superficie.

—Trish, Camilla y yo no hemos hecho más que apoyarte en toda esta campaña —me recuerda—. Creo que, al menos, nos debes...

—¿El qué?

—No portarte como un imbécil.

—Tú no sabes toda la historia —respondo en voz baja.

Pero ojalá la supiera.

Ojalá supiera lo decepcionado que estoy conmigo mismo por haberlos defraudado a los tres. O lo mucho que me enfada comprobar que Joey tenía razón al decir que yo no tenía ninguna oportunidad de destronar a Zach. O lo desgarrador que es que mi tía sienta que me he olvidado de algo importante para ella.

Pero, si le hablo de ello, si se lo explico todo, sé que acabaré convertido en un charco de lágrimas.

–Pues cuéntamela –me pide Danny.

–Tú llevas un tiempo en el consejo, es cierto. Pero no sabes lo que es perder unas elecciones importantes, Danny.

–Sé muy bien lo que es perder algo importante para ti –afirma–. Es una mierda, sí, pero deberías recordar que tú no eres el único que siente esa pérdida ahora mismo.

–Yo soy el único cuyo nombre estaba en esa papeleta –replico–. Yo soy quien la ha cagado en estas elecciones.

Mis ojos encuentran los suyos. Me mira sin pestañear, como si no reconociera a la persona que hay sentada frente a él.

–Sabes lo mucho que significaba esta campaña para Trish –señala–. Ella también está sufriendo, Blaine. Eres su mejor amigo. ¿Cómo no te das cuenta?

Me trago las lágrimas.

–Bueno... A lo mejor no me habría puesto tan imbécil, como tú dices, si tuviera amigos que fueran sinceros conmigo, en lugar de llenarme la cabeza con mentiras sobre mis posibilidades de vencer a Zach.

–¿Llenarte la cabeza de mentiras? –repite, perplejo–. ¿De qué estás hablando?

–En mi casa, cuando estábamos escribiendo mi discurso –digo rápidamente–, me dijiste que sabías que iba a ganar estas elecciones.

–Entonces..., ¿te molesta que creyera en ti?

–Y esta mañana, cuando íbamos bajo el paraguas, me viniste a decir lo mismo: que esperabas que ganara. –Él niega con la cabeza, desconcertado–. Me molesta que me hayas empujado a meterme en unas elecciones a las que nunca debí presentarme, para empezar –añado, sabiendo que ni siquiera lo pienso de verdad–. He hecho el ridículo, Danny.

–¿Que yo te empujé a meterte en las elecciones? –repite, con las cejas enarcadas por la incredulidad–. ¿En serio? ¡Si fuiste tú quien decidió presentarse para recuperar a Joey! ¿Recuerdas? ¡Me lo dijiste tal cual! Nadie te empujó a meterte en ningún sitio.

No digo nada. Porque, si lo hago, mis ojos explotarán y dejarán el Biggest Bean inundado de lágrimas.

Se pone en pie y se dirige hacia el mostrador.

–Tengo que irme –dice–. Va a empezar mi turno.

Soy lo peor. La escoria más asquerosa de todo el planeta.

Cojo el abrigo y la mochila y me dirijo hacia la puerta. Bao, que está a punto de entrar cargado con varias bandejas de horno, mantiene la puerta abierta para dejarme salir.

–Hola, Blaine.

Tengo que recobrar la compostura.

Vamos, Blaine. Ponte las pilas.

–Hola, Bao –contesto, consiguiendo a duras penas no romperme en un millón de pedazos.

–Por cierto –dice con suavidad, mientras la lluvia golpetea en el toldo sobre nuestras cabezas–, Danny me escribió antes para contarme lo que ha pasado en las elecciones. Lo siento, chaval.

–Gracias. No pasa nada.

–Sé lo mucho que os habéis esforzado todos. Una derrota así puede escocer.

–Ya, sí.

–Entre tú y yo... –Echa un vistazo a su alrededor para asegurarse de que nadie nos oye–. Ha sido genial ver a Danny emocionarse por algo otra vez. Me mataría si supiera que te lo estoy diciendo, pero... –Baja la voz todavía más–. En casa no dejaba de hablar de ti y de las elecciones. Ha sido bonito verlo tan emocionado. –Me sonríe de oreja a oreja–. Mira: aunque hayas perdido, has encendido algo especial dentro de él, de todos modos. Y estoy seguro de que habrá pasado lo mismo con muchos otros compañeros. Eso es importante.

Sus palabras podrían ser un cuchillo atravesándome el pecho.

–Gracias, Bao –es lo único que puedo decir antes de alejarme a toda prisa, abandonándome a la lluvia.

CAPÍTULO 25

La verdad es que no es así como tenía pensado pasar el día después de las elecciones. Fudge está en la cama, acurrucado contra mi espalda. Yo estoy completamente envuelto en las mantas; lo único que sobresale es mi cara y uno de mis brazos, que recorre las publicaciones de Instagram como si tuviera vida propia para dar me gusta a todas las fotos de helados, de cachorros y de Jonathan Van Ness.

Ojalá nuestra iniciativa por el bienestar de Wicker West existiera de verdad, porque ahora mismo me vendría fenomenal. Así podría mandar correos anónimos pidiendo consejo al Buzón de Estudiantes, y pasarme todos los almuerzos de la próxima semana buscando mi paz interior en el Espacio de Calma.

Después de ver el mismo vídeo de una receta de risotto por cuarta vez, me obligo a cerrar Instagram y abro mi correo electrónico. En la bandeja de entrada hay otro mensaje de la señora Ritewood. Se me hace un nudo en la garganta. El asunto es: «Blaine, tengo noticias sobre el mural!», pero estoy tan paralizado por el temor que suelto el móvil sobre el colchón sin abrir siquiera el mensaje. Ya lo leeré mañana. O la semana que viene. O nunca.

Sé que tengo que salir de la cama. Sé que tengo que darme una ducha, ponerme ropa de verdad y tratar de comportarme como una persona normal. Pero todas esas cosas son lo último que me apetece hacer.

Ni siquiera me siento mal por haber perdido, sino por lo terriblemente mal que he encajado la derrota. Me sentía tan avergonzado y frustrado por haber decepcionado a Trish, Danny y Camilla que, en un giro de los acontecimientos brutalmente irónico, descargué esa vergüenza y frustración sobre la gente que menos se lo merecía. Puede que no sea capaz de ganar unas elecciones, pero sí que podría dar una puñetera master class sobre cómo no hay que perderlas. Y, ya que estoy, podría presentarme para impartir la asignatura de Cómo Portarte como un Capullo con tu Tía Favorita.

Apenas han pasado treinta segundos cuando mis dedos empiezan a ponerse nerviosos sin una pantalla por la que deslizarse, así que vuelvo a coger el móvil y entro en Instagram.

La primera imagen que aparece es justo la que menos necesito ver ahora mismo.

Es una publicación de Joey, compartida hace unos segundos. Está de pie en un barco que flota por el río Chicago, con el brazo sobre los hombros de Zach. Los dos sonríen a la luz del sol como si hubieran ganado la lotería, y el reluciente paisaje urbano se eleva tras ellos.

La descripción reza: «Esta mañana he sorprendido a mi novio con un tour arquitectónico por Chicago tras su gran victoria de ayer!!!», junto al hashtag #PresidentesDeCurso.

–Tiene que ser una coña –digo con un suspiro, y tiro el móvil al suelo.

–¿De verdad estamos otra vez así?

Doy un respingo y Fudge suelta un ladrido al mismo tiempo.

Es Trish, que se encuentra en el umbral de mi cuarto con dos vasos de cartón en las manos.

–Estoy teniendo un déjà vu, Blaine. –Hace una pausa y escucha la canción que suena de fondo–. ¿Alguna vez escuchas algo que no sea *Folklore*?

–Taylor Swift me entiende.

Trish pone los ojos en blanco.

Me incorporo un poco y le hago hueco en la cama. Ella se sienta, cruza las piernas y suelta aire, observando mi habitación (que vuelve a estar tan desordenada como en la semana de las vacaciones de primavera).

El silencio comienza a resultar pesado, así que me lanzo de cabeza a lo que tengo que decir.

–Trish –comienzo. Trago saliva y enderezo la espalda–. Siento muchísimo haber estado de tan mal humor en el Biggest Bean ayer...

–No he venido por eso –replica ella, y me pasa el vaso de café moca–. Ya nos ocuparemos de las disculpas otro día.

Doy un sorbo, desorientado.

–Entonces..., ¿quieres ver *The Great British Bake Off* conmigo?

–He venido a hablar de cosas serias, y cada segundo es crucial. ¿Es que no me escuchaste ayer? Las cifras totales no cuadran.

–Ah, sí. Ya casi ni me acordaba.

–Alguien ha trucado la votación.

Cierro los ojos, temiendo el lugar hacia el que se dirige esta conversación.

En cuanto despegó la iniciativa por el bienestar, se hizo evidente que Trish estaba aún más comprometida con estas elecciones que yo. Pero recurrir a teorías conspiratorias para tratar de explicar mi fracaso... Eso ya es de otro nivel.

Vuelvo a abrir los párpados y me esfuerzo por hablar con lentitud.

—Trish, Zach recibió más votos que yo. Así es como funcionan las elecciones.

—Blaine —responde igual de lento—, si vuelves a hablarme como si yo fuera idiota, te quito los auriculares y no te los devuelvo en la vida.

Saca un trozo de papel de su bolso y me lo pone frente a la cara. Le doy la vuelta para ver su contenido.

—Un mapa del instituto. —Miro a mi amiga—. Esto... ¿Gracias?

—Mira las clases del ala de Artes Creativas, idiota. —Señala la esquina superior izquierda, donde hay varias aulas señaladas con los nombres de las asignaturas que se imparten en ellas.

—¿Y...?

—Piensa en esas clases.

—Pues... Sí, son clases de artes —contesto hecho un lío—. Creo que hay algo que no estoy pillando.

—Banda de música, teoría musical, escritura creativa, teatro, fotografía, historia del arte y unas cuantas más. ¿Quién va a esas optativas?

Me lo pienso.

—Bueno, no hay ahí muchos futuros estudiantes de económicas. Es gente artística, como yo.

Trish asiente con la cabeza.

—¿Y tú crees que un montón de gente artística podría ser fan de Zach Chesterton? —pregunta.

—No creo, la verdad.

Vuelve a coger el mapa del instituto.

–Cualquiera supondría que tú ganarías en esas clases, y además por un gran margen, ¿verdad?

–Nunca había pensado en ello, pero supongo que sí.

–No te lo había contado porque no quería que me llamaras exagerada. –Hace una pausa tímida–. Pero, en la semana previa a las elecciones, fui por ahí preguntando a nuestros compañeros a quién pensaban votar, si a ti o a Zach. A ver, tampoco es que apuntara las respuestas ni nada; solo quería hacerme una idea de qué alas del instituto eran tus puntos fuertes o débiles, por si merecía pegar carteles en los sitios donde te vendría bien un empujón.

–Hala –digo con media sonrisa–. Un poco exagerado sí que es, ¿no?

–Cállate, Blaine. He sido una jefa de campaña de la hostia. Bueno, a lo que iba. –Sorbe por la pajita–. Aunque la encuesta que hice fue de todo menos seria, por lo que me dijeron, estaba clarísimo que ibas a ganar en el ala de Artes Creativas. O a arrasar, más bien. La gente de esas asignaturas estaba deseando perder de vista a Zach y darte una oportunidad a ti.

–Pues... ¿guay, supongo?

–De cada cinco personas a las que pregunté, yo diría que cuatro apostaban por ti o, al menos, te miraban con simpatía. Eso es el puñetero ochenta por ciento, Blaine. Las otras alas se acercaban mucho más a un cincuenta-cincuenta, pero Artes Creativas no.

–¿Adónde quieres ir a parar? –pregunto mientras acaricio la cabeza de Fudge.

–Ashtyn y yo recogimos los votos del ala de Artes Creativas en primer lugar, lo que significa que todas las papeletas de esas clases estaban en el fondo de la bolsa. –Me mira como si ya tuviera que haberlo entendido–. Y eso quiere decir que los últimos votos que contamos tendrían que haberse inclinado de forma desproporcionada en tu favor. Tendrías que haber recibido la gran mayoría de ellos.

Un momento...

–¡Aaah! –exclamo–. Por eso me miraste así al final de la sesión de recuento: pensabas que aún podíamos hacer una remontada de última hora.

–Eso es. –Suelta un suspiro de alivio–. Por fin lo entiendes.

–No sé yo, Trish...

–¿Cómo que «no sé yo»?

Me encojo de hombros.

–Es una buena teoría, pero me parece poco creíble.

Me mira boquiabierta.

–Blaine –dice–: Zach amplió su margen en los últimos ciento y pico votos que contamos, unos votos que tenían que venir principalmente de las clases de disciplinas artísticas. –Sacude la cabeza–. ¿De verdad no te parece extraño?

Pues sí, pero no quiero meterme en eso ahora mismo.

Perder ante Zach, y hacerlo por un margen tan significativo, ya ha sido lo bastante vergonzoso. No quiero ni pensar en ir al instituto el lunes para pedirle al señor Wells que haga un segundo recuento, basándome en una teoría conspiratoria construida sobre las sospechas de mi jefa de campaña. Me mandarían a casa pensando que me he vuelto loco.

–¿No podemos esperar? –pregunto, sin tener muy claro cómo manejar esto.

Ella me mira con los ojos desorbitados.

–¿Esperar? ¿Hasta cuándo?

–No lo sé.

–¿Es que no me crees?

—No es eso, Trish. Es solo que... —Me detengo a pensar—. No tengo claro qué podríamos hacer a estas alturas.

—¿Preguntarle al señor Wells? ¿Enfrentarnos a Zach? ¿Exigir ver las papeletas de nuevo para buscar algo sospechoso? —Se pone en pie—. No sé, solo son tres ideas que se me ocurren a bote pronto.

—¿Ver las papeletas de nuevo? Yo te quiero, Trish, ¿pero tú te estás oyendo?

Agarra su bolso y echa a andar hacia la puerta, furiosa.

—¡Espera! —la llamo, sintiendo que lo acabo de empeorar todo—. ¡De verdad que siento haber actuado así ayer en el Biggest Bean!

Trish se detiene en la puerta.

—Como amiga tuya, quería que ganaras —me dice—. ¿Pero quieres que te diga la verdad? Me importaba todavía más que la iniciativa por el bienestar se convirtiera en una realidad. Porque sé que podría cambar las cosas de verdad, Blaine. —Traga saliva—. Y creo que tú has sido demasiado egoísta para ver su potencial.

—Trish...

Pero ella ya ha salido de mi habitación.

CAPÍTULO 26

El lunes llega después de un largo fin de semana en el que apenas salgo de la cama. No tengo ninguna gana de ir a clase, pero mis padres se han puesto firmes, como ellos dicen.

–Tú intenta superar el día, hijo –dice mi madre, y me da un beso en la cabeza mientras engullo mis cereales azucarados en la isla de la cocina. Luego, desaparece por la puerta de camino al hospital.

Un minuto más tarde, mi padre hace una pausa en su conversación telefónica para susurrarme:

–Tú puedes.

Y se marcha también.

Tía Starr entra en la cocina con su bata puesta y un cuenco de rodajas de pomelo en la mano.

–Hola –dice.

–Hey –respondo.

Los dos nos hemos pasado el fin de semana tratando de actuar con normalidad, como si yo no hubiera herido sus sentimientos al cargarme una increíble oportunidad laboral. Pero nos resulta difícil; a ninguno de los dos se nos da bien ignorar las verdades incómodas. Sobre todo, cuando están relacionadas con el otro.

—¿Alguna noticia sobre el trabajo del Field? —le pregunto, tratando de sonar optimista.

Ella deja el cuenco en el fregadero y se gira hacia mí, con una mano en la cadera.

—Bueno, todavía no me han respondido. Pero no les escribí hasta el viernes por la tarde, así que es posible que no hayan leído el correo todavía. —Cruza los dedos—. Esperemos que me llegue pronto una buena noticia...

Levanto la mano y cruzo los dedos yo también.

—Seguro que sí. Tía Starr... —la llamo al ver que tiene intención de marcharse, y ella se detiene y se da la vuelta—. De verdad que siento mucho no haberte contado antes lo del trabajo —insisto—. Me siento fatal.

Ella niega con la cabeza y esboza una sonrisa.

—Blaine, te aseguro que lo entiendo: tienes demasiadas cosas en la cabeza. No te preocupes.

Se marcha y Fudge sigue sus pasos.

Pero sí que me preocupo. Y sí que me siento fatal.

Termino de desayunar y me marcho al instituto. Hace tres días, este camino parecía muy diferente, cuando estaba cobijado bajo el paraguas de Danny y tenía la esperanza de convertirme en el presidente del último curso. Pero ahora, lo único que puedo hacer es reflexionar sobre lo egoísta que he sido desde que decidí presentarme a esas malditas elecciones.

Estaba tan centrado en ganar que no fui capaz de ver lo mucho que le importaba a Trish la iniciativa por el bienestar. Estaba tan decidido a recuperar a Joey que no pensé en lo generoso que había sido Danny al dedicar tanto tiempo y energía a mi campaña. Y estaba tan empeñado en quedarme a tía Starr para mí solo que tal vez me haya cargado la mejor oferta laboral que ha recibido jamás.

–Hola –digo al ver a Trish junto a su taquilla.

–Hola.

Por su tono, está claro que no quiere tener nada que ver conmigo.

–Lo siento. –Meto los pulgares entre las correas de la mochila y mi pecho, meciéndome de atrás adelante con nerviosismo–. He sido un idiota...

–Da igual –dice ella. Cierra la taquilla y se marcha a toda prisa.

No, ni de coña da igual.

Echo a andar tras ella y me esfuerzo por mantener su ritmo.

–¿Podemos hablar?

–No sé si hay nada de lo que hablar.

–Pero... es que yo creo que tenemos mucho de lo que hablar.

–¿No podemos esperar? –me espeta, utilizando la misma frase que usé yo para rechazar su teoría de los votos amañados.

Trish dobla la esquina y consigue escapar, mientras yo boqueo como un pez fuera del agua tratando de encontrar una respuesta.

Al igual que pasa con mi tía, es extremadamente raro que Trish se enfade de verdad conmigo. Pero, a diferencia de mi tía, cuando eso ocurre, a Trish no le da ningún miedo demostrarlo.

La taquilla de Danny me pilla de camino a clase de arte, así que decido pasarme por allí con la esperanza de reparar al menos una amistad dañada. Pero, antes de llegar, veo que está charlando con un compañero del consejo estudiantil, y no quiero interrumpirlos con mi disculpa.

Se ve que el día de hoy está destinado a ser una mierda.

A la hora del almuerzo, Camilla es la única sentada en nuestra mesa habitual. No tengo muy claro si se habrá puesto oficialmente del lado de Trish, así que me acerco con cautela. Sin embargo, me recibe con una sonrisa. No soy capaz de describir lo mucho que me consuela seguir teniendo al menos una amiga que no me odia a muerte.

–Bueno –digo con un suspiro, tras sentarme frente a ella con mi trozo de pizza de pepperoni–. ¿Tú no estás enfadada conmigo?

–Yo jamás podría enfadarme contigo –responde, y le da un sorbo a su té verde–. Espera, eso no es verdad. Desde luego que podría. Pero ahora mismo no.

–Trish no me quiere ni ver, ¿verdad? –pregunto, y miro a mi alrededor para ver si está en la cafetería.

–Está recuperando un examen.

–¿Has visto a Danny?

Camilla frunce un poco el ceño y niega con la cabeza.

–No sé por dónde puede andar.

–Camilla, el otro día en el Biggest Bean me porté como un cretino. –Ahora mismo, no quiero gastar aliento en nada que no sea una disculpa–. Estaba enfadado por haber perdido y lo pagué con vosotros tres. Lo siento muchísimo.

Ella levanta el puño para que se lo choque y yo lo hago con suavidad.

–Sí, te pusiste muy gilipollas –asiente–. Pero lo entiendo: el viernes fue horrible.

–Y ni siquiera conoces la otra parte horrible de ese día –admito, sintiendo que se me calienta la cara–. Soy tan gilipollas que se me olvidó contarle a mi tía lo del trabajo en el museo Field que me dijiste. Y ella encontró la tarjeta de visita mientras estábamos en el Biggest Bean.

Me mira atónita.

–¡Tío!

–Lo sé.

–¡Le dije a mi jefe que estuviera pendiente por si le llegaba el correo!

–Lo siento.

–Yo también me juego el culo con esto.

–Lo sé, lo sé. –Tengo el estómago revuelto por la mala conciencia–. La he cagado. Soy lo peor. Lo siento.

Se queda callada y respira hondo, como si quisiera contener su enfado.

–Bueno –dice al fin–. Ahora sí que habrá escrito, ¿no?

–Sí.

Exhala un suspiro tan fuerte que la gente de la mesa contigua se vuelve para mirarla.

–Bien. Sé que todavía están buscando candidatos, así que no debería haber problema.

–Espera, ¿en serio? –Siento cómo el pecho se me destensa por el alivio–. ¿Estás segura?

–Sí. Les está costando encontrar a una persona que encaje bien con lo que piden, pero tu tía les va a encantar, estoy segura. –Le da otro sorbo a su té–. ¿Te puedo preguntar una cosa?

–Claro.

–¿De verdad se te olvidó contarle lo del trabajo, o es que...? –Inclina la cabeza hacia un lado, como si yo tuviera que saber a qué se refiere.

–¿Eh?

–¿De verdad no lo hiciste a propósito?

El corazón se me acelera.

–¿Por qué iba a hacer eso?

Inclina la cabeza todavía más.

–Blaine..., venga ya.

La miro fijamente, con los ojos entrecerrados.

Ella hace lo mismo conmigo.

Me ha pillado.

–Vale –suspiro–. ¿Cómo lo has sabido?

–Eres más transparente de lo que piensas. –Le da un golpe juguetón a mi bandeja–. No me extraña, la verdad; entiendo perfectamente que prefieras que tu tía no encuentre trabajo. Si lo hiciera, se iría de tu casa, y es la mejor compañera de piso del mundo.

–¿A que sí?

–Hace unos cenayunos increíbles, es graciosísima y siempre está ahí para apoyarte –enumera Camilla–. Yo también estaría fatal si pensara que voy a perderla de vista.

Oír cómo Camilla valida mis sentimientos es como un abrazo. Porque sí, es cierto: he sido increíblemente egoísta al ocultarle a mi tía lo del trabajo. No lo puedo negar. Pero lo hice porque significa muchísimo para mí. Lo hice porque tengo miedo de perderla.

A lo mejor también tendría que contarle todo esto a tía Starr.

–¿Se ha enfadado porque no se lo dijeras? –me pregunta Camilla.

–Sí, creo que sí.

–Tú explícale por qué lo hiciste –responde ella, como si fuera lo más fácil del mundo–. No creo que se le pase el enfado por eso, pero al menos lo entenderá.

–Cierto. Pero luego está lo otro, Trish... –Inflo las mejillas y suelto aire con lentitud–. Tu novia me ha dejado muy claro que no está contenta conmigo.

—Y con razón —añade Camilla, levantando una ceja.

—Lo sé, lo sé.

—No te preocupes. —Arranca una esquina de mi pizza—. Solo necesita un poco de tiempo.

—Creo que subestimé lo mucho que le importaba la iniciativa de la salud mental. Sabía que estaba emocionada, pero no me di cuenta de lo comprometida que estaba con ello.

—Sí. —Se mete el trozo de pizza en la boca—. Trish es un anquilosaurio.

—¿Un qué?

Se toma un momento para masticar.

—Un anquilosaurio. Es una especie de dinosaurio que está cubierto de placas acorazadas: la peor pesadilla de un depredador. —Hace una pausa para pensar—. Imagina una tortuga, pero en versión dinosaurio gigante. Eso es un anquilosaurio, básicamente.

—¿Trish es una tortuga gigante? —La miro arqueando una ceja—. No sé si le haría mucha gracia esa descripción, Camilla.

—Eh, que yo se lo digo a la cara todo el rato. —Arranca otro trozo de mi pizza—. Lo que quiero decir es que es precavida. Siempre lleva una coraza puesta. Y tú, que eres su mejor amigo, lo sabes muy bien.

—Sí.

—Por eso le costó tanto reconocer lo de su depresión y hablar con el orientador —continúa—. Trish es la persona más sincera del mundo con las cosas tontas, las que no importan mucho.

—Es cierto, sí.

—Pero luego, con las cosas difíciles... Las cosas que la hacen sentirse vulnerable... En fin, necesita masticarlas. Y creo que eso es lo que ha pasado con la campaña. —Moja la pizza en la tarrina de salsa marinara de mi bandeja–. Yo me daba cuenta de lo mucho que le importaba la iniciativa por el bienestar. Pero creo que tú no te diste cuenta porque estabas demasiado concentrado en ganar las elecciones.

–Ya...

Le doy un par de vueltas a la idea. Es cierto: Trish tiene la piel dura y se guarda muchas cosas dentro. Pero, si miro más allá de su caparazón, me resulta fácil ver por qué este rasguño en su cuerpo de tortuga le ha dolido tanto... y qué he hecho yo para provocarlo.

Camilla se deja de tonterías y agarra directamente el resto de mi porción.

–Pero no te agobies demasiado, Blaine –añade con la boca llena–. A los anquilosaurios les hace falta tiempo, nada más.

CAPÍTULO 27

Después de las clases, llego a casa sabiendo lo que tengo que hacer. Subo las escaleras hasta la habitación de invitados y entro después de dar unos golpecitos en la puerta.

Parece que haya pasado por aquí un maldito tornado.

Hay montañas de ropa desperdigadas y torres de libros a punto de derrumbarse por todas partes. Sobre la cama veo una maraña de perchas, tan enredadas que casi parecen alambre de púas. Aunque mi tía solo lleva unos meses viviendo con nosotros, al ver esta escena cualquiera pensaría que está vaciando su habitación de infancia por primera vez.

–Hola –dice al verme–. ¿Qué tal el día?

–Eh... –Me acerco y me siento en el suelo, frente a ella–. Dejémoslo en que he sobrevivido.

–Así me gusta: el vaso medio lleno. ¿Me alcanzas eso? –Señala una caja de color turquesa que se encuentra sobre una montaña de sujetadores, detrás de mí.

Me estiro para cogerla y miro en su interior. Contiene no menos de treinta frascos de esmalte de uñas.

–Gracias –dice, agarrando la caja para vaciar su contenido en otra todavía más grande.

–¿Qué haces? –pregunto, mirando a mi alrededor.

Ella hace una pausa para imitarme.

–He pensado que tendré que irme de aquí tarde o temprano, ya sea la semana que viene o dentro de seis meses. –Sopla para apartarse el flequillo de la cara–. Me vendría bien empezar a organizarme.

Asiento con la cabeza, casi seguro de que yo soy el responsable de esto.

Está deseando hacer las maletas y largarse de aquí, y todo gracias a mí.

–Tía Starr, yo...

Ella levanta un dedo.

–Antes de que vuelvas a pedirme perdón, porque sé que eso es lo que estás a punto de hacer –dice con una pequeña sonrisa–, deberías saber que me han llamado del museo.

–¿En serio?

–Sí. Y tengo una entrevista esta semana. –Su sonrisa se hace más amplia–. Crisis evitada.

Suelto aire y me recuesto en un montón de cojines.

–No tienes ni idea del miedo que me daba haberte estropeado esa oportunidad. Siento mucho que...

–Blaine. –Me apoya una mano en la mejilla–. Basta. De. Disculpas. ¿Vale?

–Vale. Lo sient... Quiero decir que... Vale.

–A todos se nos olvidan cosas de vez en cuando, muñeco. Todos somos humanos.

Suspira, se inclina sobre la caja donde ha echado los esmaltes de uñas y se pone a organizarla. La habitación se queda en silencio.

Es ahora o nunca. Si no me sincero con ella sobre lo que ha pasado, jamás podré perdonármelo.

–Tía Starr –digo, vacilante–. ¿Me matarías si te dijera que, técnicamente, no se me olvidó contarte lo del trabajo?

Ella tira un esmalte de uñas a la papelera antes de mirarme.

–¿Estás diciendo que lo hiciste a propósito?

La miro encogiéndome un poco, sin saber cómo va a responder.

–Ajá –añade, frunciendo los labios–. Me lo suponía.

Ahogo un grito y ella suelta una carcajada.

–Pero... ¿Pero por qué ibas a pensar que yo haría algo así? –le pregunto ofendido, y ella se ríe todavía más fuerte.

–¡Si acabas de confesarme que lo has hecho! –exclama.

Vale, sí, es verdad. Pero hubiera preferido verla sorprendida de saber que he sido capaz de hacer algo tan egoísta, que puedo ser tan gilipollas.

–Si quieres, te digo por qué creo que no querías que consiguiera ese trabajo –me propone, y yo asiento con la cabeza–. Diría que lo has hecho porque... porque no querías que me marchara de aquí. –Vuelvo a asentir–. Porque, si me voy, eso significa que volverás a pasarte las tardes solo. Que nos veremos menos, porque yo estaré ocupada y tú también lo estarás, y la vida se nos pondrá en medio. Y que dejaremos de cenayunar tan a menudo, y no podremos hacer el vago viendo películas y comiendo guarrerías todos los fines de semana.

Los ojos se me humedecen.

–A lo mejor es algo parecido, sí.

–Ya –asiente ella–. No creas, a mí también me pasa.

Fudge entra en la habitación despacito y, después de dar un par de vueltas frente a nosotros, se desploma en un espacio vacío entre dos montañas de libros. Apoya la cabeza sobre la alfombra y suelta un largo suspiro, como si él también supiera que los días de mi tía aquí están contados.

—Lo creas o no, los pocos meses que he podido pasar aquí contigo han sido de los mejores de mi vida —afirma ella.

Pongo los ojos en blanco y sonrío.

—Vale.

—Lo digo en serio.

—No hace falta que digas eso para consolarme.

—No es por eso, Blaine. Me ha encantado cada minuto que he pasado contigo. —Mira hacia Fudge, que está adormilado—. Y también contigo.

Me echo para atrás y apoyo la nuca en la blandura del edredón.

—No es que quisiera que estuvieras en paro para siempre —aclaro—. Es solo que sabía que, en cuanto encontraras un trabajo, te irías de aquí. Y, como mis padres pasan tanto tiempo fuera... —Me encojo de hombros—. Me alegra tenerte por aquí, eso es todo.

Traga saliva y me mira, como si quisiera pensar bien sus próximas palabras.

—Bueno. —Hace otra pausa—. En primer lugar, sé que es un rollo que tus padres no estén mucho en casa. Pero intenta ser paciente con ellos, ¿vale? Hazlo por mí. Tú eres su prioridad absoluta, aunque a veces te resulte difícil darte cuenta. —Toma aire—. Y, en segundo lugar, a mí también me ha encantado pasar tiempo contigo. Me ha dado la vida, sobrino.

Noto que empiezo a ponerme rojo.

—Sí —continúa mi tía, examinando la etiqueta de una vela vieja y ennegrecida—: desde que me despidieron, he tenido bastantes bajones. Estar en paro no es divertido, ¿sabes? La mayor parte del tiempo me sentía como una auténtica fracasada. —Hace una pausa—. Pero tú eras mi luz, Blaine.

No sé qué decir.

—¿Y sabes qué? —continúa—. Ahora que lo pienso, oíros hablar del rollo ese del bienestar...

—La iniciativa por el bienestar.

—Eso, la iniciativa por el bienestar. —Se queda pensativa, con los labios fruncidos—. Oíros hablar de eso me recordó que tenía que respirar hondo. Tratarme mejor, dar las gracias por las cosas sin las cuales no podría vivir... Como tú, por ejemplo. —Me revuelve el pelo—. ¿Entiendes lo que digo?

Desde luego que sí.

—Pero tengo que empezar un nuevo capítulo —dice mientras coge otra vela para examinarla—. No puedo esconderme en la habitación de invitados de mi hermana para siempre, ni vivir la vida a través de mi sobrino adolescente y sus amigos. —Sonríe—. Por muy divertido que sea sentir que vuelvo a tener dieciséis años, yo...

Me siento y me inclino hacia delante para abrazarla.

Necesito un abrazo.

Creo que la pillo con la guardia baja, porque, durante un segundo, se queda paralizada. Pero entonces siento cómo la suavidad de su bata me rodea la espalda y me estrecha con fuerza.

—Vas a estar bien sin mí, Blaine —me susurra—. Vas a estar mucho mejor que bien. Vas a brillar.

—Pero todos mis amigos me odian —digo, sintiendo que una lágrima se me escapa por fin—. Bueno, menos Camilla. Pero Danny y Trish están furiosos conmigo.

—Eh, deja de decir esas cosas —me reprende—. No te odian.

Me echo hacia atrás para mirarla, y me reconforta ver que ella también tiene los ojos húmedos.

—Las amistades son un poco como... —Mi tía mira al techo; creo que está improvisando sobre la marcha—. Como los jardines. Tienes que cuidarlos todos los días. Puede que una planta se marchite, pero eso solo significa que hay que darle un poco más de agua y de luz. Dales a Trish y a Danny un extra de cariño y las cosas se arreglarán solas.

–Ya...

Ojalá pudiera arreglar las cosas con mis amigos echándoles un cubo de agua por encima.

Un momento.

–Madre mía –digo con voz ahogada, y mi tía da un respingo.

–¿Qué?

–Tengo que irme.

Me mira con la cabeza inclinada, perpleja. Yo me pongo en pie de un salto.

–¡Te quiero!

–Vale, ¡pero sea lo que sea, ten cuidado! –grita mientras bajo los escalones de dos en dos–. ¡Yo también te quiero, muñeco!

Me pongo los zapatos y salgo a la calle de estampida, furioso conmigo mismo por no haber pensado antes en esto. Unos minutos más tarde, me acerco a hurtadillas al escaparate de cristal del Biggest Bean y echo un vistazo al interior. El café está casi vacío. No veo a Danny por ninguna parte, pero su padre está ante la caja registradora.

Entro.

–Hola, Bao –susurro, caminando de puntillas hacia el mostrador–. ¿Está Danny por aquí?

–Hola, Blaine –me saluda, colocando una bandeja de brownies antes de mirarme con aire de sospecha–. Los lunes siempre son tranquilos, así que le he dado la tarde libre. ¿Por qué hablas en voz baja?

–Puede que te suene extraño, pero... –Miro a mi alrededor para estar seguro al ciento cincuenta por cien de que Danny no anda por aquí cerca–. ¿Tienes alguna foto de tu mujer que puedas prestarme?

–¿Una foto de mi mujer? –repite, como si pensara que ha oído mal.

–Eso es.

–¿De la madre de Danny? –insiste.

Asiento con la cabeza y Bao frunce el ceño.

–¿Puedo preguntar para qué?

Me inclino sobre el mostrador y le cuento mi idea, rogando para mis adentros que no suene como una locura al explicarla en voz alta.

–¿Qué te parece? –le pregunto, dudoso, al terminar.

Él fija la mirada en la hilera de plantas suculentas de Danny, inexpresivo.

Mierda. A lo mejor me he pasado. Aunque llevo años visitando el Biggest Bean, no diría que tengo confianza con Bao. Nuestra relación consiste básicamente en saludos amistosos y pedidos de café moca. ¿Habré ido demasiado lejos?

Aparta la mirada de las suculentas y se vuelve hacia mí con un brillo en los ojos.

–Me encanta esa idea. Vamos a hacerlo.

Noto que los labios se me estiran en una sonrisa de oreja a oreja.

–¿Estás seguro?

–Desde luego –asiente.

Desaparece en la trastienda y yo me quedo ahí plantado, con un cosquilleo que me recorre de la cabeza a los pies. Un momento más tarde, sale y me entrega una foto.

La señora Nguyen, que debe de tener unos treinta años en la foto, parece radiante y llena de vida. Sus labios están entreabiertos en una carcajada. En el momento de hacer la foto debía de soplar la brisa, porque tras ella flotan varios mechones de pelo largo y oscuro, y, además, se sujeta con una mano el sombrero hongo que lleva puesto.

En sus ojos hay la misma dulzura que veo en los de Danny.

–Era muy guapa –digo, sonriendo a la foto.

–La verdad es que sí –asiente Bao con nostalgia–. Es mi foto favorita de ella. La tengo sobre mi escritorio.

El encuadre enmarca el torso de la señora Nguyen. Parece estar sentada en los escalones de un porche, pero el fondo borroso es lo de menos. Lo que importa es su rostro, claro y nítido, y la forma en que cada uno de sus rasgos irradia alegría.

–¿Te servirá? –me pregunta Bao.

Mi cerebro trabaja a toda máquina, imaginando el potencial de esta imagen.

–¿Te importa que le haga una copia? Es mucho más fácil con una foto física como referencia.

–Hazla, claro. ¿Cuándo puedes empezar?

Me lo pienso.

–¿Qué te parece... ahora?

Él se frota las palmas, emocionado.

–Fantástico.

Miro fijamente los brownies durante un segundo, tratando de poner en orden mis pensamientos.

–¿Podrías...? ¿Podrías pedirle a Danny que se pase por aquí dentro de un par de horas? Así podría mostrarle en directo lo que tengo en mente.

Bao asiente con la cabeza.

—Genial —digo, mientras siento que la inspiración gira como un torbellino dentro de mí. No me sentía tan emocionado desde la última vez que trabajé en la Papelería de Susan, hace unas semanas—. Enseguida vuelvo.

Voy corriendo a la copistería que hay al final de la manzana para hacer una reproducción de la foto, y después vuelvo a casa tan rápido como puedo. Tía Starr, que se está tomando un descanso amenizado con mantequilla de cacahuete, suelta un chillido de sorpresa mientras atravieso la casa y me dirijo al cobertizo de mi padre, en el jardín de atrás. Abro las puertas de golpe y el olor me golpea con fuerza. Serrín, pino y el sutil aroma del musgo... No me había dado cuenta de lo mucho que lo había echado de menos hasta este momento.

Este aroma significa que un nuevo mural está en marcha.

Quiero coger todos y cada uno de los botes de pintura que hay alineados frente a la pared y darles un abrazo.

—Os he echado de menos —digo. Sí, sé que estoy saludando a unos objetos inanimados, pero me da igual.

Compruebo que tengo todo lo necesario —cubos, pinceles, brochas, rodillos, cajas, lonas y muchas cosas más—, mientras me pregunto cómo demonios pude convencerme de que convertirme en un Chico Serio al estilo Joey era mejor que esta felicidad en estado puro.

Por fin, escojo las cosas que necesitaré hoy (cinta, un cuaderno de bocetos y lápices, una cinta métrica, una regla y una escalera de mano pequeña) y vuelvo a atravesar la casa con ellas.

—¿Qué narices está pasando? —me pregunta la tía Starr, con una cuchara llena de mantequilla de cacahuete a medio camino de la boca. Fudge, a su lado, ladra para que le deje dar un lametón.

—Tengo una idea para un mural en el Biggest Bean.

Ella abre mucho los ojos.

–Madre. Mía.

Ya en el jardín delantero, lo meto todo en mi carrito y vuelvo al café. Aparco el carrito en el lateral del edificio y contemplo el enorme muro de ladrillo que hay frente a mí.

Primero lo primero: calculo las proporciones que quiero que tenga el mural, así como su ubicación exacta. Como la foto de la señora Nguyen es vertical, decido ir a por unas dimensiones de dos metros y medio de alto por dos de ancho. Trabajar con una fotografía me facilita muchísimo esta parte del trabajo, porque así puedo calcar fácilmente el contorno de la señora Nguyen en una hoja de papel.

Después, enmarco el dibujo en una cuadrícula de cinco centímetros por cuatro, que es la proporción que quiero dar al mural. En la obra definitiva, cada cuadrado medirá medio metro de lado. Me subo a la escalerilla y marco el contorno del mural con cinta adhesiva, para hacerme idea de si el tamaño encaja bien en este espacio. Me parece que sí.

Doy un paso atrás para imaginármelo... y, de pronto, me entra el pánico.

Estoy dando por hecho que a Danny le va a gustar esto. ¿Pero qué pasa si no es así? ¿Y si el mural produce el efecto contrario? Durante todo el tiempo que Joey y yo estuvimos juntos, me daba la impresión de que le gustaba lo que yo hacía... hasta la noche del Grey Kettle, cuando me confirmó a las claras que mi trabajito nunca le había hecho ninguna gracia.

Después de todo, Danny me llamaba «el chaval de los murales». ¿Se tomará mi trabajo como un gran chiste?

–¿Te apetece algo para picar, Blaine? –Es Bao, que se acerca con una galleta de canela y un vaso de agua con hielo–. Invita la casa.

–No podría decir que no –respondo. Cojo la galleta y me la como casi entera de un mordisco; está deliciosa.

–Danny acaba de llegar. Está en la cocina –añade.

–Ah.

–¿Le pido que salga?

–Sí –respondo, tragándome los nervios.

Él sonríe y vuelve a desaparecer dentro del café.

Un minuto más tarde, oigo el tintineo de la puerta de entrada y Danny dobla la esquina. Lleva una sudadera gris, unos pantalones de baloncesto y unas zapatillas de un blanco reluciente. Está increíblemente mono. Como siempre.

–Eh... –Me mira y luego mira la escalera, perplejo–. Mi padre dice que querías enseñarme algo.

Doy un paso hacia él y señalo la pared, donde la cinta adhesiva marca el rectángulo en el que quiero hacer el mural.

–Si te parece bien, me encantaría pintar aquí un retrato de tu madre –digo mientras le muestro la foto que me ha dado Bao.

Se queda callado, mirando de la foto a la pared y vuelta.

–No voy a copiar el fondo de la foto, porque es un poco aburrido y, de todos modos, está desenfocado –añado–. Pero estaba pensando que a lo mejor podía llenar el espacio de detrás con un diseño floral. –Sigue sin decir palabra, así que continúo hablando–. De modo que ella aparecería riéndose en primer plano, delante de un montón de flores y plantas coloridas. Me gustaría que me ayudaras a elegir cuáles, si te apetece.

Sus ojos recorren la superficie de ladrillos. Este silencio me está matando.

–Me dijiste que os ocupabais de vuestras plantas juntos, así que pensé que.... No sé, que sería una forma chula de recordarla –añado–. Y tu padre me ha dicho que debajo del mural hay suficiente espacio para que plantes un jardincito... Si quieres, claro.

Abre la boca como si fuera a decir algo.

Y la vuelve a cerrar.

–Además... –Trato de llenar el vacío, porque al parecer él no va a hacerlo–. Siento mucho lo del viernes, Danny. Estaba de un humor horrible por las elecciones y lo pagué contigo y con Trish, pero no debería haberlo hecho. Sé lo mucho que te importaba esta campaña, y he sido un...

–Mira, Blaine –me interrumpe, agachando la cabeza–. Creo que te he estado mandando señales falsas.

Me tenso y él se acerca un poco más a mí.

–Con todo el lío de la campaña, creo que mis emociones me han superado, y quizá te haya parecido que quería que fuéramos más que...

–¿Amigos?

–Bueno, sí.

El corazón me da un vuelco.

–Ya, entiendo.

–¿Lo entiendes?

Para nada. En absoluto. Ni de coña.

–Supongo que sí –respondo.

–Salí del armario el año pasado –continúa–, pero aún no he salido con ningún chico. Todo es muy... Creo que me cuesta eso de caminar por la línea que separa ser amigos de ser algo más.

Trago saliva.

–Ajá.

Se mete las manos en los bolsillos con torpeza y contempla el solar.

–Solo necesito un poco de tiempo y espacio. Lo siento.

Me río para aliviar la incomodidad.

—No te agobies... Este mural era mi forma de pedirte perdón por lo del viernes, nada más. No tienes por qué disculparte.

—¿Estás seguro?

Adopto una expresión animada y asiento con la cabeza, esperando resultar al menos un poco convincente.

—Pues claro.

Los dos nos quedamos callados.

—Bueno... —Le da una patada a una mata de hierba y señala hacia atrás con el pulgar—. Creo que voy a entrar. —Echa a andar hacia la puerta del café, en un silencio incómodo que me arruga el alma—. No hacía falta que me pidieras permiso para lo del mural.

Esbozo una sonrisa incómoda.

—Ya sé que no tengo por qué pedirte permiso, pero...

—A mi padre le gusta la idea —añade, ya casi en la esquina—, así que tienes vía libre.

—Pues... estupendo.

—Nos vemos en el insti, Blaine.

Y se marcha. Me apoyo contra la pared, deshinchado. Lo peor que podía imaginar se ha hecho realidad: después del desprecio de Joey por mis murales, Danny también pasa de ellos. De ellos... y de mí.

Si se me ocurrió hacer este proyecto fue porque pensaba que significaría algo especial para su padre y, sobre todo, para él. Pero parece que me he equivocado de medio a medio.

Me incorporo y me acerco al carrito para recoger mis cosas antes de irme a casa. De pronto, un coche frena con un chirrido junto a mí.

Doy un respingo al ver que Trish sale por la puerta del copiloto.

—Al fin te encuentro —suspira, y sus ojos se clavan en los míos. Su expresión indica a las claras que algo va mal—. ¿Por qué no me has respondido? Te estábamos buscando.

¿Estábamos?

Le echo un vistazo al móvil y veo todas las notificaciones que me he perdido.

—Lo siento —respondo—. Estaba distraído... ¿Va todo bien?

Entonces caigo en la cuenta de que conozco ese coche: es el de Zach. Él sale por el lado del conductor.

No es que algo vaya mal: es que algo va fatal.

CAPÍTULO 28

—¿Qué pasa? —pregunto, notando cómo se me humedecen las palmas de las manos.

—¿Puedes venir con nosotros? —me pide Trish con urgencia.

«¿Venir con nosotros?».

¿Desde cuándo forman equipo Trish y Zach?

Miro mis cosas desperdigadas por el suelo. El hecho de que Trish no se haya emocionado al ver que estoy planificando un nuevo mural es una prueba más de que la situación (sea la que sea) es muy seria.

—Es que tengo que recoger mis cosas...

—¿No puedes dejarlas aquí? —pregunta Zach, tan serio como Trish—. Esto es importante.

Lo miro boquiabierto. ¿Qué le debo yo al puñetero Zach Chesterton? No tengo ninguna obligación de aguantar sus impertinencias.

—¡No! —replico—. Si las dejo aquí tiradas, lo más seguro es que alguien me las robe.

—Blaine, por favor —dice Trish, con un asomo de desesperación—. Tenemos que darnos prisa. ¿No las podemos recoger después?

Titubeo.

Aunque odio doblegarme ante Zach, también sé que le he hecho mucho daño a Trish. Lo último que quiero ahora mismo es darle otra razón para odiarme.

Avanzo hacia el coche, con la galleta de canela de Bao dando volteretas en mi estómago.

–¿Podéis contarme lo que pasa, primero?

–Vamos al instituto para hablar con el señor Wells. –Trish hace una pausa y abre mucho los ojos antes de bajar la voz–. Tenemos cosas que decirle sobre los resultados de las elecciones.

–¿Los resultados de las elecciones? –repito, mirando a Zach.

Él aparta sus ojos de los míos, como si estuviera avergonzado.

–Sí, Blaine –dice Trish con lentitud–. Los resultados. De las elecciones. Y ahora, ¿vas a subir?

Lo hago. Zach pisa a fondo y enfila hacia el instituto.

Ninguno de los dos dice ni una palabra. Trish todavía parece enfadada conmigo.

–Entonces, lo de los resultados... –les presiono, alternando la mirada entre los ojos de Zach en el retrovisor y el lateral de la cara de mi amiga en la parte delantera.

–¿Recuerdas cuando te conté mi teoría sobre las papeletas? –me pregunta Trish, con los ojos fijos en la calzada.

–Sí, claro.

–Bueno, pues resulta que no era ninguna tontería.

–¿Cómo?

–¿No sería más fácil enseñárselo y ya está? –sugiere Zach. Sus ojos enfocan el retrovisor y encuentran los míos–. Antes de llegar, quiero pedirte perdón por lo que ocurrió en el debate, Blaine.

Estoy hecho un lío.

Un lío de los gordos.

–¿El debate? –es lo único que sale por mi boca.

La atención de Zach oscila entre la carretera y mi cara en el retrovisor.

–Sí, por haber usado tus notas de preparación.

–Ah.

–En realidad, cuando las encontramos en el aula del señor Wells, yo me negué a hacerlo. Pero Ashtyn y Joey se impusieron... Tendría que haber insistido más.

Miro a Trish, seguro de que se está callando un millón de cosas que le gustaría decir. Sin embargo, se ha girado hacia la ventanilla como si la cosa no fuera con ella.

¿Será esto una broma pesada?

Zach aparca en paralelo frente al Wicker West. Ya es tarde, y apenas quedan estudiantes en el centro.

Los que sí que están son Joey y Ashtyn, de pie junto a la entrada principal. Si alguien no me cuenta ya mismo lo que está pasando aquí, me va a explotar la cabeza.

Joey mira nuestro coche con expresión perpleja.

Zach respira hondo, abre la puerta y sale. Trish lo sigue, no sin antes mirar hacia atrás para dirigirme una mirada de advertencia (una que, como la conozco, sé que quiere decir «agárrate, que vienen curvas»). Creo que voy a vomitar.

–Hola, cielo –le dice Joey a Zach con el ceño fruncido, mientras los tres nos acercamos a Ashtyn y a él–. ¿Por qué me has escrito para pedir que nos viéramos aquí? ¿Va todo bi...?

–El señor Wells nos está esperando –le interrumpe Zach, atravesando las puertas sin detenerse–. Vamos.

Tanto Joey como Ashtyn me fulminan con la mirada; claramente, están tan perdidos como yo con todo este asunto.

Zach y Trish enfilan el camino de la secretaría, mientras los demás los seguimos.

Esta tarde está siendo una especia de pesadilla emocional de ida y vuelta. En cuestión de horas he llorado sobre el hombro de mi tía, he vibrado de emoción junto a Bao por lo del mural, he descubierto que Danny no quiere nada conmigo... Y ahora esto, sea lo que sea.

Al llegar a la secretaría, Zach nos indica que pasemos. Dentro, la secretaria nos observa con el ceño fruncido. Entramos en el estrecho pasillo que lleva a la sala de seguridad del instituto, una zona que jamás he tenido que visitar. No quiero dejarme llevar por el pánico, pero todo esto no me lo pone nada fácil.

–¿En serio vamos a la sala de seguridad? –le susurro a Trish.

Ella me mira sin decir nada, con una expresión que sugiere que todavía no he visto nada.

–Cierra la puerta al pasar, Ashtyn –dice el señor Wells cuando entramos.

Suena total, completa y absolutamente furioso. Su mirada iracunda, magnificada por las lentes bifocales, me provoca escalofríos. Jamás lo había visto así.

–Sentaos todos –ordena.

El director Spice –un gigante de casi dos metros que siempre parece estar en la luna– se encuentra apoyado contra la pared junto al señor Wells, lo que confirma mis peores sospechas. No sé qué ha ido mal con los resultados de las elecciones, pero su presencia confirma que es algo gordo.

Tengo un nudo gigante en el estómago.

Miro alrededor. En la sala, pintada de gris, hay una mesa alargada con varias sillas alrededor. No veo ventanas, carteles ni nada que pueda mitigar el mal rollo que da este cuarto. El señor Wells avanza hasta situarse frente a una hilera de pantallas que muestran los pasillos del instituto.

–Zach, ¿te gustaría hablar a ti primero? –pregunta el director Spice, una vez mis compañeros y yo nos sentamos delante del señor Wells y de él.

–Prefiero que lo haga Trish –responde Zach–. El mérito es de ella, así que creo que deberíamos oírlo de su boca.

Trago saliva con fuerza.

¿Habré hecho algo horrible sin darme cuenta? ¿Habré roto alguna norma de la campaña, rellenado mal mi papeleta o hecho trampas de algún modo? Me estrujo el cerebro y empiezo a repasar el dosier de las elecciones línea a línea, tratando de recordar cada estipulación y lo que podría haber hecho para quebrantarla sin querer.

Trish carraspea con suavidad y gira la cabeza para mirarnos a Joey, a Ashtyn y a mí.

–Como puede confirmar Blaine, el viernes empecé a sospechar que había habido algo rato en el recuento –explica, y yo asiento con la cabeza–. Me parecía muy extraño que Zach se impusiera en la última tanda de votos que contamos, los que había en el fondo de la bolsa. Ashtyn y yo recogimos las papeletas del ala de Artes Creativas en primer lugar, lo que significa que esos debían ser los últimos votos que contáramos. Y basándome en mis investigaciones... y en mi sentido común, yo sabía que esos votantes apoyaban mayoritariamente a Blaine.

Mira a Zach como si quisiera pasarle el testigo, y él se ruboriza. Tiene la mirada clavada en la mesa, y parece tan enfadado que me da miedo que la vuelque de un momento a otro.

–Esta mañana –comienza–, Trish vino a verme para hablarme de sus sospechas. Al principio no le hice mucho caso; pensé que había encajado mal la derrota y que pretendía dar la vuelta a los resultados como fuera. –Hace una pausa–. Pero entonces empecé a pensar.

Se pone en pie, cruza los brazos y comienza a pasear entre el director Spice y el señor Wells, como un perro nervioso.

La tensión crece por momentos. Creo que se me va a romper una costilla, de lo fuerte que me late el corazón.

–La ventaja de haber estado en el consejo estudiantil tanto tiempo y de haber participado en tantas elecciones es que he desarrollado una gran conciencia del ambiente político. Después del primer discurso de Blaine, tuve la clara sensación de que sería uno de los candidatos y de que se convertiría en una amenaza real. –Deja de caminar y niega con la cabeza–. No: de hecho, sabía que ya era una amenaza real. Y más tarde... Para ser sincero, después de su alegato final en el debate, me sentí claramente perdedor. Así que mi triunfo, aunque no fuera aplastante, me pilló por sorpresa. –Levanta los ojos hacia Joey y Ashtyn y los fulmina con la mirada–. Por eso, después de pensar un poco en lo que me había dicho Trish, utilicé mi acceso como ayudante de secretaría y le pregunté al director Spice si podía comprobar las imágenes de seguridad de la primera hora del viernes.

Miro a Joey y Ashtyn, que están blancos como fantasmas.

Madre mía. ¿En qué se han metido esos dos?

–¿Podría poner la grabación, director Spice? –pregunta Zach, haciéndole un gesto con la cabeza.

El director da un sorbo largo y ruidoso a su taza de café antes de inclinarse para conectar el portátil que controla las imágenes de seguridad.

Se ve un pasillo desierto, a excepción de algún que otro estudiante que pasa de un lado a otro o se detiene brevemente en su taquilla. Pero no hay nada fuera de lo común. Echo un vistazo a mis acompañantes: todos tienen los ojos pegados a la pantalla, como si estuviéramos viendo una peli de terror en la que estuviera a punto de ocurrir algo macabro.

–Estas imágenes son del ala de Ciencias –señala el director Spice–, que, según me ha dicho Trish, es el último lugar donde Ashtyn y ella recogieron los votos.

Trish inhala bruscamente.

Sea lo que sea, está a punto de ocurrir.

En la esquina más alejada de la pantalla aparece Trish junto a Ashtyn, que lleva la bolsa de los votos. Cruzan el pasillo y se acercan a una fuente para beber. Es de esas que están encastradas en la pared, dejando un hueco por debajo que queda oculto a la vista. Ashtyn se detiene para agacharse y dar un sorbo. Trish, a su lado, aparta la mirada brevemente mientras espera a que Ashtyn termine. De pronto, bajo la fuente se ve un borrón que desaparece con tanta rapidez como ha aparecido.

Me quedo paralizado.

–Ahí está –dice Trish.

El director Spice rebobina hasta volver a ese instante. Con el vídeo en pausa es mucho más fácil ver lo que ha pasado.

Hay una bolsa idéntica en cada una de las manos de Ashtyn. Está soltando una y cogiendo la otra.

–Jod... –Me detengo–. Jolines.

Joey hunde la cara en las manos.

Ashtyn mira la imagen sin pestañear, como si estuviera en shock.

–Ah, pero esperad –dice Zach–. Hay más.

El director Spice vuelve a presionar el play. Ashtyn deja una bolsa (presumiblemente, la que contiene las verdaderas papeletas) bajo la fuente y se marcha con la otra junto a Trish.

El director presiona el botón de avance rápido.

Y entonces, Joey aparece en la pantalla.

Se me cae el alma a los pies.

Tras comprobar que no hay nadie más en el pasillo, se acerca a la fuente y mete la mano por debajo para recoger la bolsa que contiene las auténticas papeletas. Se acerca a la papelera más cercana, la tira y se marcha con despreocupación, como si no acabara de amañar unas elecciones.

–No me lo creo –murmuro, con los ojos desorbitados.

Trish se inclina hacia mí.

–Te lo dije –me recuerda.

–No es lo que parece –asegura Joey, levantándose de su asiento–. Lo juro.

–Ni te molestes –replica Zach, tan enfadado que le tiembla la voz–. Está todo grabado, Joey.

–Pero... –los ojos de Joey oscilan entre la pantalla y Zach. Veo cómo empieza a asomar la mancha roja que le sale en el cuello cuando se pone muy nervioso–. ¡Puedo explicarlo!

–Muy bien, señor Oliver –dice el director Spice, asintiendo con la cabeza–. Adelante, explíquese. Porque lo que parecen mostrar estas imágenes es que Ashtyn ha sustituido las auténticas papeletas por otras falsificadas, y que usted ha sido su cómplice.

–O, más bien, ella ha sido el suyo –puntualiza Trish.

Desesperado por defenderse, Joey comienza a abrir y cerrar la boca como un pez fuera del agua.

–¿Pero cómo podríamos haber falsificado los votos? –dice al fin.

–Es fácil –declara Trish–. Nosotros vimos las papeletas impresas junto al escritorio del señor Wells, durante la preparación para el debate.

–Habría sido fácil robarlas durante una de las sesiones de preparación –digo para mí mismo, aturdido, pero todos en la sala me oyen–. Luego, solo haría falta sacar más copias en papel naranja y devolver las originales a su sitio.

–Y pensar que imprimí las papeletas por adelantado para no ir tan estresado durante la semana electoral... –refunfuña el señor Wells, negando con la cabeza–. Una y no más.

Joey está más rojo que un tomate maduro.

–¿Para qué iba a hacer yo eso? –exclama con una risita forzada, como si fuera absurdo sugerir algo así–. ¿Por qué me iba a molestar en manipular las elecciones de un curso inferior al mío?

–No lo hiciste para ayudarme a ganar, eso está claro –le espeta Zach, furioso–. Ha sido todo por ti. Siempre es todo por ti, Joey.

–¿Por mí? –Nos mira a los demás con desesperación, como si Trish y yo fuéramos a apoyarlo en esta situación. Alucino–. ¿Qué tiene esto que ver conmigo?

–No podías aceptar que tu exnovio venciera a tu actual novio y se convirtiera en tu sucesor, ¿verdad? –le espeta Zach–. Eso habría sido una vergüenza para Joey Oliver, el presidente perfecto –se burla–. Así que, en lugar de dejar que las elecciones siguieran su curso, me convenciste para sustituir a Eve por Ashtyn como jefa de campaña, porque sentías que Blaine podía vencerme. De ese modo, los dos podríais llevar a cabo vuestro plan.

–No –dice él–. Eso no es...

–Joey –lo interrumpe Ashtyn, que aún no ha recuperado el color–. Se acabó.

–Pero yo...

—¡Que pares! —grita ella, apartando al fin los ojos de la pantalla para mirarlo—. Está grabado. Nos han pillado. Por favor, cállate de una vez antes de empeorarlo todo aún más.

La sala se queda en silencio, pero mis pensamientos giran a tanta velocidad que me zumban los oídos.

Joey y Ashtyn han hecho trampa. Han falsificado cientos de votos para asegurarse de que vence Zach. ¿Y todo por el ego de Joey? ¿Todo porque no podía soportar el hecho de que yo pudiera sucederle como presidente?

—Como comprenderéis, estoy increíblemente decepcionado con vosotros dos —les dice el director Spice a Joey y a Ashtyn, casi con pena—. Vuestras acciones son impropias de cualquier estudiante de Wicker West, y todavía más de unos líderes del consejo estudiantil. Me gustaría hablar con vosotros en mi despacho acerca de las medidas disciplinarias, y también llamar a vuestros padres. —Da otro sorbo largo y ruidoso a su taza antes de hacer un gesto hacia la puerta.

Joey y Ashtyn abandonan la sala con la cabeza gacha.

—A partir de aquí, te dejo que te encargues tú, Warren —dice el director al señor Wells antes de salir detrás de ellos.

Cuando nos quedamos solos, el señor Wells suelta el suspiro más largo y exasperado que jamás he oído escapar de una boca humana. Se acaricia la barba un momento, pensativo.

—Trish —dice con suavidad, mirando la envejecida moqueta naranja—. ¿Te importa esperar fuera? Me gustaría hablar con los candidatos.

Ella se pone en pie y, por el camino, me da un apretón en el brazo para mostrarme que está conmigo. Suelto un suspiro mental de alivio.

Uf. Me hacía falta algo así.

–Y bien –dice el señor Wells, una vez la puerta se cierra y nos quedamos los tres solos–. ¿Cómo nos sentimos, chicos?

Zach se apoya en el respaldo, con los brazos aún cruzados.

–Enfadado.

El señor Wells asiente con la cabeza.

–No me extraña.

–Triste –añade Zach.

–Tienes todo el derecho.

–Herido –continúa Zach.

–Lo entiendo –asegura el señor Wells.

–Avergonzado. –Zach se gira hacia mí, más abatido de lo que jamás lo he visto–. Lo siento mucho, Blaine.

Le miro sin saber qué decir, de modo que él continúa:

–Lo han planeado todo a mis espaldas. Yo soy competitivo, pero jamás habría hecho trampas para ganar. Me crees, ¿verdad?

Asiento con la cabeza.

Sé que me está diciendo la verdad por la misma razón por la que traté de advertirle sobre Ashtyn en el Biggest Bean. Zach, aunque a veces sea insufrible, es una persona que respeta las normas.

Ashtyn no lo hace.

Y ahora sé que Joey tampoco.

–Tendría que haberte hecho caso con lo de Ashtyn –añade. Aparta la mirada, baja la voz y murmura–: Ni siquiera tendría que haber accedido a salir con Joey, para empezar.

–En fin –interviene el señor Wells–, la situación es esta: como habréis imaginado, no tenemos forma de saber quién ha ganado las elecciones. Es una lástima, pero es lo que hay.

–¿No podemos mirar si los votos siguen en la papelera del ala de Ciencias? –pregunto.

—Ya hemos mirado —responde Zach—. Algún conserje ha debido de vaciarla.

—Y, aunque todavía estuvieran allí, sacar un montón de papeletas de la basura no es una manera válida de obtener un resultado electoral. Así que esto es lo que os propongo. —El señor Wells juguetea con los pulgares, pensativo—. Anunciaremos al consejo y al resto del alumnado que, debido a un percance con las papeletas, tenemos que repetir las elecciones para presidente del último curso. ¿Qué os parece?

Zach, deshinchado, se encoge de hombros.

—Bien, supongo.

—¿Y a ti, Blaine?

Doy un respingo. ¿Qué pienso yo de esto?

Ahora mismo no sé qué pienso de nada, la verdad. Es como si me hubiera pasado el día dando tumbos en una montaña rusa que acabara de detenerse en seco, y ahora el empleado del parque de atracciones me preguntara si quiero montar otra vez.

Pero no quiero. Me doy cuenta de que no quiero volver a pasar por todo esto.

Quiero irme.

Quiero bajarme de esta puta atracción ya mismo.

—No —digo rotundamente.

—¿No? —pregunta el señor Wells, confuso.

Zach me mira con curiosidad.

—No —repito, ahora más confiado—. No quiero repetir las elecciones. No quiero ser presidente del último curso.

CAPÍTULO 29

—Blaine. —El señor Wells, agotado, fuerza una sonrisa—. Sé que ha sido una campaña larga, y es comprensible que te sientas abrumado.

—No, no es eso —respondo desafiante—. Lo digo en serio, señor Wells. No quiero ser presidente.

—¿Por qué no? —pregunta Zach, perplejo—. Puede que hayas ganado más votos que yo. Puede que ya me hayas vencido.

—No me importa —digo—. No... Un momento.

Pienso en Trish, Danny y Camilla. En todo el tiempo que han invertido en mi campaña. En lo mucho que les importaba la iniciativa por el bienestar. Lo mucho que creían en mí. Si abandono las elecciones ahora, también los estaría abandonando a ellos.

—¿Puedo hablar con mi jefa de campaña un momento? —pregunto.

—Desde luego —responde el señor Wells.

Abandono la espeluznante sala de seguridad, recorro el pasillo y veo a Trish esperando en la secretaría. Joey y Ashtyn no están por ninguna parte, pero ahora mismo no podría importarme menos dónde se hayan metido.

Trish me mira, ansiosa por escuchar las novedades.

–¿Podemos hablar? –le pregunto.

Ella mira a su alrededor, incómoda.

–¿Aquí?

Me doy cuenta de que la secretaria sigue ahí, mirándonos con el ceño fruncido

–Ah. Hola, señora Hamilton.

–El armario del material está abierto, si queréis hablar a solas –nos dice a regañadientes.

–Nos hemos pasado demasiados años metidos en el armario como para volver a meternos ahora –respondo tratando de aligerar el ambiente, pero ni la señora Hamilton ni Trish están de humor para chistes. Me aclaro la garganta–. El armario del material nos vendrá genial, gracias.

Entro el primero y cierro la puerta cuando pasa Trish. El armario es más bien un cuartito angosto, lleno de cartulinas en blanco, cajas gigantescas de rotuladores y enormes rollos de papel de colores. Tomo nota mental para la próxima vez que se me acabe el material en clase de arte.

–No me gusta esto –dice mi amiga, tan cerca de mí que nuestras narices casi se tocan.

–Trish... –susurro, y dejo escapar un suspiro contra su cara.

–Uf –se queja–. ¿Has comido algo con canela?

–Sí, Bao me ha dado una galleta de canela, pero escúchame. –Vuelvo a suspirar, esta vez hacia mi derecha–. En primer lugar, lo siento. Lo de las papeletas era verdad, y yo tendría que haberte escuchado.

–Quieres decir que yo tenía razón, ¿no es eso?

La dejo ganar por esta vez.

–Sí.

Ella asiente con la cabeza.

–Genial. ¿Y...?

–Y... he decidido que no quiero ser presidente del último curso.

–¿Qué?

–El señor Wells ha propuesto que repitamos las elecciones, pero esta vez yo no quiero participar.

Ella entrecierra los ojos, tratando de asimilar la bomba que acabo de soltarle.

–¡Pero espera! –exclamo, abrumado por la mala conciencia–. Sé lo mucho que has peleado por sacar adelante nuestra iniciativa por el bienestar. Así, si tú quieres que me presente, estoy dispuesto a hacerlo. Me presentaré a las elecciones por ti, Camilla y Danny. Y, si gano, vosotros tres podréis manejar el barco de mi presidencia..., pero en plan detrás de las cámaras.

–Entonces, nosotros hacemos todo el trabajo y tú te quedas con el mérito, ¿no es eso?

Arquea la ceja izquierda y yo me muerdo el labio inferior.

–Bueno, dicho así...

–¿Pero por qué dices esto ahora? –pregunta perpleja–. ¿A qué viene este cambio de opinión?

Hago una pausa, tratando de convertir mi revelación de hace un momento en ideas coherentes.

–Cuando el señor Wells me preguntó si quería que repitiéramos las elecciones, algo hizo clic en mi cabeza. No quiero volver a ser candidato; la verdad es que me horroriza pensarlo. Preferiría revivir diez veces mi cita en el Grey Kettle antes que volver a estar en las papeletas. –Hago una pausa para tomar aliento–. En estos últimos días me he estado preguntando por qué quería presentarme. Porque, si ya no era para demostrarle a Joey que puedo ser un Chico Serio, ¿entonces qué? ¿Por qué quería ser presidente del último curso? No tengo una buena respuesta.

Ella me mira fijamente. Abre la boca para decir algo y la cierra.

–Echo de menos pintar, Trish –añado, y me río un poco de lo absurdamente bien que me sienta reconocerlo en voz alta–. Lo echo muchísimo de menos. Quiero volver a mis murales. Y, si fuera presidente, no tendría tiempo para hacer eso. –Me doy cuenta de que su cerebro va a mil por hora, y añado–: No pasa nada. Puedes gritarme o darme una colleja, si quieres. Me lo merezco.

–Es una propuesta tentadora, pero paso. –Entrecierra los ojos, sin dejar de mirarme–. Tengo una idea.

Espero a que me diga cuál es.

No lo hace.

–¿Y bien?

Levanta el mentón y sonríe.

–Quiero que mi nombre aparezca en las papeletas.

Ahora soy yo quien la mira con los ojos entrecerrados. Repito sus palabras, porque no estoy seguro de haberla oído bien:

–Quieres que tu nombre aparezca en las papeletas.

–Eso es.

–Para ser presidenta del último curso.

–Correcto.

Le devuelvo la sonrisa.

–¿Te has metido algo o qué?

–Ojalá.

La miro con la cabeza ladeada, perplejo.

–¿No lo recuerdas? –pregunta–. El día que colgaste el cartel de «Vamos a hablar» en la cafetería, me pediste que fuera tu jefa de campaña, y yo me leí el dosier de las elecciones. Según una de las normas, los jefes de campaña pueden presentarse si su candidato decide abandonar. Y tienes una pinta de querer abandonar que tumba de espaldas.

–¿De verdad ponía eso en el dosier?

Hago un esfuerzo por recordar ese día.

Recuerdo que estaba abrumado por haberme metido en aquel lío, dando vueltas a mi decisión y temiendo que Ashtyn hubiera tenido razón al reírse de mi candidatura esa mañana. Entonces, Trish y Camilla se pasaron por allí y yo les enseñé el dosier...

¡Y ahí estaba, efectivamente!: «El/la jefe/a de campaña podrá ocupar el puesto del candidato/a en caso de que este/a renuncie».

Trish tiene razón.

Técnicamente, podría ocupar mi lugar.

–¿Estás segura de que eso es lo que quieres? –le pregunto.

–Sí –responde sin dudar.

–¿Total y absolutamente segura?

–Blaine –dice, inclinándose hasta que su frente roza la mía–, sé que puedo ganar estas elecciones.

Nos tomamos un momento para reírnos de lo que acaba de pasar antes de salir del armario, tranquilos y compuestos. La señora Hamilton nos mira de arriba abajo con suspicacia, pero nos da igual; en este momento, lo que queremos es hablar cuanto antes con el señor Wells y Zach.

–No voy a presentarme a las elecciones –anuncio mientras entro en la sala, con Trish a mi lado–. Ella va a ocupar mi puesto.

Mi amiga los saluda con la mano.

–Hola.

Los ojos del señor Wells se desorbitan tras las gafas.

–¿Qué quieres decir?

–Según el dosier de las elecciones, un jefe de campaña puede reemplazar a su candidato si este decidiera abandonar las elecciones –dice Trish–. Esos somos nosotros, y esa es nuestra situación. –Me mira–. Blaine quiere abandonar y yo quiero presentarme.

El señor Wells nos mira sin reaccionar.

–Tienen razón, señor Wells –añade Zach–. Las normas lo permiten.

–Pero... –Es como si las ruedecillas de la mente del señor Wells hubieran saltado por los aires y estuvieran rodando sin control por el interior de su cráneo–. No has dado un discurso ante el consejo, Trish. No has debatido con Zach. No sé si sería lícito, la verdad...

–Entonces, ¿por qué aparece esa posibilidad en el dosier? –pregunta Trish.

El señor Wells reflexiona un momento.

–No estoy seguro, la verdad. El consejo la añadió hace muchos años por si hubiera alguna emergencia de última hora.

–¿Y no le parece que esto... –hago un gesto hacia la cámara de seguridad, todavía pausada en la espalda de Joey mientras él camina por el pasillo– es una emergencia de última hora?

Los demás se quedan en silencio, sopesando lo que podría significar este nuevo giro de los acontecimientos.

Entiendo la perspectiva del señor Wells. No se puede obligar al consejo estudiantil a escuchar otro discurso a estas alturas y, desde luego, sería absurdo volver a movilizar a todo el instituto para celebrar un nuevo debate. Y tampoco sería justo obligar a Zach a pasar por todo eso otra vez. Pero, al mismo tiempo, ¿cómo va a ocupar Trish mi posición sin tener la oportunidad de presentar su candidatura a nuestros compañeros?

–Tengo una idea –dice Zach. Se levanta de la silla y se acerca a nosotros–. Le daré acceso a Trish a la página de Instagram oficial de nuestro curso para que pueda hacer un discurso virtual. O hacer una sesión de preguntas y respuestas, lo que queráis. De ese modo, podrás argumentar por qué serías mejor presidenta que yo.

Por primera vez en toda la tarde, en el rostro de Zach aparece una sonrisa.

Trish y yo nos miramos.

–Trato hecho –responde ella mientras le tiende la mano.

Zach se la estrecha, y los tres nos giramos hacia el señor Wells.

–De acuerdo –accede él, encogiéndose de hombros con gesto de fatiga–. Parece que vamos a celebrar un nuevo proceso electoral... y yo, por cierto, necesito con urgencia unas vacaciones.

CAPÍTULO 30

La tía Starr ahoga un grito detrás del volante.

–¡Un rinconcito de lectura! –grita al teléfono, mientras su anciano Volvo atraviesa un cruce dando tumbos–. Tiene un puñetero rinconcito de lectura, Beth.

Sonrío mientras contemplo los escaparates por la ventanilla del copiloto. Acabamos de visitar un apartamento de alquiler, y mi tía ya ha llamado a tres amigas para gritarles emocionada que el piso tiene un rinconcito de lectura, sea eso lo que sea.

Tengo que admitir que su emoción está justificada. El apartamento que acabamos de ver en Edgewater es una ganga para el barrio en el que está. Tiene unas vistas geniales del lago Michigan, la cocina nuevecita y una bañera con patas de color turquesa que podría tener el nombre de mi tía grabado. Ah, y el rinconcito de lectura. ¿Quién podría decirle que no a todo eso?

–A ver, todavía no me han hecho una oferta oficial –le explica a Beth–. Pero mi futuro jefe me ha venido a decir que el trabajo es mío, si lo quiero.

No me sorprende nada que mi tía haya conquistado a su nuevo jefe en una sola entrevista. Según me ha dicho, la charla de veinte minutos que tenían programada se convirtió en una conversación de una hora tras descubrir que tenían un amigo en común, que frecuentan el mismo garito del Ukranian Village, y que ninguno de los dos soporta el ambiente del Navy Pier.

Así que, aunque todavía no sea oficial, ya es seguro: mi tía ha conseguido el trabajo.

Y eso es maravilloso.

Aunque, para ser sincero, me sigue fastidiando verla tan emocionada por abandonar mi casa. A ver, que lo entiendo: tampoco yo querría vivir con mis padres después de los treinta años. ¿Cómo voy a culparla?

Pero, después de nuestra charla del lunes, me importa un poco menos que se vaya. Me ha prometido que nos juntaremos a cenayunar al menos una vez al mes, que nos pondremos al día todas las semanas por FaceTime y que iremos de pícnic al festival de cine de verano en el Millennium Park cada vez que podamos (pero solo en junio y julio, porque en agosto hay demasiada humedad). Aunque no la vea todos los días, seguiremos unidos. Me lo ha prometido.

De pronto, me doy cuenta de que nos hemos desviado.

–Se suponía que tenías que haber girado a la izquierda ahí –le susurro para no interrumpir a Beth, que está explicando con gran detalle los efectos secundarios que experimenta después de consumir lácteos.

–Beth –trata de interrumpirla mi tía–. Sí, uf... Sí, lo sé... Ya, a mí también me sienta fatal el helado. Pero escucha, estoy con Blaine y tengo que irme. Te llamo esta noche, ¿de acuerdo? Vale, cielo. Adiós.

Abandona con lentitud nuestro carril para dirigirse a un aparcamiento que hay en un lateral de la carretera.

–Ya sé que hemos dado un rodeo –confirma, y se detiene del todo frente a una hilera de tiendas–. Pero pensé que deberías ver esto.

Me doy la vuelta para ver lo que señala y veo la fachada de la Papelería de Susan, con mi mural a medio terminar.

El estómago me da tal vuelco que me entran ganas de vomitar.

–Oh, no –gruño apartando la mirada–. Sí, ya sé que tengo que terminarlo...

–¿Seguro que lo sabes? –insiste la tía Starr.

–Sí.

–Porque parece que has dejado colgada a la señora Ritewood.

Gruño todavía más fuerte y vuelvo a mirar por la ventanilla. Más que un mural, lo que veo es una representación de mi mala conciencia.

La superficie rosa chicle de Saturno, sus anillos de color turquesa, el universo de cobalto en el fondo... Realmente es uno de mis murales favoritos. Bueno, al menos lo era hasta que mi cerebro lo asoció con el Peor Día de Mi Vida y con la sensación de culpabilidad que me entra solo de verlo. Menos mal que la Papelería de Susan está cerrada hoy; si no, le estaría suplicando a mi tía que nos fuéramos de ahí a toda leche. Casi no soporto ni pensar en la posibilidad de que la señora Ritewood me vea aquí fuera, mirando mi obra a medio hacer.

–¿Cómo te sientes al verlo? –pregunta mi tía en voz baja.

–No muy bien, la verdad –respondo, y abro el Gmail en el teléfono–. La señora Ritewood me mandó un correo el sábado, pero todavía no lo he leído.

Deslizo el dedo por la pantalla hasta que encuentro el asunto: «Blaine, tengo noticias sobre el mural!».

Hago una mueca y lo abro.

¡Hola, Blaine! Sé que eres un chico ocupado, pero quería preguntarte por el mural. ¿Sabes cuándo lo podrás terminar? La asociación de comerciantes del barrio es un poco estricta, y el dueño de la tienda de artículos deportivos que tengo enfrente me ha dicho que, si sigue inacabado mucho tiempo, podrían multarme por deteriorar la estética del entorno. Y no quiero que eso pase, claro... Así que, por favor, pásate a terminar el trabajo cuando puedas, Blaine. (Si se trata de un problema de dinero, no te preocupes: estoy dispuesta a pagarte más. ¡Tu trabajo y tú os lo merecéis!). Espero que todo vaya bien. ¡Besos!

Gruño por tercera vez, aún más fuerte.

—¿Qué dice? —me pregunta la tía Starr, inclinándose hacia mi móvil para ver el mensaje.

—Que, si no termino el mural, los asquerosos de la asociación de comerciantes del barrio podrían ponerle una multa —respondo, tragándome una cucharada de remordimientos. Miro de reojo a Saturno—. Eso no... no estaría nada bien.

—Tienes que comprometerte con una fecha, Blaine.

—Lo sé.

—Va en serio.

—Lo sé.

—Oye —dice, con ese tono suave pero firme que solo es capaz de poner ella—. Recuerda que tú, Blaine Bowers, no eres de los que abandonan. ¿Vale?

Asiento con la cabeza mientras suelto aire.

Ella sonríe.

—De acuerdo. Pues vamos allá —asiente, mientras arranca el coche para retomar el camino.

Aunque ahora mismo estoy muerto de vergüenza, no voy a dejar que eso me estropee la tarde. Lo primero que haré cuando llegue a casa será responder a la señora Ritewood, pero ahora mismo mis amigas tienen prioridad.

Aparcamos junto a una casa adosada. Trish y Camilla nos esperan ya en la acera, frente a la verja.

—Hola, Starr —dice Trish, y se agacha para saludar a mi tía con la mano.

—Hola, corazón —responde ella, devolviéndole el saludo—. ¡Buena suerte! Blaine me ha contado lo que vais a hacer. Te va a salir fenomenal, seguro. ¡Me conectaré para verte!

Salgo del coche, le doy las gracias a mi tía por traerme y me dirijo hacia la puerta de entrada junto a mis amigas.

—Alucino con todo esto —murmura Camilla al borde de la risa, mientras subimos los escalones de la casa.

Desde fuera se parece mucho a la mía..., solo que es más grande y lujosa, y está en un barrio muchísimo más caro.

—¿Estamos preparados? —les pregunto, tratando de dejar en segundo plano mi mala conciencia por lo de antes.

Trish me muestra los pulgares.

Me acerco a la puerta de madera maciza y la golpeo tres veces con el llamador.

—Le mandaste a Danny un mensaje para avisarle de esto, ¿verdad? —me pregunta Trish.

Asiento con la cabeza.

—¿No va a venir? —dice Camilla.

Niego con la cabeza, tratando de disimular lo hecho polvo que estoy.

—No me ha respondido —reconozco.

Trish me mira con el ceño fruncido.

—Ya se le pasará.

No sé si es cierto, pero ahora mismo no toca preocuparme por eso.

Lo que tengo que hacer esta tarde es ayudar a Trish a ganar estas elecciones.

Oigo unos pasos que se acercan, y el rostro de Zach aparece al otro lado de la ventanita de cristal tintado. Abre la puerta.

—Hola —nos saluda—. Pasad.

CAPÍTULO 31

Me resulta extraño ver a Zach con ropa informal: lleva una camiseta sencilla sin mangas, unos pantalones cortos de deporte y unos calcetines gruesos que le llegan hasta el tobillo. Al parecer, este sábado por la tarde no necesita impresionar a nadie. Me encantaría conocer mejor a este Zach, en lugar de al que se pasea por el instituto con chalecos de diseño.

La casa de los Chesterton resulta intimidante, de tanta elegancia. Lo primero que me llama la atención es la chimenea de mármol blanco del salón. Lo segundo es un enorme reloj de pie de aspecto antiguo. Y lo tercero es un gato naranja muy orondo que ronronea a mis pies.

–Es Harvey –nos explica Zach.

–¡Qué lindo! –exclama Trish mientras Zach se agacha para cogerlo en brazos.

–¡Hola a todos! –saluda una voz atronadora.

Es el padre de Zach, que aparece en el salón ataviado con un polo y un jersey azules.

Su madre aparece también, con un vestido sin mangas amarillo y los labios pintados de carmesí.

–¡Ah, tú debes de ser Blaine! –exclama con voz cantarina–. Y tú Trish, y tú Camilla, ¿verdad? –Ellas asienten con la cabeza, sonrientes–. ¡Bienvenidos a nuestra casa! –añade, haciendo gestos para que no nos quedemos en el umbral–. Zach nos ha hablado mucho de vosotros.

Se acercan para chocarnos los cinco a los tres. Miro con disimulo a Zach, y él me sonríe y se encoge un poco de hombros.

–¿Tenéis hambre, chicos? –pregunta su padre, señalando una puerta que supongo que será la de la cocina–. Acabamos de sacar unos bistecs de la parrilla y hay de sobra.

–Muchísimas gracias, pero vamos un poco justos de tiempo –responde Camilla.

–Tenemos que entrar en directo en... –Trish le echa un vistazo al móvil–. Unos diez minutos. Pero gracias por la invitación.

–¡Un placer! –exclama la señora Chesterton, y agarra a su marido del brazo para llevárselo fuera del salón–. Vamos a dejarles trabajar, Gary. ¡Buena suerte! Ah, una cosa: ¿os importaría dejar aquí los zapatos?

–Claro que no –respondo, y me quito las deportivas.

Zach espera a que salgan y luego se vuelve hacia nosotros levantando las manos.

–Uf, lo siento... –masculla.

–¿Por qué? –pregunta Trish–. Son muy majos.

Él niega con la cabeza.

–A veces pueden ser... demasiado extrovertidos. Venga, vamos.

Había dado por hecho que los padres de Zach serían parecidos a los de Joey, en vista de lo ambiciosos que son sus dos hijos. Sin embargo, los Chesterton no se parecen en nada a los esnobs que me esperaba; de hecho, parecen encantadores. Supongo que no todos los Chicos Serios tienen Padres Seriamente Horribles.

Zach nos conduce por una escalera de madera que desemboca en un pasillo. Luego, avanzamos entre un despliegue impresionante de fotos familiares hasta llegar a la puerta más alejada, tras la cual se encuentra su habitación (que es enorme y de una pulcritud casi inquietante).

–Madre mía –susurra Camilla, mirando a su alrededor–. Aquí se podría hacer una operación a corazón abierto.

–Ya –dice Zach, llevándose la mano a la nuca; es obvio que le incomoda que veamos hasta dónde llega su perfeccionismo–. Es que me gusta que esté limpia.

Sobre su cama, de aspecto antiguo, hay una docena de cojines colocados de forma simétrica. A mi derecha veo una estantería con los libros organizados por color y tamaño. Hay pósters de los grupos de K-pop que le gustan colocados a intervalos regulares en las paredes, y la moqueta tiene pinta de recién aspirada (sospecho que siempre está recién aspirada).

–Supongo que soy un poco maniático del orden –admite Zach al darse cuenta de lo flipados que estamos–. En fin.

Avanza hasta su escritorio y enciende un anillo de luz que cuelga sobre la pantalla de su portátil. La zona queda bañada en un resplandor cálido.

–¿Os parece bien así?

–Hala –dice Trish, impresionada–. Debes de tomarte muy en serio el asunto videollamadas.

El enorme escritorio de Zach está cubierto de papeles y documentos, colocados en un orden tan impecable que creo que roza lo obsesivo. Hay archivadores etiquetados y organizados por orden alfabético. Las notas adhesivas están separadas por colores. No hay ningún bolígrafo fuera de sitio, ninguna tarea por hacer que no esté apuntada en una lista. Lo de «maniático del orden» se queda corto.

Zach se acomoda en su silla y coloca en el escritorio su móvil, que ya tiene abierta la cuenta de Instagram oficial de nuestro curso.

–Sabéis cómo va esto de los directos, ¿verdad? –pregunta, mirándonos a Trish y a mí.

–Sí, Zach –respondo con una sonrisa–. Sabemos cómo funciona Instagram.

–Por si acaso. –Se levanta y echa un vistazo a su reloj–. Bueno, pues la cuenta es toda vuestra. ¿Alguna pregunta?

–No piensas quedarte aquí, ¿verdad? –dice Trish.

–¿Por qué? ¿Es que piensas despellejarme? –pregunta él, fulminándola con la mirada.

–A ver... –Trish se apoya en el escritorio y hace una mueca–. Tampoco es que vaya a echarte flores.

–Es broma –replica él con una sonrisa–. Esto son unas elecciones; critícame todo lo que quieras. Os espero abajo.

Se marcha y cierra la puerta tras él.

Camilla se sube a la inmaculada cama y apoya la cabeza en un cojín.

–¿Cómo te sientes, reina? –pregunta.

Trish toma aire, lo suelta con lentitud y se humedece los labios.

–Nerviosa, pero en plan bien.

Hoy se ha vestido de presidenta, con una americana cruzada de color violeta con botones plateados. Unos pendientes en forma de cubos cuelgan justo por debajo de sus rizos, y su sombra de ojos (espolvoreada con la cantidad justa de purpurina) hace que chispeen sus ojos castaños.

–Lo vas a petar –le digo.

–Lo sé. –Me guiña un ojo y señala la silla del escritorio de Zach–. Pero te toca a ti primero. Ponte cómodo.

Tomo asiento y me enderezo la pajarita mirando mi reflejo en el móvil de Zach, mientras repaso lo que les voy a decir a mis compañeros de curso. Me había planteado escribir un discurso formal, pero al final he preferido algo más auténtico e improvisado.

–Faltan diez segundos –indica Camilla desde la cama, que queda justo fuera del encuadre del móvil de Zach–. Cinco, cuatro, tres, dos...

Toco el botón para iniciar el directo.

–Hola a todos –digo mientras la gente empieza a conectarse–. Soy Blaine Bowers, el chaval de los murales que decidió presentarse a las elecciones escolares en plan random. –Trish se ríe fuera de cámara, y yo continúo–: Tengo información importante sobre las elecciones, pero voy a esperar a que se unan unas cuantas personas más.

Los diez primeros espectadores se convierten enseguida en veinte. Después, en cincuenta. En un abrir y cerrar de ojos hay cien personas viéndome, y la cosa sube. En realidad, no es ninguna sorpresa: el rumor sobre el amaño de Joey y Ashtyn corrió como el fuego la semana pasada, y les prometimos a nuestros compañeros que les daríamos noticias hoy.

Y, desde luego, están a punto de recibir una gran noticia.

–En primer lugar, quiero dar las gracias a todas las personas de nuestro curso que participaron este año en las elecciones –comienzo, un poco nervioso por verme en cámara–. Hayáis votado por mí o por Zach, colaborar con estas cosas es importante. Y hablando de Zach..., también quiero darle las gracias a él por dejarnos usar la cuenta de Instagram oficial de nuestro curso. No tenía por qué hacerlo, pero se ha portado muy bien.

Hago una pausa para repasar la lista de cosas que quiero comentar.

—Como casi todo el mundo sabe, la elección del presidente del último curso se ha... complicado. Por decirlo de forma sencilla, hubo un incidente con las papeletas que afectó al proceso de recuento y, por desgracia, eso significa que no tenemos ni idea de quién ha conseguido más votos, si Zach o yo. Pero necesitamos un presidente: el último curso es el más importante del instituto, y nos merecemos tener un líder que dé un paso al frente, tome el mando y haga lo necesario para que todo vaya bien.

Hago otra pausa, nervioso de repente.

¿Me odiará la gente por hacer esto? ¿Se burlarán de mí hasta el día de la graduación? Después de todo, una de las principales críticas que Zach me lanzó fue que abandono las cosas. Y el mural sin terminar de la señora Ritewood demuestra que esa opinión no iba desencaminada...

Pero supongo que hay una gran diferencia entre abandonar por una buena razón y hacerlo por una mala.

Respiro hondo.

—Vamos a ver —digo—: la verdad es que no creo que yo vaya a ser el presidente que os merecéis. A lo largo de esta campaña, he aprendido algo sobre mí mismo: el consejo estudiantil no... no es para mí. Lo mío es pintar; si hay algo que me gusta en el mundo, son mis murales. Puedo cambiar las cosas a mi manera haciendo lo que más me gusta: dar un toque de color a las fachadas de nuestro rincón de Chicago. Y, por eso, voy a... —Hago una pausa e intento tragar el nudo gigante que se me está formando en la garganta—. Voy a retirarme de las elecciones.

Las reacciones y los comentarios explotan de inmediato.

Que qué?????, escribe alguien.

ESTÁS DE COÑA?, añade otro.

OMG BLAINE, NO, es lo último que leo antes de volver a mirar a cámara.

«Evita los comentarios», me recuerdo. «No bajes la vista».

–Sin embargo, hay alguien que creo que sería una presidenta de curso excelente: Trish Macintosh. –Echo un vistazo a mi izquierda y la veo, mirándome con una sonrisa orgullosa–. Según las normas de las elecciones, Trish, mi jefa de campaña, puede ocupar mi lugar en la candidatura. Y sí, sé que mucha gente dará por hecho que digo esto porque es mi mejor amiga. Pero eso no es verdad: si la apoyo es porque tiene todas las cualidades necesarias para ser una buena presidenta. Os las resumo.

Me detengo para calmar mi respiración, consciente de que necesito clavar la siguiente parte.

–Cuando decidí presentarme a las elecciones, fue Trish quien me propuso hacer el cartel de «Vamos a hablar» para conseguir firmas. Trish sabía que la clave de una buena campaña es escuchar a los votantes. –Aunque estoy tratando de ignorar los comentarios, me doy cuenta de que una oleada de corazones ilumina la pantalla–. Después de escucharos a muchos de vosotros mientras reunía las firmas, fue Trish quien consiguió atar cabos entre vuestras respuestas hasta llegar al tema de la salud mental. Y fue también a ella a quien se le ocurrió montar la iniciativa por el bienestar de Wicker West, de la que os hablará con más detalle ahora mismo. En resumidas cuentas, lo cierto es que Trish ha sido el cerebro de mi campaña. De modo que, si queréis a alguien con visión para mejorar la vida de los estudiantes de Wicker West, ella es vuestra candidata.

Hago una pausa para respirar otra vez y me fijo en el número de espectadores: trescientos veinte.

Joder.

No la cagues con el final, Blaine. ¡No la cagues!

—Y esa es la razón —digo, sonriendo ampliamente— por la que estoy más que encantado de presentaros a Trish Macintosh, nuestra futura presidenta del último curso.

Me pongo en pie con rapidez y me aparto para que ella ocupe mi lugar.

—Gracias, Blaine —susurra, y me da un golpecito con el codo.

Toma asiento y mira a la cámara con una sonrisa radiante.

«Pues claro que es la presidenta perfecta», pienso al verla dominar la cámara. ¿Cómo es que no me había dado cuenta antes?

—Hola, compañeras y compañeros —dice alto y claro, más confiada que nunca—. Soy Trish Macintosh, y quiero pediros vuestro voto el martes que viene. Sé que tengo la empatía, la amplitud de miras y la frescura que hacen falta para ser una buena presidenta del curso. Os voy a contar por qué.

Echo un vistazo a Camilla, que aferra un cojín con nerviosismo mientras observa a su novia como una madre competitiva en el partido de béisbol de su hija.

—Como ha mencionado Blaine, estoy convencida de que el cuidado de nuestra salud mental tiene que convertirse en la prioridad de Wicker West. Si estáis viviendo algún problema de salud mental, como me ha ocurrido a mí durante la mayor parte de mi vida, nuestro instituto os está fallando. Y eso es especialmente cierto si pertenecéis a una comunidad racializada. Si vivís con una discapacidad, Wicker West puede y debe hacer más. Y lo mismo ocurre si pertenecéis a la comunidad LGBTQIA+. A continuación, os presentaré mi plan y os explicaré cómo financiarlo sin necesidad de subir el precio de las entradas del baile de fin de curso ni de pagar sumas adicionales.

Alguien da un golpecito en la puerta. Me acerco de un salto y abro una rendija.

Es Zach, con un plato de pan de ajo en las manos.

–Buenas –susurra.

–Hola –respondo, mientras salgo de la habitación y cierro la puerta para no distraer a Trish.

–Lo siento, no quería interrumpiros –dice, tendiéndome el plato–. Mi madre se ha empeñado en que os traiga esto.

Me río y acepto la ofrenda.

–No pasa nada. Gracias.

–¿Cómo va todo? –pregunta.

–Por el momento, bien –respondo–. No te estamos poniendo a parir... todavía –añado con una sonrisa.

–A ver... Después de lo que te hice con las notas de la preparación y tal, un poco me lo merezco.

Lo pienso un momento.

–También es verdad.

Asiente con la cabeza, incómodo.

–Bueno –dice–. Os dejo tranquilos.

–Gracias otra vez por dejarnos hacer esto –digo–. Ha sido muy amable por tu parte.

Él se encoge de hombros.

–Trish se merece esta oportunidad... Y, la verdad, no estaríamos metidos en este lío si no fuera porque nuestro exnovio y mi jefa de campaña trataron de amañar las elecciones. –Se muerde el labio inferior, como si le costara seguir–. Por cierto, yo... he dejado a Joey.

«Menos mal», pienso. Lo cierto es que Zach tiene motivos más que suficientes.

Pero en lugar de decirlo, le pregunto:

–¿En serio?

—Sí. Es un...

—¿Gilipollas?

Zach se ríe.

—Sí. Y...

—¿Un payaso?

Se ríe todavía más fuerte.

—Es verdad. Pero...

—¿Es un payaso gilipollas que, además, tal vez me haya puesto los cuernos?

Zach se vuelve a poner serio.

—No —responde, y niega enfáticamente con la cabeza—. Eso no. Al menos, no conmigo.

—Vale. En el fondo no lo creía, pero los tiempos eran un poco sospechosos.

—En serio. —Sacude la cabeza todavía más fuerte—. Ni siquiera le agarré de la mano hasta que terminó contigo. Me crees, ¿verdad?

Me lo pienso un segundo.

—Sí —respondo con una pequeña sonrisa—. Confío en ti —añado, y me meto una rebanada de pan de ajo en la boca—. ¿Sabes qué? Casi me siento mal por Joey. Lo único que le importa es la popularidad, el poder y la opinión de sus padres.

—Bueno... No creo que se sienta muy poderoso ahora que lo han expulsado unos días, la verdad. —Zach se inclina hacia mí y baja la voz—. He oído que la Northwestern University incluso podría rescindir su matrícula. Y, aunque no lo hagan, es posible que sus padres no le dejen ir.

Abro mucho los ojos mientras mastico la delicia de ajo de la señora Chesterton.

—¿En serio?

Él asiente con la cabeza, conteniendo una sonrisa.

–Están muertos de vergüenza por lo que ha hecho, y dicen que tal vez lo obliguen a trabajar en la empresa de su padre cuando termine el curso. En plan enseñarle una lección, o algo así. –Hace una mueca–. Pero yo no te he dicho nada, ¿eh?

Me paso los dedos por los labios como si cerrase una cremallera.

–Me alegra que tus padres no sean así.

Frunce el ceño.

–¿Como los Oliver? No, ni de coña. Menos mal.

–Tiene que ser horrible vivir con esa presión constante para ser perfecto...

Suelta un suspiro.

–Bueno, ya me presiono yo por mi cuenta.

–Me he dado cuenta por tu habitación –comento con una sonrisa–. Deberías tratarte mejor, Zach. Descansar un poco, disfrutar de la vida... El último curso solo se vive una vez, y no creo que quieras perdértelo por puro cansancio.

–Tienes razón. –Sonríe–. Parece que se te está pegando eso de la iniciativa por el bienestar, ¿no?

Sonrío aún más.

Harvey se acerca sigiloso por el pasillo y empieza a frotarse contra los tobillos de Zach.

–Hala, Harvey, vamos a dejar en paz a esta gente –dice él, tomándolo en brazos antes de girarse hacia mí–. Nos vemos abajo en un rato.

–Genial –respondo–. Dale las gracias a tu madre por el pan de ajo.

–Lo haré.

Cuando ya estoy a punto de entrar, oigo la voz de Zach desde la mitad del pasillo.

–Ah, por cierto: ¿qué pasa contigo y con Danny?

El corazón me da un vuelco solo de oír su nombre.

—¿A qué te refieres?

Zach ladea la barbilla con una sonrisa.

—Venga ya, Blaine. Es evidente que os gustáis.

Me esfuerzo por buscar las palabras apropiadas, y él se da cuenta.

—Lo sé, lo sé, no es asunto mío —dice mientras retrocede—. Pero, si quieres mi opinión, yo te diría que des el paso mientras puedas. Después de todo, el último curso solo se vive una vez, como tú dices.

CAPÍTULO 32

Me doy la vuelta en la cama y le acaricio la tripa a Fudge, que está aprovechando el sol de la mañana. Luego, abro Instagram.

Lo primero que veo es una foto del nuevo rinconcito de lectura de tía Starr. En uno de los estantes hay una figura de piedra de un tiranosaurio rex, con las palabras «Museo Field» talladas en la base. El pie de foto es «¡Por los nuevos comienzos!», con emojis de una cara sonriente, un dinosaurio y un corazón verde. Le doy un me gusta y sonrío, consciente de que he soportado la primera semana sin mi tía mucho mejor de lo que esperaba. (Puede que sea porque nos pasamos el día entero mandándonos notas de voz para darnos ánimos, hasta el punto de que apenas noto que se haya mudado). A pesar del miedo que me daba todo esto, no he llorado hasta quedarme dormido ni una sola vez en la última semana, lo que me parece una gran victoria.

Lo segundo que veo es un selfi de Zach con Harvey en el porche de su casa, subido hace trece minutos. Los dos están monísimos. El pie de foto es «¡Miau gustan los días soleados!», junto a una hilera de soles. Le doy otro me gusta y comento con un emoji de gato con corazones en los ojos. Dos segundos más tarde, Zach le da me gusta a mi respuesta.

Solo han pasado dos semanas desde que Trish y él se enfrentaron en las urnas, y estoy bastante seguro de que la velocidad con la que hemos pasado de ser enemigos mortales a buenos amigos podría salir en el libro Guinness de los récords.

Fudge empieza a impacientarse por escapar de mi cuarto, así que me levanto y me lavo la cara antes de ir al piso de abajo. Desde la escalera puedo oír y oler algo apetitoso que chisporrotea en la cocina. Es extraño, porque pensaba que tanto mi madre como mi padre trabajaban esta mañana y, cuando eso ocurre, siempre desayuno una barrita de muesli y un café para llevar.

–¿Cenayuno? –pregunto al entrar en la cocina, todavía un poco grogui.

Sorprendentemente, mi madre lleva una camiseta y unos vaqueros, en vez de su uniforme de trabajo. Mi padre, en pijama, da la vuelta a unas gruesas lonchas de jamón que hay en la plancha.

–Buenos días, hijo –dice mi madre, y le da un sorbo a su café–. No sé si sabes que, cuando se come comida de desayuno para desayunar, eso se llama desayuno, ¿verdad? No cenayuno.

–Sí, claro, pero...

Miro del uno a la otra, confuso.

No dicen nada.

–¿No tenéis que trabajar hoy? –pregunto.

–He decidido tomarme el día libre –responde mi padre, echando sal marina sobre una sartén de huevos revueltos.

–Yo también –añade mi madre, apartando unos trapos del taburete que hay frente a ella para que yo también pueda sentarme–. Vamos a hacer un poco de limpieza general en la casa.

–Y en mi cobertizo –añade mi padre.

Abro la boca para pedirle que tenga cuidado con mis botes de pintura y el resto de mis cosas para los murales, pero él me interrumpe:

—No te preocupes, hijo: no voy a tocar tus materiales.

Me acomodo frente a la isla, un poco mosca por el comportamiento de los dos.

—¿Qué pasa? —pregunta mi madre riéndose un poco, y da otro sorbo a su café—. Tienes cara de desconfianza.

—Es que desconfío —contesto, abriendo mucho los ojos—. Ninguno de los dos se toma nunca un día libre, ¿y ahora habéis decidido tomaros unas «vacasaciones» juntos?

—Vacasaciones, ¡ja! —dice mi padre, riéndose por el invento—. Eso es exagerarlo un poco.

—En realidad, hemos decidido tomarnos todo el fin de semana libre —explica mi madre. Deja la taza sobre la isla y se gira hacia mí—. ¿Qué te parece si mañana vamos al William's Outfitters?

—¿En serio?

—En serio.

Mi padre se acerca, con un plato lleno de comida en la mano, y lo deja delante de mí.

—Sé que has quedado a cenayunar con tu tía, pero habíamos pensado que podríamos ir antes a William's y dejarte luego en el apartamento de Starr, que no está muy lejos.

Los miro con los ojos entrecerrados.

—¿Cuál es la trampa?

Mi madre me roba una fresa del plato.

—No hay trampa.

—Solo queremos pasar tiempo contigo, eso es todo —dice mi padre mientras deja un plato de huevos revueltos con jamón delante de ella–. Eso sí: que conste que sigo pensando que William's es una estafa.

–Pero puedes elegir una corbata –susurra mi madre–. Incluso dos o tres.

Sonrío.

–Digamos que es nuestro regalo para ti por presentarte a las elecciones –añade él mientras coloca las sartenes sucias en el fregadero.

–Pero si abandoné –les recuerdo–. ¿Es que no habéis recibido la noticia?

Mi madre me mira con reproche.

–No te hagas el listo, Blaine: claro que hemos recibido la noticia. Pero estamos orgullosos de que salieras de tu zona de confort para intentarlo.

–Y estamos todavía más orgullosos de ti por haber tenido el valor de corregir el rumbo cuando te diste cuenta de que no era lo tuyo –añade mi padre.

–Vale –digo con una sonrisa–. Pero, eh... ¿Puedo rechazar amablemente la oferta?

Los dos se miran antes de volverse hacia mí.

–¿Rechazar amablemente una visita a William's Outfitters? –pregunta mi padre, arrugando la frente–. ¿Y eso por qué?

–Porque preferiría comprar más pintura –respondo.

Los dos sonríen de oreja a oreja, como si yo acabara de ganar el premio al Hijo del Año o algo así.

Siento que me estoy poniendo rojo.

–¿Qué pasa?

–Me parece genial –responde al fin mi madre con voz suave, mientras corta el jamón de su plato en trozos pequeños–. Por cierto, deberías saber que tu padre terminará la obra de Wacker Drive la semana que viene.

–Y el miércoles, el compañero de tu madre que se encarga de los turnos de tarde volverá de su permiso de paternidad –añade él.

Los dos vuelven a mirarme como si esas cosas tuvieran que significar algo.

–Ah, pues muy bien –digo, y muerdo un trozo de tostada–. Dale la enhorabuena a tu compañero por haber sido padre.

–Lo que estamos tratando de decirte, Blaine, es que, dentro de poco, los dos empezaremos a pasar mucho más tiempo en casa.

–Ah. –Miro del uno a la otra–. ¿En serio?

–Sí –responde mi padre, y se limpia el bigote con una servilleta–. Muy pronto.

Mi madre me revuelve el pelo, sonriente.

–Y ahora, date prisa y termina de desayunar. Tienes la asamblea de los Premios Mágicos dentro de un rato, ¿verdad?

–¿Qué es eso? –pregunta mi padre.

–El instituto da premios a los alumnos más notables y a los equipos deportivos que han ganado algo esta temporada, y... –le echo un vistazo al móvil–. Mierda, voy a llegar tardísimo.

Me trago el resto de la comida casi sin masticar y subo las escaleras de dos en dos.

–¡Gracias por el cenayuno..., quiero decir, el desayuno! –exclamo antes de entrar en mi cuarto.

–¡De nada! –grita mi padre–. ¡Y no corras por la casa en calcetines, que te vas a caer!

Me pongo unos vaqueros y una camiseta de un gris claro, me lavo los dientes y bajo los escalones a la carrera, resbalando cada dos pasos (mi padre tenía razón).

–¿Podéis sacar a Fudge vosotros, ya que vais a estar en casa? –grito desde el recibidor mientras me pongo las botas–. ¡Gracias!

Voy medio trotando hacia el instituto. La mañana sigue igual de soleada, y me arrepiento enseguida de haberme puesto una camiseta clara que delata cada una de las gotas de sudor que caen por mi espalda. Cuando llego está sonando el último timbre, así que me voy directo al gimnasio, donde va a tener lugar la entrega de premios.

Encuentro el gimnasio abarrotado y lleno de ruido. El tufo a colchoneta vieja y a mil colonias diferentes me golpea en la cara al entrar. Por un momento, el recuerdo traumático de mi debate con Zach me pone los nervios de punta, pero luego pienso en cómo salió todo al final (y me recuerdo que no voy a ser yo quien esté bajo los focos esta mañana).

Uf. Menos mal.

—¡Blaine! —exclama Trish sobre el jaleo de voces.

Estiro el cuello para buscarla entre el mar de caras y por fin la veo, agitando las manos en la primera fila de las gradas.

—¿Por qué no me sorprende que hayas conseguido asientos de primera fila? —le pregunto, metiéndome en un hueco estrecho entre ella y una chica con coletas.

—¿Por qué no me sorprende que llegues tarde? —replica ella.

Hay docenas de sillas colocadas en un lateral de la pista, todas mirando hacia el centro de la cancha. Los representantes actuales del consejo estudiantil se encuentran en las primeras filas, junto a los equipos de atletismo, el club de Trivial (que, al parecer, ha ganado el campeonato estatal o algo por el estilo) y un puñado de estudiantes que han conseguido premios destacados este curso. Veo a Zach con su camiseta de rayas, charlando alegremente con la vicepresidenta de nuestro curso. Cerca de él distingo a Joey, recién llegado de su expulsión; incluso desde tan lejos se nota que está hecho polvo.

–Mira a mi chica –dice Trish con orgullo, y señala con la cabeza las hileras de sillas.

–¿Dónde está? –pregunto mientras la busco con la mirada–. ¡Ah! Ya la veo.

Camilla se encuentra un par de filas por detrás de Zach, guapísima con su falda naranja y su camiseta suelta de color blanco.

–¿De dónde ha sacado esa ropa? –pregunto.

–Ni idea –responde Trish–, pero estoy encantada de que sea mi novia.

El director Spice se pone en pie, se sitúa detrás del micrófono que hay en el centro de la cancha y espera a que todo el mundo se calme.

–¡Han sido unos nueve meses increíbles, instituto Wicker West! –dice al fin, animando a los estudiantes a responder con un aplauso–. Con esta ceremonia de entrega de los Premios Mágicos, queremos celebrar los grandes momentos y los triunfos que han hecho que este curso sea digno de recordar. –Echa un vistazo a sus notas–. En primer lugar, ¡un aplauso para nuestras chicas del equipo de voleibol juvenil!

Varias chicas muy altas se ponen en pie y saludan mientras el público vitorea.

–No solo han ganado la liga, ¡sino que han logrado llegar a los cuartos de final estatales! –explica el director–. Entrenadora Smith, ¿le gustaría decir unas palabras?

–Hola –me dice al oído la chica de coletas que tengo al lado.

Me giro hacia ella.

–Hola.

–Tú eres Blaine Bowers.

–Sí.

–Me gustó lo que dijiste en el debate hace unas semanas.

No tengo claro si se está burlando de mí o no.

–Pues... ¿gracias?

–Al principio fue muy incómodo verte –añade–, pero al final lo clavaste.

–Ah, te agradezco que me lo digas.

–La iniciativa por el bienestar de Wicker West es una idea increíble –susurra–. Espero que se haga realidad algún día.

Le sonrío con todas mis ganas.

El director Spice presenta a un par de equipos más que han ganado campeonatos o algo así, antes de pasar a los logros individuales de algunos estudiantes.

–Ya le toca, ya le toca –me dice Trish al oído, estrujándome el brazo.

–¡Au! –me quejo.

–Lo siento. ¡Es que estoy emocionada!

Todavía tenemos que esperar a que el director Spice mencione a un par de estudiantes más (Cassie Moorehead, que recaudó un montón de dinero con su página de Etsy para combatir el cambio climático, y Marquis Stone, que lanzó un hashtag ultraviral para ayudar en causas benéficas mientras era becario en la Fundación Obama) antes de llegar a lo bueno.

–La siguiente es Camilla Castro, de tercero –dice el director.

–¡Allá vamos! –dice Trish, sacando el móvil para grabar.

–Esta primavera, Camilla ha hecho prácticas en el museo Field, donde ha estudiado los patrones migratorios de varias especies de dinosaurios –continúa el señor Spice–. Los responsables del museo se han quedado tan impresionados con ella que le han concedido un puesto en el programa de investigación del próximo otoño, que, además, incluye una beca para la universidad. ¡Buen trabajo, Camilla!

Trish y yo nos ponemos en pie y nos volvemos locos, mientras Camilla acepta la medalla que le entrega el director y nos manda un guiño y una reverencia antes de volver a su asiento.

–Ay, qué bien haber podido grabar esto –comenta Trish, y reproduce el story en su móvil.

–Oye.

Es la chica de las coletas otra vez.

Me vuelvo a girar hacia ella.

–Hola.

–¿Por qué abandonaste como candidato? –me pregunta.

–Pues...

Esto no me lo esperaba.

–No quiero meterme en tus asuntos –añade, a pesar de que eso es exactamente lo que está haciendo–. Solo es curiosidad.

–Tranquila –respondo–. Básicamente, me di cuenta de que el consejo estudiantil no era lo mío.

–Yo aún estoy en primero, pero creo que me gustaría presentarme a las elecciones alguna vez.

–Pues no lo dudes.

–¿Pero cómo supiste que no era lo tuyo? –insiste–. Es que... no sé, me gustaría presentarme, pero no querría darme cuenta de repente de que he cometido un error mientras estoy en pleno debate, delante de todo el mundo. –Hace una pausa–. No te ofendas, porfa.

Me río.

–Es una pregunta difícil. Creo que, al final, me di cuenta de qué era lo que quería hacer de verdad, y eso me ayudó a comprender lo que no quería hacer. No sé si me explico.

Ella se lo piensa un momento.

–¿Y qué quieres hacer de verdad?

—Pintar la fachada de tiendas de barrio —respondo con una sonrisa—. Los murales dan un toque de alegría a la ciudad y ayudan a los negocios locales, y yo gano un poco de dinero al hacerlos. Me gusta mucho.

—Se nota —dice—. Se te alegra la cara solo de hablar de ello.

—¿De verdad?

—De verdad —asiente mientras se vuelve a girar hacia la cancha—. Está claro que te lo tomas muy en serio.

Ah...

Sonrío y me vuelvo también hacia el director Spice.

A lo mejor sí que soy un Chico Serio, después de todo.

—Para terminar esta ceremonia de entrega de premios, quisiera homenajear a los representantes electos del consejo estudiantil —anuncia el director—. Hemos tenido unas elecciones muy reñidas este año, con ciertas... incidencias dignas de mención. Aun así, el señor Wells me ha asegurado que los representantes del curso que viene son personas competentes y activas, y que están más que cualificados para tomar las riendas.

Mi mirada se cruza con la de Zach, y él me dirige una sonrisa.

—Como dicta la tradición, los representantes de cada curso anunciarán a la persona que va a ocupar su cargo el otoño que viene —continúa el director Spice—. Vamos a comenzar por el último curso. Por favor, que suba Joey Oliver al escenario.

De pronto, la gente se queda callada.

Sí, claro, se oyen algunos aplausos aquí y allá. Pero, en general, el silencio es tan incómodo que da dentera. La verdad es que no me extraña.

A nadie le gustan los tramposos.

Joey, con unos vaqueros rotos y una gorra de béisbol torcida, se acerca al micrófono. Algunos estudiantes empiezan a abuchearlo, pero los profesores lo acallan enseguida.

La verdad es que da cosa verlo.

–Hola, Magos de Wicker West –empieza Joey. Carraspea y trata de sonreír.

Uf, casi me siento mal por él. Casi.

Deseoso de escabullirse lo antes posible, Joey saca el mazo de presidente que llevaba detrás de la espalda.

–Bueno, vamos al grano –dice, evitando mirar a nadie del público–. Recibamos con un aplauso a la persona que ocupará la presidencia del último curso el año que viene...

Miro a Trish de reojo y le lanzo una sonrisita.

Ella se muerde el labio y me da un golpe en el brazo.

Joey se acerca un poco más al micrófono.

–Con todos vosotros, ¡Trish Macintosh! –exclama.

El gimnasio estalla en aplausos mientras Trish cruza la pista, muy elegante con su cazadora fucsia y sus zapatos de plataforma. Hay mucha gente en pie, incluido Zach. Camilla salta en su sitio como si su novia acabara de ganar una medalla en las Olimpiadas. Yo, por mi parte, saco el móvil para capturar el momento.

Trish toma el mazo que le tiende Joey y los dos se dan la mano con una sonrisa forzada, haciendo como si al menos se toleraran. Joey vuelve a su asiento de inmediato, pero Trish se queda un momento más en el centro de la cancha, saludando a las gradas y disfrutando del calor de la victoria.

Trish Macintosh, presidenta del último curso.

Suena fenomenal.

CAPÍTULO 33

Trish, Camilla y Zach me invitan a ir con ellos a comer pizza en el Gino's East después de clase. Mi estómago gruñe para obligarme a aceptar, pero no puedo ser tan informal.

–Porfi... –me pide Trish por tercera vez, poniéndome ojos de cachorrito triste.

Camilla y Zach la ven y adoptan la misma estrategia.

–¡Ojalá pudiera! –exclamo, mientras meto el último libro en mi taquilla y la cierro–. Pero es que tengo que terminar el mural.

Camilla me muestra su medalla.

–¿Es que esto no significa nada para ti? Que ahora soy una científica importante, tío. Piensa que podrías compartir mesa con la próxima Bill Nye.

Se me escapa una sonrisa, pero me fuerzo a negar con la cabeza.

–Chicas, vamos a dejarle en paz –dice Zach, dándome unas palmadas en la espalda–. Te guardaremos un trozo, Blaine.

Me río entre dientes.

–No lo haréis.

–Pues no, no creo que lo hagamos –se ríe Trish mientras los tres empiezan a alejarse–. Pero escríbeme cuando termines, si quieres quedar más tarde.

–Me parece bien.

Desaparecen por la esquina del pasillo, y yo me quedo a solas con mis ganas de ir con ellos. Haciendo de tripas corazón, me meto en el baño, me pongo la ropa vieja que tengo reservada para pintar y me dirijo al ala opuesta del edificio, donde está la salida más cercana al Biggest Bean.

Para matar el rato durante el largo camino por el instituto desierto, abro el correo para ver si la señora Ritewood me ha escrito algo después de que le terminara el trabajo, hace un par de días. ¡Sí que lo ha hecho!

«¡Estoy recibiendo un montón de elogios, Blaine!», comienza su mensaje. Luego me da las gracias por el mural de Marte que le pinté gratis en el fondo de la tienda (era lo mínimo que podía hacer, después de haberla dejado tirada durante semanas; aunque finalmente no la multaron por mi dejadez, la simple posibilidad me asustó tanto que me puse a trabajar a toda máquina). «Además, ayer las ventas subieron bastante», concluye la señora Ritewood. «No es que esté segura, pero algo me dice que la causa es el mural que hiciste en la parte de atrás».

Tecleo un mensaje de respuesta, sonriendo sin querer. Le pido disculpas una vez más por haberla dejado colgada durante la campaña y le prometo que me pasaré por allí pronto para comprarle un cuaderno de bocetos nuevo (tengo muchos planes de murales para este verano).

Me gusta recorrer el instituto a última hora de la tarde, cuando casi todo el mundo se ha ido a casa. El silencio es tan espeso que se oye el zumbido de los fluorescentes, y en los pasillos recién fregados flota un leve olor a la lejía que utilizan los conserjes. Me encanta esto de caminar a mis anchas, como si fuera el dueño del instituto.

Pero mi ensoñación se acaba en cuanto doblo la esquina que da al ala de Matemáticas. Porque, de pronto, veo a Joey a tres o cuatro metros de mí. Está solo, ordenando el interior de su taquilla.

Leches.

Freno en seco y me planteo la posibilidad de escabullirme antes de que me vea. Pero, como ocurrió frente al Fat Banana, me pilla in fraganti (y esta vez no puedo echarle la culpa a Fudge).

–Hola –dice con una sonrisa triste–. Bonita camiseta.

Bajo la mirada y me doy cuenta de que es suya... o, al menos, lo era. Es una camiseta viejísima y rota del equipo de los «MAGOS ATLETAS», que Joey me dio cuando empezamos a salir. Ahora está salpicada de la pintura de media docena de murales repartidos por todo el noroeste de Chicago.

–Ah –digo avergonzado–. No pretendía...

–Tranquilo –repone Joey con una sonrisa–, ya estaba vieja cuando te la di. Seguro que le estás dando buen uso, ahora que vuelves a pintar. –Hace una pausa–. Me alegró enterarme de eso, por cierto.

No tengo claro cómo hablarle (ni si debo hablarle, siquiera). Con suerte, el buen karma que he conseguido durante las últimas dos semanas al arreglar todas las cosas que había hecho mal hará que salte la alarma de incendios del instituto, lo cual me dará una excusa para salir corriendo y no volver a ver a Joey jamás.

–¿Qué tal vas? –me pregunta.

–Bien, bien –respondo–. ¿Y tú?

Se plantea la respuesta antes de esbozar una sonrisa dolorida.

–He estado mejor.

La persona que tengo delante no es la misma que apareció en la puerta de mi casa para llevarme al Grey Kettle. Tiene ojeras, y en sus zapatillas blancas hay manchas verdes de césped recién cortado. A su pelo, apelmazado por la gorra de béisbol que llevaba antes, le vendría bien un buen chorro de champú, y sus vaqueros rotos me parecen aún más cutres que en la asamblea, hace unas horas.

Parece hecho polvo, y me digo que debería alegrarme verlo así.

Pero no me alegra.

–He oído que tal vez trabajes en la empresa de tu padre el curso que viene, ¿no? –pregunto, en un intento de dar un sesgo positivo a lo que es una faena incuestionable.

–Puede que lo haga, sí –dice.

Cierra la taquilla y da un par de pasos hacia mí.

Yo también me acerco a él.

–Mola –digo, y él se encoge de hombros.

–Yo no diría eso, la verdad. Preferiría ir a la Northwestern University.

Hago como que me sorprendo.

–Ya... ¿Y por qué no vas a ir?

–Blaine –me corta, mirándome como si supiera que ya conozco la respuesta–. A mis padres no les hizo mucha gracia lo de... –Menea la cabeza–. Ya sabes: todo lo que pasó.

–Ah. Entiendo.

–De todas formas, quizá pueda incorporarme en el segundo semestre –explica–. Ya veremos.

Esto es insoportable. ¿Qué pinto metido en esta conversación? ¿Y por qué siento la necesidad de portarme bien con

Joey, que me ha tratado como si yo fuera un chicle pegado a la suela de su (antaño) reluciente zapato? No se merece ni un segundo más de mi tiempo.

–Bueno, pues me voy –digo. Doy un paso a un lado para esquivarlo–. Nos vemos, Jo...

–Espera –me pide, apoyando la mano en mi brazo–. ¿Te puedo decir una cosa?

Me detengo.

–Claro.

–Es solo que... –Suspira y traga saliva con fuerza, mirando al vacío como si necesitara ordenar sus pensamientos–. Lo siento mucho, Blaine.

Espero a que continúe, balanceándome un poco sobre los talones.

–Sé que tienes todo el derecho del mundo a odiarme –añade–. Yo me odiaría también. Y no te pido que me perdones; me dejé llevar por mi ego, y en el proceso me cargué tu victoria en las elecciones.

–¿Por qué? –pregunto–. ¿Por qué te importaban tanto estas elecciones?

–Porque sentía que te habías presentado solo para fastidiarme –responde él.

–No lo hice para fastidiarte –aclaro–. Solo pretendía... –Me siento cohibido de repente–. Pretendía recuperarte.

Carraspea, como si mi revelación lo hubiera dejado sin palabras.

–¿Cómo? –masculla al fin.

–Pues eso –digo, sintiendo que mis mejillas se sonrojan–. Quería demostrarte que podía ser un Chico Serio..., la clase de persona con la que querrías estar. –Suelto una risita–. Sí, ya lo sé: fue una estupidez.

Ahora sí que parece haberse quedado mudo.

–Tengo que marcharme, en serio –añado mientras empiezo a alejarme–. Que te vaya bien la vida, Joey.

–¿Por qué dices eso? –exclama–. ¿De verdad no vas a volver a hablarme nunca más?

Me detengo, me doy la vuelta para mirarlo y siento que mi sangre comienza a hervir.

–¿Por qué debería volver a hablarte? Me dijiste que estaba haciendo el ridículo. Trataste de amañar las elecciones para que perdiera. Cortaste conmigo el día de nuestro aniversario...

–¡No quería hacerlo! –exclama, y me doy cuenta de que está a punto de llorar–. De verdad, Blaine: yo no quería terminar de esa forma.

Miro a mi alrededor, pasmado. Casi desearía que hubiera alguien más cerca para confirmar que no estoy alucinando toda esta conversación.

–Si no querías terminar conmigo –repongo con lentitud, dejando que las palabras calen–, ¿por qué lo hiciste?

–A ver, no es que no quisiera romper –dice, y pestañea para contener las lágrimas–. Sé que es el mayor cliché de la historia, pero de verdad que no fue por ti, sino por mí.

Pongo los ojos en blanco y suelto una risita amarga.

–Lo digo en serio, Blaine –insiste él–. Me obsesioné pensando en la clase de chico con el que debería estar, en lugar de pensar en el chico con el que quería estar. Y, como sabes, mis padres tampoco me lo pusieron fácil. Ellos tienen muy claro el tipo de pareja que quieren para mí.

Doy un par de vueltas a sus palabras.

–Vale –asiento–. Sin embargo, el día del Fat Banana me dijiste que tus padres querían que rompieras conmigo. ¿Por qué los metiste en eso, si querías dejarme de todos modos?

–Ellos querían que lo hiciera antes de ir a Cabo –reconoce, mohíno–. Pero yo siempre me echaba para atrás... Quería buscar el momento adecuado, pero nunca lo encontraba. Y entonces llegó el viernes antes de que nos marcháramos, y yo me dejé llevar por el pánico y... –Suelta un suspiro derrotado–. Lo hice. Lo sé: fue horrible soltártelo de esa manera. No tendría que haberlo hecho.

–Es cierto –asiento–. Me dolió mucho, Joey.

–Lo sé.

–Me resultó muy humillante.

–Sí.

–Fue imperdonable, la verdad.

En ese momento, alguien sale de un aula cercana. Es Kim, la conserje, que se acerca a nosotros arrastrando un cubo con ruedas y una fregona. Joey y yo nos quedamos en silencio mientras ella se acerca con una sonrisa incómoda; es obvio que la conversación que está interrumpiendo es importante.

–Chicos –dice mientras nos saluda con un gesto de cabeza.

–Hola, Kim –respondo, y Joey le devuelve el gesto.

El sonido de las ruedas del cubo se apaga mientras Kim se aleja hasta perderse de vista en otra aula. Joey y yo volvemos a quedarnos atrapados en un silencio tan espeso como el hormigón.

–Bueno... –murmura, y se humedece los labios como si no supiera qué decir a continuación.

Yo tampoco sé qué quiero oír. No sé qué podría decirme Joey para cambiar algo de lo que ha pasado, para hacerme sentir mejor o, al menos, para justificar su comportamiento. De modo que comienzo a retroceder con una sonrisa desvaída, apurando los posos de lo que espero que sea nuestra última conversación.

Pero, de pronto, me detengo.

Porque, si de verdad esta es nuestra última conversación, quizá me queden cosas por decir.

–¿Sabes qué, Joey? –le digo–. Tus padres son lo peor. –Él levanta la mirada del suelo, y yo continúo–: En serio, mándalos a la mierda. Y no lo digo solo porque pensaran que yo no era suficiente para ti... Lo cual, por cierto, es una estupidez.

Joey sigue mirándome sin pestañear, con el rostro inexpresivo.

–Lo digo –continúo– porque está claro que tus padres no se paran a pensar en qué es lo mejor para ti. O, si lo hacen, dejan que sus propias inseguridades se interpongan. Lo único que les preocupa es cómo se refleja en ellos lo que hacéis tus hermanos y tú. Toda esa presión para que seáis perfectos... ¿Para qué? ¿Para que los tres os paséis amargados el resto de vuestra vida?

Él sopesa mis palabras.

–Pero mi hermano y mi hermana han...

–Tú no eres ellos, Joey –lo interrumpo–. Tú eres tú –añado, deseando haber tenido la claridad mental y la confianza en mí mismo necesarias para decirle todo esto hace meses–. Y, por cierto, creo recordar que fue un contacto de tu padre en la Universidad de Columbia quien sacó a tu hermano de la lista de espera y le permitió matricularse, ¿no? ¿Y no conocía tu madre a alguien en la Fundación Gates que recomendó a tu hermana cuando ella les presentó su proyecto?

Asiente lentamente con la cabeza, y luego baja los ojos una vez más.

–¿Ves? Puede que tus padres os abran puertas, pero también os obligan a pasar por ellas a empujones, os guste o no.

Me detengo para tomar aliento y veo que Joey se pasa la lengua por los dientes, con los labios aún cerrados. Creo que nunca lo había visto tan silencioso... Si pensara que me equivoco, seguro que diría algo. Pero no es así, y los dos lo sabemos.

Kim vuelve a aparecer al final del pasillo, empujando la fregona y el cubo tambaleante. Esperamos callados hasta que vuelve a pasar junto a nosotros.

–Chicos –repite.

–Hola, Kim –contesto, y Joey la saluda otra vez con un gesto de la cabeza.

Una vez Kim desaparece por segunda vez, Joey vuelve a ponerse la gorra del revés.

–No te equivocas, Blaine.

–Lo sé.

–Tengo que ser una persona independiente –añade, más para sí mismo que para mí–. Tengo que dejar de compararme con mi hermano y mi hermana, y tengo que sacarme a mis padres de la cabeza.

–Bien dicho –asiento, y me meto las manos en los bolsillos–. Me alegra que tú también te des cuenta.

El cuerpo entero se me afloja por el alivio. Me ha sentado de maravilla decirle la verdad a Joey; ahora me doy cuenta de que todas esas cosas se habían ido acumulando en mi interior sin que yo me diera cuenta, y jamás había encontrado la manera ni el momento de soltarlas.

–Todo va a salir bien –le digo, sonriendo un poco–. Lo sabes, ¿verdad?

Él se encoge de hombros, dudoso.

–Si me gustabas no era porque fueras el presidente del curso, ni porque fueras a ir a la Northwestern University, ni porque quisieras ser presidente del país algún día –le explico–. Me gustabas por ti mismo. Eres gracioso y listo. Y, a pesar de lo que hiciste el semestre pasado, también eres buena persona. No soy el único que lo piensa, te lo aseguro.

Finalmente, se permite sonreír también.

–Te lo agradezco mucho –dice.

Miro la hora en mi móvil: ahora sí que me tengo que ir ya. Mientras comienzo a alejarme por el pasillo, Joey añade:

–Enhorabuena por tu campaña; lo hiciste genial. Y dile a Trish que la presidencia del último curso estará en muy buenas manos con ella.

–Lo haré –contesto–. Nos vemos, Joey.

Me alejo a paso ligero: tengo un mural que terminar.

Cruzo las puertas del instituto y, una vez fuera, aumento el ritmo. La tarde es calurosa y húmeda, pero qué le vamos a hacer: es el precio de vivir en Chicago. El cielo está despejado, los pájaros pían y el olor del césped recién cortado me acompaña durante todo el camino al Biggest Bean. Me conformo con eso.

–Muy bien, Blaine –me digo a mí mismo al llegar al lateral del café, mientras contemplo la imagen casi terminada de la señora Nguyen–. Vamos allá.

Siempre me pongo nervioso antes de empezar un mural, pero con este estaba especialmente histérico. No por su tamaño (es uno de los más pequeños que he hecho), ni tampoco porque sea un diseño excesivamente complicado (la calidad de la foto de la señora Nguyen me ha sido de gran ayuda). Pero sabía que estaría un poco oxidado después de haberme pasado tanto tiempo sin pintar, y la idea de estropear una obra tan emocionante para Bao era verdadero combustible para mis pesadillas.

Por suerte, me está quedando genial.

Estoy convencido de que mi mural refleja la energía contagiosa que irradia la foto, y esa era mi prioridad absoluta. Las flores y las plantas que brotan en el fondo añaden docenas de tonos rojos, azules, amarillos, rosas y verdes. No sé gran cosa sobre la señora Nguyen, pero esta foto me hace desear que eso cambie.

Solo me queda rematar una cosa para terminar el mural: los detalles de la flor que lleva la señora Nguyen detrás de la oreja. Es una peonía, su flor favorita. No, no estaba en la foto original, pero creo que el añadido queda muy bonito.

Coloco la escalera de mano y me pongo a trabajar. El sol pega con fuerza, y la vista se me emborrona por el sudor. Además, cada vez que me imagino la pizza que se estarán comiendo Trish, Camilla y Zach al otro lado de la ciudad, me ruge el estómago reclamando pepperoni. Pero tengo que seguir.

—¿Una peonía? —dice alguien a mi izquierda.

El respingo que doy casi me hace caer de la escalerilla, pero recupero el equilibrio justo a tiempo.

—Lo siento —se disculpa Danny, y se muerde el labio izquierdo, azorado—. No pretendía asustarte.

Si no estuviera sudando ya, empezaría a hacerlo ahora.

—No te preocupes —digo, mientras bajo al suelo poniendo cara de que aquí no pasa nada—. Estaba terminando ya.

Va vestido con su camiseta blanca y sus vaqueros azules. Se acerca a la pared y la examina, con una sonrisa resplandeciente que no le había visto desde que lo localicé entre el público del debate.

—Te ha quedado increíble, Blaine.

Uf, menos mal.

Hago el gesto de secarme el sudor por el alivio, y acabo secándome el sudor de verdad. Me agacho y aparto la escalerilla para que Danny vea bien mi obra.

–La respuesta a tu pregunta es sí –digo–: he añadido una peonía. Me dijiste que era su flor favorita, ¿verdad?

Él asiente con la cabeza, sin dejar de mirar mi creación.

–Solo me falta terminar esa flor –añado–. Bueno, y añadir una capa de barniz cuando se seque del todo.

El tráfico se calma y, por un momento, no hay peatones ni ciclistas a la vista. Los pájaros que cantaban en un árbol cercano se quedan callados el tiempo suficiente para que el silencio empiece a pesarme. Es como si la ciudad entera hubiera apretado el botón de pausa solo para oír lo que vamos a decir a continuación.

–Eh... –decimos al mismo tiempo.

–Lo siento –añado yo con una sonrisa.

–No, no –dice, y me señala–. Tú primero.

Tomo aire, notando cómo las mariposas de mi estómago se empiezan a alborotar.

–Nada, que echaba de menos verte por ahí.

Sus labios se curvan en una sonrisa todavía más grande.

–Yo también te he echado de menos.

–Perdona que reaccionase así el día de las elec...

Él niega con la cabeza para interrumpirme.

–Ya te has disculpado por eso. Fui yo quien estropeó las cosas.

–Pero tú...

–Blaine, no vuelvas a pedirme perdón. –Se acerca más a mí–. Quien debería hacerlo soy yo.

Estamos a un paso el uno del otro. Sus ojos están clavados en los míos, y eso me parece más que bien.

Un momento.

Danny mantiene las manos detrás de la espalda, como si ocultara algo.

–Te he mentido –dice, y se acerca un poco más a mí–. Te dije que te había estado mandando señales falsas, pero no era verdad.

–¿No? –susurró, y trago saliva con dificultad.

–No. Lo que quería transmitirte en realidad era que me gustabas. Me gustas mucho.

Mi corazón tamborilea dentro del pecho como los percusionistas de la banda del insti.

–A mí también me gustas.

–Eres el primer chico que me atrae de verdad –confiesa–. Y, aunque ya había salido del armario, al principio me resultó extraño y... confuso. Pero ya no; ahora sé exactamente lo que siento.

–Yo también lo sé –respondo. A estas alturas, mi boca no es capaz de articular mucho más de tres o cuatro palabras seguidas.

–Blaine. –Sonríe, y los hoyuelos se marcan en sus mejillas. De pronto, sus ojos me parecen tan brillantes como los colores que rodean a su madre en el mural–. ¿Te gustaría salir conmigo alguna vez?

Suelto el aire.

–¿Me prometes que no iremos al Grey Kettle?

Él se acerca todavía más y suelta una risita.

–Desde luego.

–Entonces, claro que sí.

Saca el brazo de detrás de la espalda para mostrar lo que tenía oculto.

Ah.

Es la planta de aloe vera que le traje a Bao ayer, un ejemplar verde y lozano en una maceta de color azul intenso.

–¿Esto es cosa tuya? –me pregunta.

Me río suavemente.

–Bueno, sí. Es que te debía una, y una promesa es una pro...

Pero eso es lo único que soy capaz de decir, porque lo siguiente que sé es que sus labios están tocando los míos. De pronto, me parece estar en una de esas bolas de cristal con nieve dentro. Cada centímetro de mi cuerpo cosquillea. La mano libre de Danny se apoya en mi espalda y me acerca a él con suavidad hasta pegar mi tripa a la suya. Su boca es suave, su aliento huele a menta, y no me hace falta más para saber que quiero sentir esto mismo un millón de veces más.

Nos separamos y nuestros ojos se encuentran de nuevo.

–Lo único que quería de ti era una planta de aloe vera, Blaine Bowers –dice con una sonrisa–. Y entonces, vas tú y me...

Se queda callado y me mira, como si yo tuviera que decir algo en mi defensa.

Pero yo no soy capaz de formar ni una sola idea coherente: me abruman sus labios, sus ojos, su aroma, la mano que todavía está apoyada en mi espalda.

–Esto... –logro decir al fin–. ¿Qué es lo que he hecho, exactamente?

Él me besa de nuevo.

–Hacer que me pille por ti.

No sé muy bien cuándo se ha vuelto a poner en marcha la ciudad, pero, de repente, los pájaros vuelven a piar, los coches pasan por la calle y las aceras vuelven a poblarse de ejecutivos con el móvil en una mano y un café solo en la otra. De pronto cobro conciencia de toda la vida que se arremolina a nuestro alrededor, y eso me lleva de vuelta a la realidad.

—Bueno, pues... —dice.

—Pues... —repito yo sonriente.

—¿Quieres entrar a tomarte un café moca? —me ofrece—. Invita la casa.

Los dos caminamos de la mano hasta la entrada del Biggest Bean y, antes de doblar la esquina, Danny se detiene para echarle un último vistazo a la cara de su madre, rodeada de color y riendo bajo la luz del sol.

AGRADECIMIENTOS

Aunque *Simplemente Blaine* comenzó como una excusa para escribir una versión gay y juvenil de la gran peli de 2001 *Una rubia muy legal*, enseguida floreció hasta convertirse en una historia hermosa e independiente. Pero si esto ocurrió fue, en gran medida, gracias a muchas personas brillantes que no se llaman Robbie Couch. Y os digo una cosa: si publicar un libro siempre es un trabajo en equipo, hace falta un verdadero equipazo para hacerlo en mitad de una pandemia.

No puedo dejar de dar las gracias a mi editora, Amanda Ramírez, y al increíble equipo de Simon & Schuster - BFYR. Ha sido una verdadera alegría dar vida a la historia de Blaine junto a todos vosotros.

Mi agente, Moe Ferrara, fue como una estrella del rock en mitad de un año delirante de confinamientos, contratiempos colectivos y personales y planes fallidos. Me siento muy afortunado por contar contigo, Moe.

Mis familiares de Michigan han seguido siendo los animadores más ruidosos y los mejores aliados que podría pedir un escritor. Para mí es una enorme suerte teneros a todos y cada uno de vosotros.

Por último, quiero dar las gracias a todos los adolescentes queer que os atrevéis a ser vosotros mismos sin vergüenzas ni complejos. Vosotros habéis sido la inspiración para crear a Blaine Bowers y a sus maravillosos amigos. Seguid brillando con fuerza.